纪念原配的世界

# 古典之殇

Death Of Classicality

王开岭 / 著

书海出版社

王开岭

作家、媒体人。

历任央视《社会记录》《24小时》《看见》等节目指导。著有散文和思想随笔集《精神明亮的人》《古典之殇》《跟随勇敢的心》《精神自治》《激动的舌头》等，曾获"百花文学奖""在场主义散文奖"等奖项，作品被收入国内外数百种文选和年鉴，入录苏教版高中语文教材和多省市中高考试题。

其著作因"清洁的思想、诗性的文字、纯美的灵魂"而在青年一代中拥有广泛影响，被誉为中国校园的"精神启蒙书"和"美文鉴赏书"。

# 序

> 当我们正在为生活疲于奔命的时候,
> 生活已经离我们而去。
> ——约翰·列侬

> 如果我说我们对它既是不能忍受的
> 又与它相处得不错,你会理解我的意思吗?
> ——萨特

## 1

19世纪的狄更斯在《双城记》开头写道:"那是最美好的时代,那是最糟糕的时代;那是智慧的年头,那是愚昧的年头;那是信仰的时期,那是怀疑的时期;那是光明的季节,那是黑暗的季节……"

这是段让人隐隐动容的话。

他的指向是法国大革命。起先,我以为这样的评语只适于精神激昂、大变革和大撕裂的时代——分泌的希望和绝望同样多,创造力和破坏力同样大。但现在，我改了看法，觉得它几乎匹配任何岁月，每个人都会对自己的现世发出类似感慨。

前几天，接受一位独立制片人采访，地点是明城墙旁的酒吧，当被问"你怎么评价这个时代"时，狄更斯的话猛然在空气中一闪，像玻璃片的反光，我本能地眯起眼。朋友说，你眯眼的样子像是皱眉和闪躲，又像憧憬或陶醉。

那个寒风尖锐，但有阳光和红茶的下午，我说："这是个最好的时代，也是个最坏的时代。"

两个"最"，说明逻辑的极度矛盾和混乱。但感情上，我们没理由不爱现世、不支持和肯定当代价值，因为我们只有它，我们的摇篮和坟墓、生涯和意义都住在里头——就像蚯蚓淹没在泥土里。我们把一辈子，仅有的一辈子都抵押给它，献身于它了。

俄国乡村诗人叶赛宁自杀后，高尔基哀鸣：他生得太早，或太晚了。

我以为，这是句悲伤过度的话。其实，每个人都生逢其时，每个人都结实地拥抱了自己的时代。每个人，都在厌恶与赞美、冷漠与狂热、怀疑与信任、逃避与亲昵中完成了对时代的认领。

更何况，每个人都从周围人堆里找到了恋人、情人、友人，都娶了当代某女为妻，或以幸福名义嫁给了某男，而对方，恰恰是时代的分泌物。

当你说爱一个人的时候，其实说的就是爱这个时代。

除了爱，别无选择。连敌视和诅咒，亦属同样感情。

## 2

采访中，对方还提了个有趣的问题：能说说"世界"的含义吗？

我犹豫了一下，断续表达了这样的意思——

世界是谁的？人类的吗？不，世界至少有两个组成、两个系统：人间和"非人间"，或者说社会与自然、文明与荒野。前者是人类自身的成就，诸如国家、民族、政治、经济、文化、伦理等一切文明范畴，这项成就史尚不足万年；而后者乃大自然的成就，即原始地理和物种繁衍，诸如山岳、湖泽、沙漠、冰川、海洋、生物、矿藏、气候，其历史已达46亿年。可你细打量，即会发现这样一个事实，围绕我们身边的，几乎全是人类自己的成就：城乡、街巷、交通、社区、学校、医院、银行、商场、法律……20世纪中叶后的人类，正越来越深陷此境：我们只生活在自己的成就里！正拼命用自己的成就去篡改和毁灭大自然的成就！

可别忘了：连人类也是大自然的成就之一！

有个最新的科学推测：正是19亿年前某瞬间猝现的一种可用阳光生产氧气的细菌，激发出了植物和生命，并彻底改变了地球进化史。而这记瞬间，偶然得不能再偶然，脆弱得不能再脆弱，堪称一个荒唐的奇迹。

许久许久以来，人类的价值观犯了个大错：想当然地以为世界即人间，即人类领地和家园，实则谬矣，人和万物一样，只是地球的匆匆过客，投宿而已。人不是地球业主，只是它的孩子，和草木虫豸细菌一样，受地球抚养……你可以视地球为家，但须看到它也是老虎、狮子和一棵草的家，它不止你一个孩子，而且在它眼里，所有孩子都是平等的，一视同仁。也许它无法阻止你去侵害别的孩子，但会颁布最严厉的惩罚，那就是：当它的孩子越来越少时，人——这个野心勃勃的物种也将面临末日，或精神上孤独而死，或肉体上被烈日席卷、缺氧窒息……在自然伦理上，若不能克服"人本位""人类中心论"，人终将死于自己，死于欲望的腐败。

人的悲剧尚在于，他凭借强大的智商、逻辑和麻木，早已把现实给无理地合理化了。

人必须学会节制和谦卑，必须承认占有了很多不该占有的地盘，消耗了很多不该消耗的资源。我们目前所有的伦理、美德和情怀，都只对内部成员才使用，一旦越过了物种边界，人类就变成了纳粹，野兽的能量即释放出来了……

我想，也许人类还有一种成就的可能，亦堪称最高成就：保卫大自然成就的成就！只是，留给人类的机会和时日，恐怕不多了。

## 3

那个阳光和红茶的下午，说着说着，我发觉自己的情绪陡然激烈了，像烧柴一样噼啪响，有点失态。

我清楚，这和哥本哈根有关。那个童话之城，刚结束了一场所谓"拯救人类最后机会"的大会，其悲怆堪比哈姆雷特的那句：活着，还是死去？

就在此前，好莱坞刚推出了世界末日大片：《2012》。而在印度洋岛国马尔代夫，刚上演了一场悲情"行为艺术"：总统纳希德和14名部长佩戴呼吸器，潜入海底召开内阁会。照现在的气候变暖趋势，本世纪内，该国将被海水淹没。而在喜马拉雅山，为抗议冰川速融，尼泊尔总理与众幕僚，头戴氧气罩，空降在海拔5000多米的珠穆朗玛峰地区。还有沉陷中的威尼斯，还有斐济人的哭泣，还有乞力马扎罗的雪，还有极地冰层和北极熊的忧郁……

然而，这却是个让人类蒙羞的政客大会。13天里，上万名代表围绕所谓"共同而有区别的责任"吵得面红耳赤，一群孩子为赡养母亲讨价还价，唇焦舌燥，不外乎义务的大小、摊派的多少……这是怎样的不敬不孝？他们还把自己当成生存共同体吗？延期一天后，大会终于在遮羞布中落幕了，用"绿色和平"执行干事长库米的话说："如罪男罪女般逃往机场。"

而这13天里，我所在的电视频道每天直播这群人的吵架，不仅充当光荣的看客，还当起了裁判。

关于环境和人类命运，我不想再多说了，我愿采摘20年前比尔·麦克基本在《自然的终结》里的几束声音：

人类第一次变得如此强大，我们改变了周围的一切……从每一立方米的空气、温度计的每一次上升中，都可找到我们的欲求和习惯。

如果有人对我说，2010年世界将发生极其不幸的事，我会在表面上显得关切，而潜意识里把它撂到一边。

我们没有创造这个世界，我们正忙于削弱它。我们需要找到如何使我们自己变小一些、不再是世界中心的办法。

## 4

十几年前，《读书》杂志刊过李皖的一篇文章，《这么早就回忆了》。

内容忘了，但题目记住。这是一个时代的精神题目。

世界变得太快，眼花缭乱，来不及驻留，来不及回味，来不及告别和回头再看一眼。一眨眼工夫，无数事物只剩下背影，成了往事和收藏。你跟不上，一个敏感者，一个内心喜欢稳定和秩序的人，会痛苦，会失措和迷惘。

伤逝提前降临了，这是对清晨的怀念。

现代人过早地进入了心灵黄昏。

大约10年前，我写过一篇文章，《古典之殇》，主题是：当我们大声朗读古典诗词时，殊不知，那些美丽的乡土和自然风物、那些曾把人类引入美好意境的物境，早已荡然无存；现实空间里，我们找不到古人的精神现场，找不到对应物，连遗址都没有……

古诗词,成了大自然的悼词和殇碑。

其实,何须祭奠古诗,何须凭吊人类童年,连我这代人的儿时记忆也被摧毁了:那些草长莺飞、鱼戏虾翻,那些青山绿水、星河灿烂,那些夏夜流萤、遍地蛙声,还有古老的祠堂、绕村的小河和隆重的民俗……皆一夜间蒸发了。从乡村到城市,每个人的故乡都在沦陷,每个归来的游子都成了陌生人。而这,远非"发展""进步""新貌""建设"等词所能遮掩得了的。

有个写作构想我频频给朋友提起,我说你们拿去写吧,一个非常有意义但我无暇顾及的题目,那就是:对比古代生活和人类童年,搜索一下我们今天究竟流逝了什么?用美学的眼睛,用心灵的触角,用自然和人文角度,列个清单,慢慢建档,别急于评论……我说你知道古人取什么水煮茶吗?江河水!《茶经》中,它的名次排在井水前。我说:你耳朵里还住着寂静吗?你读"长安一片月,万户捣衣声"的最大感受是什么?我觉得那会儿的夜真静啊!我说:你有多少年没见萤火虫、没遇到过黑夜了?真正的黑夜!我说:你见过蹦蹦跳跳自己上学或放学的城市孩子吗?我们那代人全是在这条路上长大的呀!我说:这些年,你见过一只登堂入室的燕子吗?你见过一只自然长大的鸡或猪吗?你嚼过不含添加剂的馒头吗?你尝过不喂化肥农药的蔬菜吗?你吃过自己种的哪怕一丁点粮食或瓜果吗?……

是啊,这么早就开始怀念了。

说上述话的时候,我 30 岁。

# 5

人是高于自然的吗？文明是以摆脱自然性为标志的吗？

我绝不承认。和社会复杂性、文明的深邃与诡异相比，我越来越支持人的本位落户于自然，和草木鸟兽没什么两样，唯一差异即人能更深刻地领悟这点。正像霍尔姆斯·罗尔斯顿所称："生命是自然赋予人类的，我们有着自然给予的脑和手、基因和血液中的化学反应，我们生命内容的90%仍是自然的，只有剩下的那点属于人为。"

距狄更斯100年后，他的话被一个人所重复——

我们生于一个野蛮、残忍，但同时又极美的世界。判定这世界无意义成分还是有意义成分居多，这由个人性情决定……我珍视这样一种渴望，即有意义的成分将居主导，并取得胜利……有这么多东西满溢了我的心：草木、鸟兽、云彩、白昼与黑夜，还有人内心的永恒。我越对自己感到不确信，即越有一种想跟万物亲近的感觉。（卡尔·荣格）

与狄更斯的政治民生——这一经典社会矛盾相比，作为心理学大师，荣格把现代人更隐深的精神困境和灵魂危机抖落了出来。对21世纪的我来说，荣格的感受来得更强烈和清晰，更贴近我的日常状态，仿佛每天醒来要说的第一句话，也是我与自己对话时最重要和频繁的内容。

责备和爱，尖锐与温情，落魄和信心，是我对当代的基本态度，如此矛盾又如此和谐。与荣格一样，我内心常涌起一股"永恒"和"安宁"——当我把双脚插入泥泞和草丛时，当我觉得生命像蜻蜓稳稳落于枝头、在自然本位上时。

那一刹，我知道自己是谁，我从哪里来、到哪里去。

那一刹，我清楚了生命真相、世界真相、灵魂真相。

当真相大白，当事物恢复了它的本来面目，惶恐和悲伤就散去了。

正像海子的醒来："从明天起，做一个幸福的人，喂马，劈柴……从明天起，关心粮食和蔬菜……"

## 6

关于这本书，再说点什么呢？

让我想想，我为什么要写它。

它大概基于这样一个印象——

造物主最初颁发给人类的世界——那个"原配的世界"，那个天光明彻、风物灿烂的世界，正渐行渐远。无数草木和生灵消逝了，似乎只剩下我们自己。

大自然身负重伤，古老的秩序和天然逻辑被破坏，乃现代化之最大恶果。它冒犯的不仅是神性，损害的不仅是生态和资源，更有精神美学和心灵家园。物性决定人性，物境塑造心境；物移则心移，物改则心易；人之灵源于山水之灵，人之德师于草木之德。所谓"人心不古"，盖因江山不古、万象不古。

我们损失惨重。许多疼痛和惊悚要等未来、待神经复苏之后，才发出一声巨响。

原配的世界，人类的童年，真的结束了。

此乃天大的事，值得人类号啕大哭的事。

我们真要好好回忆一下，给自己一个郑重交代了。

前面我提到，曾反复向朋友推荐这条精神线索，但多年过去，发现竟还空着，只好自己来做了。其实，这是个很长很长的清单、很大很大的地图，除了消逝的风物资源，还有人生和心性的方方面面，我做不完，一群人也做不完……

总之，这是一本追溯古典、保卫生活的书。

一本修复记忆、唤醒感官和心灵美学的书。

我的注意力将从自然细节开始，从那些曾经来过却消逝的风物开始，从那些被人类辜负的美好元素开始，从儿时的记忆和笑声开始，比如荒野、河流、泉井、水桥、城丘、寂静、黑夜、流萤、虫鸣、鸽哨、燕巢……比如农历、节气、故乡、劳动、女织、脚力、街坊、漫步、放学路上……

它们被丢弃和典当了。有的或许能赎回来，有的则永远不能。

但我不承认这是本悲观的书，因为我是怀着爱和暖意来写的。

在那次采访的尾声，被问道："你对未来的希望是什么？"

我说，我希望人间重建美好的秩序，我希望自然恢复古老的面目。

最后，借海明威的话结束这篇不知从何谈起的序言吧——

"这世界很美好，值得我们去奋斗！"

2010年1月20日夜，北京双桥

# 目 录

**第一辑 / 再见，原配的世界　001**

再见，萤火虫　002
河　殇　008
茶　憾　014
桥是水的情书　018
谁偷走了夜里的"黑"　023
追着井说声谢谢　029
耳根的清静　034
蟋蟀入我床下　039
消逝的地平线　046
湮灭的燕事　052
女　织　059
丢失的脚步　064
每个故乡都在消逝　072

目 录

081　天上的那件事

086　荒野的消逝

104　古典之殇

113　**第二辑　/　不要以为这就是生活**

114　让我们如大自然般过一天吧

119　让事物恢复它的本来面目

126　消逝的"放学路上"

134　那些美丽的禁忌

139　多闻草木少识人

143　"我是印第安人,我不懂"

147　春天了一定要让风筝放你

152　有股焦灼让你必须连夜种点什么

158　日子你要一天一天地过

目 录

人是什么东西　164

在古代有几个熟人　167

一辈子就是玩，玩透了　180

老北京的童话　186

## 第三辑 / 怎样才算一个好时代　195

向一个人的死因致敬　196

让傻瓜也能活得好好的　205

生活在险境中　208

人生被猎物化　210

乡下人哪儿去了　212

我是个移动硬盘　215

生存在当代截面上　218

你被逼成你的对立面　221

# 目 录

224　怎样才算一个好的时代

226　自然长大的猪

230　窦娥冤，果子狸

237　那些消逝的歌

## 251　第四辑 / 时代的疾病 —— 精神访谈录

253　文学，其实是被解放了

260　做新闻，就是和时代的疾病打交道

263　别忘了，时间是带利息的

268　没有爱，世界会冻僵

272　需要和猎物商量的猎人

281　不要改造体内的人性，要帮助体外的人性

287　历史：近处失明和远视症

294　知情权：没准备好就收到的上帝礼物

目 录

道德：一个最让人伤心的词　296
低效的道德动员　299
常识还活着，世间还有青春　304
我们的工具箱被盗了　306
法律很复杂，正义很简单　314
一件事情的长度　317
"劳动"，我忍不住向这个词敬礼　322
房地产跟中国民生开了个恶毒玩笑　325
文化即拖时代后腿的那股定力　330
我们不是地球业主，只是她的孩子　334
"科学""真理"……这些词杀伤力很大　337
我是个做减法的人，害怕复杂　340

# 第一辑

## 再见,原配的世界

谁还记得从前的世界?
谁还记得生活本来的样子?

映水光难定，凌虚体自轻。

夜风吹不灭，秋露洗还明。

——谜语

## 再见，萤火虫

曾经，我住得离玉渊潭很近，逢夏夜，即去湖边遛弯，每挨近黑魆魆的灌木林，总禁不住东张西望，朝窸窸窣窣的草丛打听什么……

你们在哪儿呢？捉迷藏，还是被风刮跑了？

扳指一算，我至少20余年没见萤火虫了。

发源西山的昆玉河，加上湖、林、塘、苇、野鸭……玉渊潭堪称京城最清洁的水园子了，也是唯剩野趣的地儿，她的湖冰和早樱都很美。即便如此，其夏夜却让我黯然神伤，那一盏盏清凉似风的小灯笼呢？那明明灭灭、影影幢幢的小幽灵呢？

连续几个夏季，我一无所获。我知道，对水源有洁癖的萤虫，若不在这儿落脚，恐怕城里也就无处投亲了。

天上的星星，地上的流萤。

小时候，这是我沉迷夏夜的两大缘由。

故乡有个说法：天上几多星，地上几多萤。所以，每捉了它，却不敢久留，先请进小玻璃瓶，凝神一会，轻轻吹口气，送它跑了。

我怕天上少了一颗星。

无人工照明的年代，自然界唯一的光华，唯一能和星子呼应的，就是它了。

"我徂东山，慆慆不归……町畽鹿场，熠耀宵行。"

这是《诗经·豳风》里的景象。一位思妻心切的戍边男子夜途返乡，替之照明的，竟是漫山遍野的流萤，多美的回家路啊！

萤虽虫，但古代很少以虫称之，其绰号数不过来：蚈、照、夜光、景天、挟火、宵烛、宵行、丹鸟、耀夜、熠耀、夜游女子……我最喜欢的还是"流萤"。一个"流"字，将其隐隐约约、稍纵即逝、亦真亦幻的飘曳感、玲珑感、梦游感全勾画了出来。萤之美，除了流态，更在于光，那是一种难形容的光，或者说它只能被用去形容别的。

那光，或说青色，或说黄绿，还有说冰蓝，我觉得皆似，又皆非。你刚想说它忧郁，又觉不失灿烂；你刚想说它冷幽，又觉颇含灼情……总之，有一抹谜语气质，一股童话的味道。

它静静的、微微的，很聪慧、很羞涩，像什么人的目光。

它能激发你无穷的灵感和描述欲望，虽然换来的是沮丧。

插点趣事，小时候第一次看见荧光灯，尤其它启动时不停地眨眼，我以为里面住着萤火虫。想必受了"囊萤夜读"的蛊惑，觉得它能盛在容器里照明。另外，我30岁之前，一直把荧光灯写成"萤光灯"。

娱乐界有个动词叫"闪亮登场"，形容某个人隆重上市，不知咋的，一听之我就想起萤火虫，用在它身上太贴切了。

农历七月，流萤最盛。清嘉庆年间的四川《三台县志》这样描述："是月也，金风至，白露降，萤火见，寒蝉鸣，枣梨熟，禾尽登场。"巧得很，俗称"七月半，鬼乱窜"的送衣节（又称中元节、盂兰盆会、鬼节）正值七月十五。据民俗家推测，鬼节位于此，大概和田野里流萤闪烁让人联想鬼魂有关。

这联想真的很美。相传七月初一，阴曹地府开启鬼门关，鬼魂们可到人间散散心，也就是休探亲假。而人间七月，瓜果稻粟皆已入仓，酷暑亦过，也该置衣备寒了，从物资到节气，正是孝敬先人的好时候。

朵朵流萤，鬼魂返乡……很温馨。少时读《聊斋》，即觉得鬼魂很美，一点不可怕。成年后，尤其父亲去世，我更加想，若没有魂，若魂不可现，若阴阳两界永无来往，多么可怕啊。

我爱鬼魂，爱一切鬼魂传说。

民间的两个说法，"腐草化萤"和"囊萤夜读"，都被科学证了伪，指成迷信和虚构。我想，现代人真蠢啊，竟拿这么浪漫的事开刀，没劲。古人重意境和梦游，不问虚实，擅长诗意地消费。面对流萤这般影影绰绰，人的精神难道不该缥缈些吗？

腐草化萤，化腐朽为神奇，多可爱的想象，多灿烂的心愿。

心愿即事实。一点不逊于事实。

较之现代人的刻板和物理，古人的生活有种务虚之美。

长大后翻古书，方知白日听蝉、黑夜赏萤，乃文人最心仪的暑乐。一聒一静，一炎一凉，没有这俩伴儿，夏天就丢了魂，孩子就丢了魂，风雅者就丢了魂。

"银烛秋光冷画屏，轻罗小扇扑流萤。天阶夜色凉如水，卧看牵牛织女星。"杜牧这首《七夕》，我以为是萤文中最好的。

作为虫，"萤"字飞入古诗中的频率，大概超过蝴蝶，堪与蟋蟀并列。"长信深阴夜转幽，瑶阶金阁数萤流""于今腐草无萤火，终古垂杨有暮鸦""夕殿萤飞思悄然，孤灯挑尽未成眠"……我想，一方面和彼时萤繁有关，抬头不见低头见；一方面古人对萤的注视和美学欣赏，已成雅习。

那时候，不仅有萤，且有闲、有心、有情。问问现在的城里孩子，谁见过流萤？我问过，一个没有。现代人与一只萤火虫相遇的概率，已小于日全食。

若论对流萤的感情和消费程度，古代中国排第一。

现在排第几呢？

估计末位了。思情尚存，消费谈不上了。

和华夏一样，东瀛日本也热爱萤火，而且，这份爱从古到今一路飘移，始终不渝，不减不损，它现设十几个供流萤栖息的"天然纪念物地区"。小小微虫，享如此待遇，举世罕见。

有部日本动画电影叫《萤火虫之墓》，其中最打动我的，是让漫天流萤给灵魂伴舞，或者说，流萤即灵魂，灵魂即流萤……

这是典型的东方美学和古式情怀。日本人没有丢，牢记着。

我看到一篇哀悼萤火虫的科普文章，称其比华南虎等明星更重要，因为它属于"指示物种"，意思是说，在自然界，它属广泛性、基础性、标识性的生物，若其濒危，证明生态环境已极恶劣。萤很单薄，水污染、光污染、农药化肥，乃其致命敌。

为什么美丽的东西都脆弱？为什么人类活得越来越顽强？

在北京后海边，我对朋友说，未来我想干这样一件事：养萤火虫！

除了自个放赏，还可卖与酒吧、露天餐厅、聚会和盛典场所……朋友哈哈大笑，你想学隋炀帝啊。他说的是"集萤放赏"的故事，炀帝酷爱流萤，逢夏夜，要把好几斛的萤虫放至山上，游累了才肯回去睡觉。皇帝的想法，若抛去腐败因素，往往都很美。让人羡慕的是，他行动力强，不空想。

如今，北京夜空中常见一朵一朵的闪烁，比树高，比云低……那是人在放夜筝，上面绑了发光器。

还有一年，和朋友在厦门海滩放孔明灯，当它飘到很远很远，只剩一个似是而非的小点时，我觉得像极了流萤……

每见它们，总是想起童年的萤火。

想起流萤照亮的草丛和小径，想起那会儿的露天电影，想起父母的手电筒和唤孩子回家的喊声，那时他们比我现在还年轻……

那一刻，我体会到难以名状的美和疼痛。

我们只剩下荧光灯了？

只剩下霓虹闪烁了吗？

(2009 年)

> 君子见大水必观焉。
>
> ——孔子

# 河 殇

## 1

河流一词,我惜的是个"流"字。

流,既是水的仪表,更是水的灵魂。

有次在朋友的画里,发现一条极美的河,我问,你是怎么想象它的?她说,画的时候,我在想,它是有远方的水。

这念头太漂亮了。流水不腐,当一条水有了远方,有了里程,才算真正的河罢。

水,在天为星,在地为溪。

每一滴水,都有跑的欲望,哪怕一颗露珠。

水的冲动,水的匀细,让古人发明了滴漏,收集光阴。河姆渡出土的陶罐,早期刻的是水波纹,后来是浪花纹、漩涡纹、海水纹……人类最初的美,是从水里捞起来的。

翻开汉语字典，偏旁部首中，消费量最大的是那个叫三点水的"氵"。

我以为，人有两个层面的时间觉悟：生物的，哲学的。

在遥古，人的生物时间是被季节惊醒的，二十四节气，俨然二十四刻度的农业闹钟。而哲学维度的光阴意识，则是被流水之鸣启蒙的。

"逝者如斯，不舍昼夜。"

江河不息，皆东逝之付。万象倏忽，盖无常有常。

"人不能两次踏进同一条河流。"

流，是水的信仰。逝，是生的本质。

"江畔何人初见月，江月何年初照人？"

"水"字头上驻一点，就是永。

## 2

最美的水在《诗经》，最俏的女子在溪畔。

"关关雎鸠，在河之洲。窈窕淑女，君子好逑。"

"蒹葭苍苍，白露为霜。所谓伊人，在水一方。"

最深的心事锁于水。最远的眺望付于水。

"汉有游女，不可求思。汉之广矣，不可泳思。江之永矣，不可方思。"这男子爱得神魂颠倒，近乎绝望。诗很美，只是感情有点绕，我更喜欢那首大白话——

"我住长江头，君住长江尾。日日思君不见君，共饮一江水。"

这是我最怜惜和欣赏的一位妇人。她的露骨，她的裸，她的痴，空前绝后。

秋水涟漪，乃尘间最大诱惑。临波之人，必心生荡漾。

水，是爱的基因，情的种子。"水性杨花""鱼水之欢"，多美的词！汁液饱满，动感十足。

除了情草缠绵，水中还藏何玄机？还能带来更大的精神视觉和冲击波吗？

仁者乐山，智者乐水。其实，无论仁智，都会对水寄予厚望，向浩荡江河呈上敬意。老子云："上善若水，水善利万物而不争。"荀子则在《宥坐》中讲一故事——

子贡问："君子之所以见大水必观焉者，是何？"孔子曰："夫水，遍与诸生而无为也，似德；其流也埤下，裾拘必循其理，似义；其洸洸乎不淈尽，似道；若有决行之，其应佚若声响，其赴百仞之谷不惧，似勇；主量必平，似法；盈不求概，似正……其万折也必东，似志。是故君子见大水必观焉。"

大水，必载大势大象、大道大德、大情大义。观瞻江河，实乃一门人生大课，可悟玄机，铸品格，升境界，晓事理。

# 3

"孤帆远影碧空尽，唯见长江天际流。"

"过尽千帆皆不是，斜晖脉脉水悠悠。"

"无边落木萧萧下，不尽长江滚滚来。"

……

无须再多说了，江河，既是满载神性和诗意的实体，亦是伟大的精神智库和美学资源。当然，这一切一切，源于水之流性。水滞则为液，"液体"和"河流"——多么截然不同的存在。现代社会，鲜见的是清流，残剩的是液体，且只追求液体。他们用了个词，叫淡水资源，所谓的水危机，也仅仅指液体危机，而非清流危机。

流水载物，古人早就谙此，然其所为，只是泛舟履波，现代人不同了，他们想让所有的垃圾和排泄物都搭乘这趟免费公交。

水，终于盛不下、载不动了，气喘吁吁，奄奄岌岌。

江河世纪，正走向液体年代。

这是可怖的事，比地震海啸更骇人。


不错，女子乃水做的骨肉，但这水一定是流水，绝非液体。

"逝者如斯"，不逝，孔子怀里那块伟大的表还走得动吗？

"曲水流觞"，没有流潺载杯，人生的朦醉诗意何处觅寻？

若无流水可依、可沐、可饮，人生该多么刻板，心灵该多么黯然，爱情该多么乏津。我们口口声声的"热爱生活",还剩几多依据?

问君能有几多愁?恰似一江春水向东流……

古之贞女洁士,多有葬水情结。舜帝南巡驾崩,娥皇、女英二妃殉投湘江;杜十娘伤恸难寄,纵身仆水;拒垢避辱,柳如是邀夫共坠瑶池……再如屈原、王国维和老舍,皆选择了娶水为棺、魂宿大泽。

在诸君眼里,水似乎比青山更值得托付,何以如此呢?除了水的洗刷之意与心境相合,也可见事主们对水品的一贯信任吧?至少据其经验,水有个好名声,清白干净,不会脏了身子。

若换了现在,我想她们和他们一定会集体变卦。

随便往现代水沟里跳,是件很难堪很蒙羞的事。

## 4

我有个观点:对大自然来说,一切"原配"都是最好的,也是最富饶、最完臻的,无论山壑泉林、花草鸟兽、河泽湖海、大漠绿洲……

古语的"江"字,即长远之意。我想,造物主抟人之初,大概是想好了让那些精心置办的"原配"——以不动产名义荫佑苍生的罢。今天,若老人家来个回访,必大惊失色,自个的家业竟如此不经折腾!

除大洋深处的海沟和珠穆朗玛峰上的雪,世间还剩多少"原配"?

晚清有个叫魏源的大知识分子,算是近代改革的先驱,这位维新之士面对萎缩的洞庭湖,作如是哀鸣——

"气蒸云梦泽何在?波撼岳阳城已殊。无复波涛八百里,唯余洲土半分潴。放歌高论惭先哲,围垦拦河愧后愚。愿睹沧桑重变易,还川有日更还湖。"

魏公为岳阳城失去的"原配"哭泣、悲愤、招魂。

是啊,就像去拜访一对伉俪,一路上忆着对方当年的恩爱,忆着庭院里的盈盈笑语,谁知开门的竟是一陌生女,老友已弃妻另娶。

那美好岁月中的原配,那青春旧影里的女子,被休遣到哪儿了呢?

俗语说,人生诸相皆为水。

江之污,即心性之污。

河之腐,即时代之腐。

流之枯,即精神之枯。

一个好的时代,必是旭日般的精神加上大自然的"原配"。

(2009 年)

# 茶　憾

> 山水上，江水中，井水下。
> ——陆羽《茶经》

烹茶，水之功居大。

我觉得，佳水的范围大致是：有源头的水，有历程的水，有深度的水。

古代茗人的目光，即投向了这片汪野。

陆羽《茶经》说，"山水上，江水中，井水下"。崇尚活水，流动良于安静，真源无味，真水无香，乃茗家共识。

流动之水——可曰泉，曰溪，曰瀑，曰江湖。

以泉为首，自无异议，但茶圣把江水排第二，则大大出我意料。观今日大小江河，哪个不黏稠暮沉、淤滞呆钝，俨然藏污纳垢之穴，谁个还敢径取一瓢饮？

《全唐诗》有一首《六羡歌》，为陆羽所撰，"不羡黄金罍，不羡白玉杯；不羡朝入省，不羡暮登台；千羡万羡西江水，曾向竟陵城下来"。

念及竟陵（今湖北天门）乃茶圣故里，此歌不免乡赋溢美之嫌，但无论如何，在这位挑剔的鉴水大师眼里，老家这条河应不负惭天下杯盏。

唐人张又新在《水记》中记载：刑部侍郎刘公讳，学识渊博，有风鉴之称，他把宜茶之水分七等：扬子江南零水第一，无锡惠山寺石水第二，苏州虎丘寺石水第三，丹阳县观音寺井水第四，大明寺井水第五，吴淞江水第六，淮水第七。并称曾亲自乘船以瓶取水，一一校验，然也。

七水中，有三水产自江河，可见唐朝的在野之水普遍上乘。

不仅千年前的野水令人鼓舞，郑板桥亦云："汲来江水烹新茗，买尽青山当画屏。"这说明，至清代，野水尚天生丽质。

有则广告，吹捧"农夫山泉"的，我以为颇见智商，它只嘟囔了一句："有源头的水。"

有源头的水，了不起啊。现代社会，每天浇灌我们身体的水至少几大桶，谁知它的身份和来历呢？

无源，乃水之首忌，乃水之大尴尬，亦是现代水的真相。

古人向来推崇水源，"问渠那得清如许，为有源头活水来"。朱熹称颂的水，我小尝过一勺，在闽西文公故里五夫镇，紫阳楼荷塘上游，丛中有一眼石泉，白虾翩跹，清冽有骨，妙水也。

流水家族中，溪最幼，也最生动和普及。然如今的北方，即便乡下，除了暴雨季节，也几乎绝迹。记得30年前我童年时，虾戏蟹舞的清溪随处皆是，多得没有名字，就像农家娃多了，懒得——取名。

登武夷山，俯瞰九曲溪，"曲曲山回转，峰峰水抱流"。这条中国最美的溪流，在我这个北方佬眼里，已蔚为大观、洋洋若大河了，闽人真阔气啊。

幽泉迷雾、灵芝仙草的武夷，大红袍和岩茶闻名天下，在天心禅寺品之，"两腋清风起，飘然欲成仙"毫不夸张。奇怪的是，随后捎了茶叶在福州冲泡，却舌感大逊，"岩骨花香"明显丢了几分，问究竟，朋友说水之故，武夷采的是山涧天然水，福州用的是商场瓶装水，水改则茶易。

是啊，茶是有灵魂的水，灵魂的一半出自水源。不仅茶叶这种胚芽，凡世间美好之物，无不柔弱，常招损，易受侵。

清人陆庭灿在闽西当了几年县长，精识岩茶之妙，退休后撰了本册子，叫《续茶经》，与唐朝先人做了记唱和。

他说："煮茗之法有六要：一曰别，二曰水，三曰火，四曰汤，五曰器，六曰饮。""别"，指茶别，不同的茶要待之有别。其次便是水了，除水源水质，他尤强调水的品鉴，挑剔超越前辈，"山厚者泉厚，山奇者泉奇，山清者泉清，山幽者泉幽，皆佳品也。不厚则薄，不奇则蠢，不幽则喧，必无用矣"。又称"茶不宜近阴室、厨房、市喧、小儿啼、野性人、僮奴相哄、酷热斋舍"。

茶如君子，有洁癖，择水苛于择友。

不过，我倒为陆氏门徒忧心起来，若活至今，莫非当绝茶断饮乎？君不见江河色变，水华尽殆，即便依庭灿所嘱，汲水时跑远一点，"须遣诚实山僮取之，以免石头城下之伪"。可如今从任一城池出发，方圆百里，恐难觅一活泉。至于那趋"山幽"、避"市喧"，更无从谈起了，凡奇山险峰和藏泉之地，哪个不车水马龙、人声鼎沸？

尘嚣甚上，真水绝矣。

《续茶经》里，陆庭灿还有段话，虽不经意，却让我吃惊，"余在京三年，取汲德胜门外水烹茶，最佳"。

德胜门，那地儿我熟啊，其水居然最佳？

不过联想其他旧事，便也不疑了，比如一本京城谈吃的书里就说：晚清时，阜成门外的河里产大青虾，东直门外产大白虾，皆有名，菜馆趋之若鹜。

旧京还有句俗话：玉泉山的水，东直门的冰。意思是东直门一带的冰最好，老北京过去有挖窖存冰、冬储夏用的习惯。冰好，水肯定也不差啊。

真是江河日下，恍若隔世啊……

可怜天下嗜茶人，生不逢水，为时晚矣。

（2009 年）

> 桥，水梁也。
> ——许慎《说文解字》

## 桥是水的情书

在北方，有句长者讥笑后生的话：我吃的盐比你咽的粮多。到南方，这话换成了：我过的桥比你走的路多。

南方水盛桥密，以桥佐证一个人的生涯和阅历，确不虚妄。如小城绍兴，古誉"三山万户巷盘曲，百桥千街水纵横"，至清代，尚存河道六十公里，湖池近三十，石桥逾二百。再看那描绘城郭的古诗，无不渠满塘涨，水色烂漫——

"据龙蟠虎踞之雄，依负山带水之胜。"（南京）

"片叶浮沉巴子国，两江襟带浮图关。"（重庆）

"五岭北束峰在地，九州南尽水浮天。"（广州）

"七条琴川皆入海，十里青山半入城。"（常熟）

不过，前辈对小儿的上述矜夸，恐今后不宜说了。

因为水没那么盛了，水萎则桥颓。况且，桥的含义也变了。

孩提时，我用蜡笔在纸上画桥，末了，总要在下方仔细描几条曲线,象征波浪。近日观儿童画展,遇几幅桥,但觉哪儿不对劲,后倏醒:桥下无水!如今小儿画里,桥下已然旱地街衢,车水马龙。

白驹30年,桥的逻辑大变。水纹,被时间的橡皮擦去。

回头想,儿时的我脑子里是有定式的:水生桥,桥生水;无桥之水和无水之桥,皆为残疾。二者,天然即厮磨关系,仿佛姊妹,仿佛唇齿,仿佛伴侣。

也可以说,水是桥的魂曲,桥是水的情书。

这天设地造的姻缘,不仅是我稚时的天真,也是几千年的风物常态。

《说文》云:桥,水梁也。

一句话奠定了桥和水的组合。先人搭桥,最早以木,故落"乔"音。山涧遇一独木,即显示此处并不荒凉,有人已来过。后石桥渐多了起来,至明,文震亨《长物志》里说桥:"广池巨浸,须用文石为桥……小溪曲涧,用石子砌者佳。"

可见明人眼里,桥还是不脱水的,一定要以水为床,一定要娶水才行。

这部爱情,这门婚事,又是怎么散伙的呢?桥之背叛,还是水的嫌弃?

我想,更多还是水的早逝吧。

许多古老的桥仍在,以碑的名义,曝晒于滩壁。

水已遥远,像传说,像呜咽的风。

桥,不再波粼荡漾,不再烟笼袅袅,不再青苔漉染,不再垂柳映月。剩下的,是枯石的寂寞,是风化的煎熬,是皲裂的沧桑。

犹如鳏夫寡娘。

无数新桥轰鸣降生,钢筋水泥,旱地拔葱。

现代化的天桥、高架桥、立交桥,已完全和水没瓜葛了。其墩梁,已无水淫浸痕;其脑海,已无水之记忆。

从"跃水"到"凌空",桥的古义已变。桥,不再是水的共栖词,不再留恋水的婚床。那条万年的丝带,涣散了。

没有爱情的桥,大概无须徘徊,甚至不值得看罢。

我从未在立交桥上散步过。它是物理的,无体温,无灵魂。你没法和它交流,一句也不想说。

老北京的地名多含桥,"白石桥""虎坊桥""高粱桥""双桥"……说明旧时水是很盛的。现在桥更多了,从二环到六环,每个叠岔口都叫桥,但已和水绝缘,乃彻头彻尾的旱桥,也是最易让人迷路的地方。

其实不该叫桥,叫啥都行。

走在福建,最惊讶的是,八闽先人竟如此舍得在户外下功夫,那么多银子和心思花在了桥这种公共设施上。而桥之精美、之文气,又远超实用,真应了《长物志》里那些讲究。

泉州古称刺桐,因海贸沸腾,有"市井十洲人"之说,在那儿,我偶遇两座宋代跨海石桥:一是当地郡守、书法家蔡襄督造的洛阳桥,长834米,阔7米,首创"筏形基础"以造桥墩,种植牡蛎以固桥基,虽沐千年风雨,岿然完好;另是号称"天下无桥长此桥"的安平桥,藏于晋江安海镇,桥长2225米,俗称五里,它属漫水桥,潮起潮落,暮伏晨出,其龄仅比前者短80年。

洛阳桥、安平桥,其桥程和雕饰,仅走马观花就各耗我半日,尤其那五里桥,真是名副其实的长啊,幸好不断有桥亭歇息。立其上,遥想当年的烟波浩淼,先人的视界、手笔、匠心乃至消耗,皆让人动容。

古代纳富之地,必卧虹藏桥。如此浩大的石方工程和建筑标准,1000年前,除"东方第一大港",谁还有实力和胸怀收留它们?

听说,这两座桥,都是民间集资修的。

而在福建的屏南、连城,我又屡屡邂逅世间最浪漫的桥——木拱廊桥,它们像是被鸟儿从某处叼来,突然搁在了那儿似的。这些空中走廊,衔山跃水,遮日蔽雨,专供旅者休憩。如今,仅屏南一地,尚存56座,至于早年多少,唯鸟儿知晓了。

如此深僻之地,如此精美建构,究竟要满足谁的目光、谁的验收呢?

无论海边的千年石桥,还是深山的木拱廊桥,我都钦佩那背后的完美主义和诗情画意,钦佩那打造永久性建筑的决心和定力。

他们不妥协,不打折,不偷工减料,不唯利是图。且有一共征:桥亭或桥屋,皆有记载建桥年月、工匠、监事和捐资人姓名的碑铭。为什么呢?

我猜有二:一是答谢和瞻仰,以激励过往,促人效仿;二是质量监督和舆论问责,谁直接或间接筑桥,名刻于上,或流芳千古,或速朽速亡,自个看着办吧。

诸桥虽逾千年却完好传世,是否和此机制有关呢?

不像现在的桥,虽说钢筋混凝土,却这儿塌那儿陷,人走着走着就掉下去了……

而且,也没听说古时哪些桥是收费的。

桥,作为跋涉必经,是人生最珍贵的路段之一。

桥,作为露天公器,是社会最重要的标点之一。

它的质量、美丑、品格,不仅是某个地域的名片,也是一个时代的脸面。

八闽,乃朱熹朱文公故里,桥好,理所当然。

为什么好建筑都是古人造的?

为什么好文章都是古人写的?

为什么好恋爱都是古人谈的?

……

最后,想起沈从文一句话来。

"我行过许多地方的桥,看过许多次数的云,喝过许多种类的酒,却只爱过一个正当最好年龄的人。"

说得真好,轻飘飘的一句,把人间大美都串在了一起。

沈先生去世有年,也算古人了。

(2009 年)

# 谁偷走了夜里的"黑"

## 1

你见过真正的黑夜吗？深沉的、浓烈的、黑魆魆的夜？

儿时是有的，小学作文里，我还用过"漆黑"，还说它"伸手不见五指"。

从何时起？昼夜的边界模糊了，夜变得浅薄，没了厚度和深意，犹如墨被稀释……渐渐，口语中也剥掉了"黑"字，只剩下"夜"。

夜和黑夜，是两样事物。

夜是个时段，乃光阴的运行区间；黑夜不然，是一种境，一种栖息和生态美学。一个是场次，一个是场。

在大自然的原始配置中，夜天经地义是黑的，黑了亿万年。即使有了人类的火把，夜还是黑的，底蕴和本质还是黑的。

"夜如何其？夜未央。庭燎之光。"

这是《诗经·庭燎》开头的话，给我的印象就是：夜真深啊。

那会儿的夜，很纯。

一位苗寨兄弟进京参加"原生态民歌大赛"，翻来覆去睡不着，为什么？城里的夜太亮了。没法子，只好以厚毛巾蒙面，诈一回眼睛。在他看来，黑的浓度不够，即算不上夜，俨然掺水的酒，不配叫酒。

习惯了夜的黑，犹如习惯了酒之烈，否则难下咽。

宋时，人们管睡眠叫"黑甜"，入梦即"赴黑甜"。意思是说，又黑又甜才算好觉，睡之酣，须仰赖夜之黑：夜色浅淡，则世气不宁；浮光乱渡，则心神难束。所以古代养生，力主亥时（约晚10点）前就寝，唯此，睡眠才能占有夜的深沉部分。

现代人的"黑甜"，只好求助于厚厚的窗帘了，人工围出一角来。

伪造黑夜，虚拟黑夜……难怪窗帘生意如此火爆。

## 2

昼夜轮值，黑白往复；日出而作，日落而息……乃自然之道、人生正解。

夜，是上天之手撒下的一块布，一座氤氲的罩体，其功能即覆护万物、取缔喧哗、纳藏浮尘，犹若海绵吸水、收杂入屉。无夜，谁来叫停芸众的熙攘纷扰和劳顿之苦？何以平息白昼的手舞足蹈与嘈沸之亢？夜，还和精神的营养素——"寂""定""谧"相通，"夜深人静"意思是夜深，心方静远……而这一切，须靠结结实实的"黑"来完成：无黑，则万物败露，星月萎怠；无黑则无隐，无隐则无宁。

所以我一直觉得，黑，不仅是夜之色相，更是夜的价值核心。

黑，是夜的光华，是夜的能量，是夜的灵魂，也是夜的尊严。

"不夜城",绝对是个贬义词。等于把夜的独立性给废黜了,把星空给挤兑和欺负了。它侵略了夜,丑化了夜,羞辱了夜,仿佛闯到人家床前掀被子。

将白昼肆意加长,将黑夜胡乱点燃,是一场美学暴乱、一场自然事故。无阴润,则阳萎;无夜育,则昼疲。黑白失调,糟蹋了两样好东西。

往实了说,这既伤耗能源,又损害生理。我一直纳闷为何现代鸡发育那么快。真相是:笼舍全天照明,鸡无法睡觉,于是拼命吃。见光吃食,乃鸡的秉性,人识破了这点,故取缔了黑,令其不舍昼夜地膨胀身子。

现代鸡是在疯狂的植物神经紊乱中被速成的。它们没有童年,没有青春,只有起点和终点。人享用的,即这些可怜的被篡改了生命密码的鸡,这些一声不吭、无一日之宁的鸡。毕其一生,它们连一次黑夜都没体会,连鸣都没打过。

我想,应给其重新起个名:昼鸡,或胃鸡。

无黑,对人体的折磨更大,可谓痛不欲生。据说逼供多用此法,不打不骂,只用大灯泡照你,一两日挺过去,第三天,你会哭喊着哀求睡一会儿,哪怕随后拉出去枪毙。

3

黑夜,不仅消隐物象,它还让生命睁开另一双眼,去感受和识别更多无形而贴心的东西。

成年后，我只遇上一回真正的夜。

那年，随福建的朋友游武夷山，在山里一家宾舍落脚。夜半，饥饿来了，大伙驱车去一条僻静的江边寻夜宵。

吃到一半，突然一片漆黑，断电了。

等骚动过去，我猛然意识到：它来了，真正的夜来了。

亿万年前的夜，秦汉的夜，魏晋的夜，唐宋的夜……来了。

此时此刻，我和一个古人面对的一模一样？

山河依旧？草木依旧？虫鸣依旧？

是，应该是。那种弥漫天地、不含杂质、水墨淋漓的黑，乃我前所未遇。

星月也恢复了古意，又亮又大，神采奕奕。还有脚下那条江，初来时并未听到哗哗的流淌，此刻，它让我顿悟了什么叫"川流不息"，什么叫"逝者如斯"，它让我意识到它已在这儿住了几千年……

我被带入了一幅古画，成了其中一员，成了高山流水的一部分。

其实，这不过是夜的一次显形，恢复其本来面目罢了。

而我们每天乃至一生的面对，皆为被改造过的不实之夜。

几小时后，灯火大作，酒消梦散。

21 世纪又回来了。

这是一次靠"事故"收获的夜。

对都市人来说，这样的机会寥寥无几。第一，你须熄掉现代光源，遭遇或制造一次停电。第二，你须走出足够远，甩掉市声人沸的跟踪，最好荒山野岭、人烟稀少，否则一束过路车灯、一架红眼航班，即会将梦惊飞。

所以，这是运气。

## 4

夜的美德还在于，其遮蔽性给人生营造了一种社会文化：个体感和隐私性。

如果说，白昼之人，不得不在光天化日、众目睽睽下演绎集体生活模式，那么，黑则让人生从"广场状态"移入角落状态，夜成了除住宅空间外更辽阔的私生活舞台。所以，"夜生活"即同义于"私生活"。

我向来觉得，生活的本质即私生活，私生活才是真正的生活。白天，人属于人群，不属于自我，正是夜，让世界还原成一个个私人领地和精神单元，正是黑的降临，才预示着生活帷幕的拉开。

但棘手的是：现代之夜的"黑"，明显减量了，不足值了。

现代生活和城市发展的一个趋向是：愈发地白昼化，愈发地广场性。风靡各地的"灯光工程""不夜工程"，无孔不入的摄像头，即为例证。

凡诱惑之物，必成为一种资源，进而孕育一份产业。

终于，有人瞄上了"黑"，并把它变成巧克力一样的东西——

2005年，北京商务区开了一家名为"巨鲸肚"的黑暗餐厅，顾名思义，这是个伸手不见五指的人造空间。该餐厅分亮光区和黑暗区，客人先在亮区点餐，将手机、打火机、表链等发光品存储，再由佩夜视镜的侍者引入暗区。

一时间，该餐厅生意火爆，预订期长达一周。说是进餐，不如说猎奇，因为没人把吃当回事，据说饭菜并不可口，大家消费的是黑——绝对的、久违的、正宗的、业已消逝的"黑"。

我想，谁要打造一个名叫"夜未央"的诗意空间，肯定更卖座。

我也会去消费。夜如何其？夜未央，夜未央……

说了这么多，其实我一点不厌光，相反，我深爱星月之华、烛火之灿。

夜里，微光最迷人，最让人心荡漾。

我厌倦的是"白夜城市""不夜工程"，它恶意篡改了大自然的逻辑和黑白之比，将悦目变成了刺眼。

对"黑"的偏见和驱逐，让这个时代有点蠢。

我觉得，人类应干好两件事——

一是点亮黑夜，一是修复黑夜。

同属文明，一样伟大。

（2009年）

> 掘井而饮，耕田而食。
>
> ——《击壤歌》

## 追着井说声谢谢

"井"，一个标准的象形字。

犹如大地突然睁开了眼睛。

若没有井，人类生活会是个啥样子呢？

恐怕仍是逐水草而居、顺河沿一溜排开的格局罢。

井，改变了栖息，结束了游荡和漂移，使人过上了定居的小日子。有了井，才诞生了宅，"家"一词才有了"地点"的涵义。

渐渐，井成了锚，成了根。远走他方又称"背井离乡"。

建村落，筑城池，首要事即挖一眼井。

有了井，家才有据点，人生才有了地址。而后，才有街衢和商铺，才有了社区景象。所以，民间有个别称：市井。

据说一些边寨，至今还有这样的习俗：新娘进寨后第一件事不是入洞房，而是赴井挑水，目的并非解渴，而是认井——认井即认家，或者说让井认一下这位新成员。

"凡有井水饮处，即能歌柳词。"

柳永和朱熹是老乡，同住闽西的五夫镇。那村子我去过，柳荷生烟，街心必遇古井，水澈见鱼，汲饮延今。少时我不懂"井饮"和"柳词"有何瓜葛，多年后才醒悟：井即人烟啊，这是在说一个人的知名度呢。

如此看来，柳永的粉丝比刘德华多，且世世代代。

北京乃胡同王国。称街谓巷的暂不算，直接叫胡同的，明代有四百，清代近一千，现今一千三百多。胡同之说，元代即有，元剧《沙门岛张生煮海》中，张羽问梅香："你家住哪？"梅香答："我家住砖塔儿胡同。"砖塔儿胡同在西四南大街，至今未改名。但有件事一直折磨史学界："胡同"怎么成为街巷名的？这个古怪的发音究竟何意呢？

后研究出来了："胡同"最初非汉语，乃蒙古语"忽洞格"的变音，而"忽洞格"的意思即井。建元大都时，北京一片荒野，紧挨"海子"（蒙古语，意湖）的地盘优先给了皇宫，百姓街区则掘井吃水，渐渐因井成巷，取名时自然也不离"井"字了。

另外，有些胡同名颇让人费解，要么很难听，要么讲不通，比如"屎壳郎胡同""巴儿胡同""碾儿胡同""帽儿胡同"……其实，也是蒙古语作祟，意思分别为"甜的井""小的井""细的井""废的井"。待至明清，蒙古语渐去，但被汉语修正的巷名仍恋"井"字，什么"三井胡同""四井胡同""七井胡同""甘井胡同""湿井胡同""沙井胡同""铜井胡同""罗家井胡同"……因重名太多，只好将字更易，比如今天的"镜儿胡同""景儿胡同""前井胡同"，原先都叫"井儿胡同"。

着实意外啊，京城表面是胡同的天下，幕后的操盘手竟然是井。

井，谋划和布局着"城"这盘大棋。

无井则无宅、无市、无城。井，代替江河，聚拢着人气和城乡的繁荣；井之多寡，决定了社会容积和人丁数量。而且，井水和现代自来水不同，它属天赐，除了挖掘，没有后续成本，一经诞生，即和空气一样是免费的。

好东西都是免费的。

越贵重，越必需，越需要免费，越值得免费。

免费是一种伟大的现象，也是一种伟大的思想。

我常常觉得古代了不起，原因之一即免费的事物多。山让你随便登，佛让你随便拜，桥让你随便走……多一种免费，即多一份自由，人生即少一份压力。

说起免费，忍不住多唠叨一事。

"姑苏城外寒山寺，夜半钟声到客船。"一缕清冷的唐句，让寒山寺声彻天下。这钟声我从未耳闻，但一直在心里收藏它、想象它，触摸那份美到极致的寂静。但从20世纪末起，媒体不断以赞许口吻报道一创举：在苏州旅游局主持下，千年古刹寒山寺公开拍卖"新年钟声",预订者踩破庙槛,首撞权的角逐尤其激烈,第一撞×××元,之后递减,逢八又涨……

闻此,我的第一反应是:那夜我若不幸过寒山寺,必捂耳猛跑,生怕那钟声追上来。

免费的钟声死了。寒山寺,让人寒心。


井有大德、厚泽,故苍生敬之、祭之。

《礼记》载:"天子命有司祈祀四海、大川、名源、渊泽、井泉。"可见,井享有和山岳江湖一样的威望。从远古起,百姓习俗中就有"五祀"说,即日常生活里要感恩的五样东西。汉班固《白虎通义》中说:"五祀者,何谓也?谓门、户、井、灶、中溜也。所以祭何?人之所出入、所饮食,故为神而祭之。"各地祭井方式不同,或以桃柳枝封井(即遮蔽井口,暂停汲水),或摆果蔬洁食作贡,多择于冬至或春节,与换桃符、贴春联一并进行。不仅汉族,据说在西南一些苗寨和侗乡,人们跋涉途中逢井必祭,即便身无携物,也要捡一草标投下。

于井的尊崇,使人对之做了很多注脚,传奇不必说了(比如杭州"龙井"、长沙"白沙井"的故事),一些建筑也傍井而立,比如井栏、井碑、井亭、井龛,乃至设殿立庙,奉以香火。


有"水傣"之称的傣族,笃信人源于水、归于水,有一民谣:"泡沫随浪漂,傣家跟水走。"出于对"井神"的虔敬,他们常要盖一座漂亮的井罩，或似佛塔，或似华盖，并施以彩绘和大象、孔雀等雕饰。不仅维护井身的洁净，连周边环境也要每天清扫。

在傣寨，只要找到了最精美的屋舍，即找到了井。

至今，虽然许多傣寨通了自来水，但村民仍习惯井饮，他们笃信神赐之水比管道来水要甜，要纯洁，要吉祥。

迷信的人是幸福的，只是越来越少。

为了生，人找到了井，并祈求它生生不息，恒如日月。

大概人从未料想，有一天自己会主动弃之。无数的井荒了，被铲，被砸，被填，被掩盖得了无痕迹。

大地，重又闭成了一个严肃的封面，似从未睁开过眼，也从未向人类笑过一般。

是的，人不需要的东西，必定会死，会瞑目。

但我不能落井下石，我要饮水思源，我要追着那背影说声谢谢。

没有它，人至今仍在大地上游晃，以盲流的身份。所有的鸿书、异地的相思和问候，也无址可落。

它帮过我们，救过人类。

我要追着喊着哭着笑着大声说谢谢。

*(2009 年)*

> 这个崇尚肉体的时代，竟从未想过要为耳朵做点什么。
>
> 所有感官中，它被侮辱与损害的程度最深。
>
> ——题记

## 耳根的清静

从前，人的耳朵里住过一位伟大的房客：寂静。

"长安一片月，万户捣衣声。"（李白）

"雨中山果落，灯下草虫鸣。"（王维）

"鸟宿池边树，僧敲月下门。"（贾岛）

在我眼里，古诗中最好的句子，所言之物皆为"静"。读它时，你会觉得全世界一片清寂，心境安谧至极，连发丝坠地都听得见。

古人真有耳福啊。

耳朵就像个旅馆，熙熙攘攘，谁都可以来住，且是不邀而至、猝不及防的那种。

其实，它最想念的房客有两位：一是寂静，一是音乐。

我一直认为，在上苍给人类原配的生存元素和美学资源中，寂静，乃最贵重的成分之一。音乐未诞生前，它是耳朵最大的福祉，也是唯一的爱情。

并非无声才叫寂静,深巷夜更、月落乌啼、雨滴石阶、风疾掠竹……寂静之声,更显清幽,更让人神思旷远。美景除了悦目,必营养耳朵。对人间美好之音,明人陈继儒曾历数:"论声之韵者,曰溪声、涧声、竹声、松声、山禽声、幽壑声、芭蕉雨声、落花声,皆天地之清籁,诗坛之鼓吹也。然销魂之听,当以卖花声为第一。"(《小窗幽记》)

当以卖花声为第一。

儿时,逢夜醒,耳朵里就会蹑手蹑脚溜进一个声音,心神即被它拐走了:厅堂有一盏木壳挂钟,叮当叮当,永不疲倦的样子……那钟摆声静极了,全世界似乎只剩下它,我边默默帮它计数,一、二、三……边想象有个孩子骑在上面荡秋千,冷不丁,会想起老师说的"一寸光阴一寸金",我想,这叮当声就是光阴,就是黄金了罢。

回头看,那会儿的夜真静啊,童年耳朵是有福的。

多年后,读"湖上笠翁"李渔的《闲情偶寄》,谈到睡,他说:"睡必先择地,地之善者有二:曰静,曰凉。不静之地,只睡目不睡耳,耳目两岐,岂安身之善策乎?"

古人以睡养生,睡之有三:睡目、睡耳、睡心。睡之第一要素,静也。

为求静中之颐,那些神仙级的古人还有游觅"安榻"的风尚,即四处借地儿睡,比如深林泉畔、石竹幽窗……总之,在"静"上添更多的附加值。以古天地之清宁,还朝三暮四、环肥燕瘦,真奢靡啊。试看当下星级酒店,哪个在"静"上达标?

今天，吾辈耳朵里住着哪些房客呢？

刹车、喇叭、拆迁、施工、装修、铁轨震荡、机翼呼叫、高架桥轰鸣……它们有个集体注册名：喧嚣。这是时代对耳朵的围剿，你无处躲藏，双手捂耳也没用。

耳朵，从未遭遇这般黑压压、强悍而傲慢的敌人，我们从未以这么恶劣和屈辱的条件要求耳朵服帖。机械统治的年代，它粗大的喉结，只会发出尖利的啸音，像磨砂，像钝器从玻璃上狠狠刮过。

一朋友驾车时，总把"重金属"放到最大量，他并不关注谁在唱，按其说法，这是用一个声音覆盖一群声音，以毒攻毒，以暴制暴。

我们拿什么抵御嘈声的进攻呢？

耳塞？地下室？使窗户封得像砖厚？将门缝塞得密不透风？当然还有，即麻木和迟钝，以此减弱耳朵的受伤，有个词叫"失聪"，就是这状态。偶尔在山里或僻乡留宿，却翻来覆去睡不着，那份静太陌生、太异常了，习惯受虐的耳朵不适应这犒赏，就像一个饿者乍食荤腥会滑肠。

人体感官里，耳朵最被动、最无辜、最脆弱。它门户大开，不上锁、不设防、不拦截、不过滤，不像眼睛嘴巴可随意闭合。它永远露天，只有义务，没有权利。

其实，耳朵也是一副心灵器官。人之烦躁和焦虑，多与耳朵有关，故有种医术，叫音乐疗法。

但耳朵总要反抗点什么。它的反抗即生病：失眠、憔悴、抑郁……科学家做一研究：观察马路两岸的树，噪声污染越重，树越无精打采，枝头耷拉，叶子萎靡，俨然一个惊恐的孩子。和人一样，树是有情绪的，是长耳朵的。

为抚慰可怜的耳朵，我淘过一张 CD，叫《阿尔卑斯山林》，采的是纯粹的自然之声：晨曲、溪流、雀啾、疾风、松涛……买回家的那个下午，我急急关好门窗，打开音响，一个人浸泡到傍晚。

那个下午，耳朵在逃窜，我携它一起私奔，向着遥远的阿尔卑斯。

弥漫山林的，无论什么动静，都是"静"。久违的静，亘古的静，伟大的静。我给耳朵美滋滋过了个节，像杨白劳给喜儿买了尺红头绳。

此后，我多了个习惯，每逢机会，便录下大自然的天籁：秋草虫鸣、夏夜蛙唱、南归雁声、风歇雨骤、曙光里的雀欢、树叶行走的沙沙……我在储粮，以备饥荒。城里的耳朵，多数时候是饿的。

我对朋友说，现代人的特征是：溺爱嘴巴，宠幸眼睛，虐待耳朵。

不是么？论吃喝，我们食不厌精、脍不厌细，华夏之饕举世无双。视觉上，美色、服饰、花草、橱窗、广场、霓虹，所有的时尚宣言和环境主张无不在"色相"上下功夫。

口福和眼福俱饱矣，耳福呢？

无一座城市致力于"音容"，无一处居所以"寂静"命名。

我们几乎满足了肉体所有部位，唯独冷遇了耳朵。

甚至连冷遇都不算,是折磨,是羞辱。

做一只现代耳朵真的太不幸了,古人杜造了"悦耳"一词,实在对不住,我们更多的是"虐耳"。

有个说法叫"花开的声音",一直,我当作一个比喻和诗意幻觉,直到遇一画家,她说从前在老家,中国最东北的荒野,夏天暴雨后,她去坡上挖野菜,总能听见苕树梅绽放的声音,四下里噼啪响……

"苕树梅",我家旁的园子里就有,红、粉、白,水汪汪、亮盈盈,一盏盏,像玻璃纸剪出的小太阳。我深信她没听错,那不是幻听和诗心的矫造,我深信那片野地的静、那个年代的静,还有少女耳膜的清澈——她有聆听物语的天赋,她有幅画,《你能让满山花开我就来》,那绝对是一种通灵境界……我深信,一个野菜喂大的孩子,大自然向她敞开得就多。

我们听不见,或难以置信,是因为失聪日久,被磨出了茧子。

是的,你必须承认,世界已把寂静——这大自然的"原配",给弄丢了。

是的,你必须承认,耳朵——失去了最伟大的爱情。

我听不见花开的声音。
我只听见耳朵的惨叫。

(2009 年)

> 夜晚,虫子在吹口哨。
> 而世间,人在大声争吵,乃至什么也听不见。
>
> ——题记

## 蟋蟀入我床下
——纪念虫鸣文化

### 1

"蟋蟀在堂,岁聿其莫。今我不乐,日月其除。"

《诗经》无处不充满对光阴的警觉与热爱,提醒同胞惜时和勤勉,比如这首《唐风·蟋蟀》,即在冲人喊:蟋蟀已跑你屋里了,天凉好个秋,赶紧寻乐吧,别磨磨蹭蹭啊。

蟋蟀躯微,入室难见,但可聆察。所以,虫鸣的意义在于醒耳,耳醒则心苏。

在我眼里,史上最伟大的田园诗要属《豳风·七月》,它不仅是一年农事的全景画,且是一部旷野奏鸣曲。除了天上飞的——"春日载阳,有鸣仓庚(黄莺)""五月鸣蜩(蝉)""七月鸣䴗(伯劳鸟)",我尤喜地上的那一小节:"五月斯螽动股,六月莎鸡振羽。七月在野，八月在宇，九月在户，十月蟋蟀入我床下。"

在音乐未诞生前，世上最美妙的动静，竟是从虫肚子里发出的。

小小软腹，竟藏得下一把乐器。

喓喓，喊喊，嗞嗞，唧唧，聒聒，嗤嗤，唶唶……

自然音律里，虫声最难绘，但各种象声词还是纷纷扬扬。

古人不仅崇拜光阴，更擅以自然微象提醒时序，每一季都有各自的风物标志。

秋呢？谁是它的形象大使和新闻发言人？

"以鸟鸣春，以雷鸣夏，以虫鸣秋，以风鸣冬。"（韩愈）该说法基本权威，古人鸣秋，借助最多的即虫，"梧桐飘落叶，秋虫情更痴"，秋风萧飒时，虫是旷野最生动的音符。

虫族中，名声大的属蟋蟀、蝈蝈、油葫芦、金铃子，我儿时亲近过前两位，喂之辣椒、葱头和苹果。记得课上学"蟋蟀"，怎么也写不对，直恨这字儿咋长那么多腿，结果像画画，不是多一撇，就是少一捺，腿数总不对。除"蛐蛐"，蟋蟀还有个别称："促织"或"趋织"。据说从魏晋兴叫，原因是农妇一听到它，即知天要凉，得赶紧织布缝衣了，故幽州有谚：趋织鸣，懒妇惊。

关于虫效，有民间说法：夜晚，将蝈蝈或蛐蛐笼悬于睡榻前，蚊子即躲得远远的。我试过"嚠嚠"声带给神经的兴奋比蚊叮更让我睡不着。

## 2

若以性情论四季，我以为春烂漫、夏聒烈、秋清幽、冬肃沉。

我最喜秋。秋让生命知觉最细锐、心灵层次最丰富、想象力最驰远……一个人最有和自己对话的冲动。

为何？大概因为静。

秋之静，有虫语之功。秋收后，天空疏阔，旷野清朗，突然，丝丝缕缕、高高低低的"嘤嘤""唧唧"飘来（这时，很像发生了一件事，有人将一根手指竖立唇边：嘘——），世界便一下子静了，一年的尘嚣都涤散了，吹远了。

虫声制造凉意，你会倏地一惊，身体收紧，接着，某些东西开始苏醒。你会清晰地意识到生命进度，触到某个不易觉察的部位和愿望……

少时，虫比其声更诱惑我，虫声在我听来也总是欢悦、灿烂的。而立后，我才品出它的清冷、它的沁凉，才算领会了那些引虫声入诗的古人心境——

"喓喓草虫，趯趯阜螽。未见君子，忧心忡忡。"（《诗经·召南》）

"秋月斜明虚白堂，寒蛩唧唧树苍苍。"（李郢）

"大火流兮草虫鸣，繁霜降兮草木零。秋为期兮时已征，思美人兮愁屏营。"（张衡）

"秋风袅袅入曲房，罗帐含月思心伤。蟋蟀夜鸣断人肠，长夜思君心飞扬。"（汤惠休）

淅淅沥沥之鸣，怎能不勾起思情离愁？

## 3

论精神线条和心灵耳朵，古人比今人要敏细、精巧得多，后者太糙太钝了。试问，我们能识几种虫语？谁配做一只蟋蟀的知音？

明人袁宏道在《蓄促织》中，论虫语之异：蝈蝈"音声与促织相似，而清越过之……凄声彻夜，酸楚异常，俗耳为之一清"。金钟儿，"如金玉中出，温和亮彻，听之令人气平……见暗则鸣，遇明则止"。

虫微弱，和鸟兽的张扬不同，其性谦怯，其态隐忍，故生命触须极细，对时令、天气、晨暮、地形的体察极敏，这也是其声之幽、之迂、之邃的原因。所以，凡悟其语、知其音者，耳根须异常清静，心灵须有丰富的褶皱与纹理，方能共鸣。否则，对牛弹琴。

梅妻鹤子，山鬼结拜，在师法自然上，古人真是身体力行。

他们比今人性灵、彻悟、烂漫，所以能出公冶长那般通鸟语之人，恐怕这也是古典文学出没灵异精怪的原因。一部《太平广记》，近乎仙妖大全。

他们走得远、走得幽，一个人敢往草木深处闯，所遇蹊跷和神奇也就多。

这和科学及生产力无关。

几千年来，古人的生活美学和精神空间里，虫鸣文化一直是重要构件。

和"天人合一"的心旨有关，也与早年大自然的完整性和纯净度有关。

说到这，忽想起一档游戏来。儿时，有一种"鸡、虎、虫、棒"的斗牌，现在想，后人无论如何发明不出这玩法了，因为世界的元素变了，常识也变了。不信你看：野虎没了吧？那"虎吃鸡"之经验即立不住了；对笼养鸡来说，"鸡食虫"岂非白日梦？虫也给农药灭净了吧？"虫咬棒"从何谈起？几条生物链都断了，现代视野里只剩棒和鸡，没得玩了。

大自然的完整性一旦受伤，古老游戏的内在逻辑也就撑不住了。

## 4

对古人心境而言，虫鸣是一位如约而至、翩然而降的房客。

娉娉、袅袅、衣冠楚楚、玉树临风……略含忧郁，但不失笑容与暖意。尤其在百姓和孩童耳朵里，那分明是高亢的快活。

"怀之入茶肆，炫彼养虫儿""燕都擅巧术，能使节令移，瓦盎植虫种，天寒乃蕃滋"……在《锦灰堆》书里，大师级玩家王世襄忆述了亲历的京城虫戏，从收虫、养虫到听虫（斗虫为我所憎，故本文不及），从罐皿到葫芦的植术造式，淋漓详尽。

为挽续虫语，古人从唐代开始宠虫，"每至秋时，宫中妃妾辈，以小金笼捉蟋蟀闭于笼子，置之枕函畔，夜听其声，庶民之家皆效也"（《开元天宝遗事》）。经一路研习，畜虫术愈发精湛，学得孵化后，虫声即从秋听到冬，听到过年了。

古人会享受，擅享受，懂享受。

想想吧，大雪飘零，风号凛冽，而斗室旮旯里，清越之声蓦起，恍若移步瓜棚豆架……而且此天籁，取材皆于大自然，几尾草虫、半盏泥盆、一串葫芦，即大功告成，成本极低。

有句俗话，叫"入葫听叫"。

太美了，真是点睛之笔啊，正可谓一葫一世界、一虫一神仙。你看，秋虫和葫芦，动静搭配，皆出身草木，多像一副妙联的上下句。

虫声高涨，带动了它的商品房——葫芦业。清咸丰年间，有个河北三河县人，别号"三河刘"，他种造的葫芦，音效特好，至今为收藏界念叨。过去的北京琉璃厂，一度虫鸣沸腾、葫芦满街，有位叫张连桐的人，也是养葫高手。

那年逛地坛庙会，我购得一玩意儿：一对乌色的草编蟋蟀，翘翅攀在半盏束腰葫芦上，神态警觉，栩栩如生。作者亦有来头，裕庸老先生。该翁1943年生，满族正黄旗，爱新觉罗氏，曾拜师北派的齐玉山、南派的毅正文，被誉为京城最后的草编大师。

至今，它仍摆我书案上。冷不丁搭一眼，心头滑过一句"雨中山果落，灯下草虫鸣"或"竹深树密虫鸣处，时有微凉不是风"，甚是惬意。

# 5

城市豢养的器官是迟钝的，知音秋虫者，寥寥无几。

王世襄先生乃其一。这位大爱大痴的老人，那种蚂蚁般的天真，那种对幼小和细微的孜孜求好，那种茂盛的草木情怀和体量……当世恐难见其二。

他在《锦灰堆》里回忆的那番青春好风光，乃中国养虫人最后的黄金时代，亦是虫鸣文化的绝唱和挽歌。

此后，水土、心性、耳根、居境、世风……皆不适宜了。

空间越来越只为人服务，环境侍奉的对象、卫生标准的主体，都是人。比如水污、地污、光污、音污，比如农药、化肥、除草剂，其量于人不足致命，于虫则不行了，虫清洁成癖，体弱身薄，一点微毒即令之断子绝孙。

古时秋日，不闻虫语是难以想象的。那是耳朵渎职，是心性失察，是人生事故。足以让人惊悸、懊恼、羞愧难当。

可当今，一年到头，除了人间争吵和汽车喇叭，我们什么也听不见。

或许耳朵失聪，或许虫儿被惊跑了，躲得远远的了罢。

总之，不再与人共舞，不再与人同眠。

"七月在野，八月在宇……十月蟋蟀入我床下。"

何年何夕，那尾童年的蟋蟀，能再赴我枕畔窃窃私语呢？

*(2009 年)*

> 江涵秋影雁初飞，与客携壶上翠微。
> 尘世难逢开口笑，菊花须插满头归。
>
> ——杜牧《九日齐山登高》

## 消逝的地平线
——纪念古代"登高"

有天，忽意识到，古人比今人多一股冲动：逢高即上，遇巍则攀。

奇峰巨顶不必说，即便丘峦高阁，也少有无视者，总要上去站一站，临风凭栏，意气一番，感慨几许。所以，凡山亭江楼，词赋楹句总爆满。

也巧了，古代好辞章，尤其时空激荡的豪迈与峭拔之文，多与"登高"有染。王勃《滕王阁序》、陈子昂《登幽州台歌》、李白《梦游天姥吟留别》、杜甫《望岳》、崔颢《登黄鹤楼》、范仲淹《岳阳楼记》、岳飞《满江红》……皆为"高高在上"所得。

"闲云潭影日悠悠，物换星移几度秋。阁中帝子今何在？槛外长江空自流。"

"昔人已乘黄鹤去，此地空余黄鹤楼。黄鹤一去不复返，白云千载空悠悠。"

在古人那儿，登高眺远，既是抒怀酬志的精神仪式，又是放牧视野、孜求彻悟的心智功课。

"前不见古人，后不见来者。念天地之悠悠，独怆然而涕下。"高，带来大势大象，带来疏旷与飘逸，带来不羁与宏放，带来生命时空的全景式阅读。视野对心境的营造、地理对情思的熏染，使得"往高处走"——有了强烈的召唤力，成了风靡千年的诱惑，于诗家墨客，更是一味精神致幻药。

然而，"登高"并非文人独嗜，百姓亦胸有丘壑，尤其在一个特殊日子里，更是趋之若鹜、乐此不疲，此即九九重阳的"登高节"。

我始终认为，这是中国先民一个最浪漫、最诗意的节日。

秋高气爽，丹桂飘香，心旷神怡，菊色暴涨……值此良辰，若不去登高放目、驰骋神思，实在辜负天地、有愧人生。

从"登高"意义上说，这几乎是个绝版的节日。今人仅视为"敬老节"，无疑让它的美折损大半，伤了筋，动了骨。

登高节、重阳节、茱萸节、菊花节，乃一回事，但我尤喜"登高"之名。

九九习俗源于战国，古人将天地归于阴阳，阴即黑暗、沉寂，阳即光明、活力，奇数谓阳，偶数谓阴；九乃阳数之首，九月初九，双阳相叠，故称重阳。加上"九""久"谐音，重阳从一开始便是欢愉之词。曹丕《九日与钟繇书》云："岁往月来，忽复九月九日。九为阳数，而日月并应，俗嘉其名，以为宜于长久，故以享宴高会。"

后来，重阳节又繁殖出了一串新解：除凶秽，招吉祥；延年益寿，祈福求安。仪式也愈加丰富：饮菊花酒、贴菊叶窗、佩茱萸草、吃重阳糕、祭先祖、送寒衣……但有个核心不变：登高。

登高，除赏秋，亦有惜时别离之意。九九乃秋之尾，而后草木迅速凋零，虫声偃息，万象复苏要等来年了。此时登高，将谢幕前的风景尽收眼底，将天地之恩默诵于心，颇有依依不舍和立此存念的意思。

故有人称九月登高为"辞青"，与三月"踏青"呼应。

这种对时令的感情，除了膜拜，其他很像爱情或友谊。

眼前的欢聚与热闹，会让很多人思念远客和往事，追忆昔日的葱茏年华。最感人的，当属王维《九月九日忆山东兄弟》——

"独在异乡为异客，每逢佳节倍思亲。遥知兄弟登高处，遍插茱萸少一人。"

当然，对老百姓来说，寻欢仍是兹日最大主题。

"今日云景好，水绿秋山明。携壶酌流霞，搴菊泛寒荣。"（李白《九日》）

秋收毕，仓廪实，人心悦，少不了邀友约醉，醍醐一场。隋人孙思邈在《千金方月令》中道："重阳日，必以糕酒登高远眺，为时宴之游赏，以畅秋志。酒必采茱萸甘菊以泛之，即醉而归。"

辞秋，注定是一次丰盛的钱行。物质和精神，都恰逢其时。

王勃那首澎湃万丈的《滕王阁序》，即重阳宴上泼醉所致。

登高的去处，一般是山、塔、楼，所以，在一座古城，大凡能将风景揽入怀中的高处，几朝下来，皆成了名胜。对古人来说，若城内或近郊无高，是非常败兴、非常严重的一件事，至少重阳这天没法熬，无处立足。所以，筑阁砌楼便成了古建时尚，"江南三大楼"之黄鹤楼、岳阳楼、滕王阁，皆受驱于重阳雅集、登高览景的欲望，一俟矗起，则声名大噪，"游必于是，宴必于是"。

某日，走在高楼大厦的街上，我忽想：重阳那天，早年北京人会投奔哪儿呢？何处适于登高放目？

清《燕京岁时记》记载："每届九月九日，则都人提壶携榼，出都登高。南则天宁寺、陶然亭、龙爪槐等处，北则蓟门烟树、清净化域等处，远则西山八处。赋诗饮酒，烤肉分糕，询一时之快乐也。"据说，除以上各处，玉渊潭、钓鱼台也人气颇盛。而慈禧太后，去的是北海桃花山。

先人青睐这些地方，缘由莫外两点：身高和野趣。我盘点了下，清人眼里这群高丘，如今几乎皆废，或荡然无存，或只能算平地。像天宁寺、陶然亭、钓鱼台，实在既没身高，又无野趣。天宁寺畔倒是有根比它高几倍的烟囱。

昔日的"姚明"，如今都成了小矮人。当代京民若过登高节，恐怕得去爬香山或央视转播塔了。鉴于空气清洁度，能瞅多远尚未知。

有年去福州，夜宿于山宾馆，当被告知卧榻之侧即著名的于山和白塔时，心中甚喜，顿觉夜色阑珊、地气充沛，睡得特香。翌日拉开窗帘，我大吃一惊，那传说中的于山不过一土丘，连塔算上，高度也不及对面一栋楼。虽沮丧，但我清楚，这是心理落差所致，预期越大，失落越重。

千余年来，福州的地标即"三山两塔"，你在城里任一角落，皆可望见这三加二的全景图。历代画家绘福州，只要择五点之一摆画案，出来的全是鸟瞰图。

我想，古时九月九，"三山两塔"必是糯酒飘香、万头攒涌罢。

现在，福州人该去哪儿呢？

我看过记载，至清末，各地的"登高会"依然盛行，长沙的岳麓山、广州的白云山、武汉的龟山、南昌的滕王阁、西安的雁塔……都是著名的雅集地。连素无丘山的上海，也把沪南丹凤楼及豫园大假山作为"高枝"来攀。

啰唆了这么多，我究竟想说什么呢？

其实我想说，从前人的心目中是有"高"的，尊高、尚高、仰高，"高"对其人生步履和精神移动有股天然引力，有种欲罢不能、鬼使神差的诱惑。而且，先人所涉者，多为在野之高、山水之高、天赐之高，不仅慕之趋之，也忠实地护高、养高，捍卫身边的高物，不敢随便削弱和降低它，不敢做有损它尊严和荣誉的事。

还有一点，即他们自然之子的秉性、灵魂里的那股酒意。

在对时季的敏感、光阴的惜怜、与自然对话的天赋及能力上，今人皆比先辈逊色得多。不仅迟钝，而且寡情。

把重阳节改成敬老节，是文明的粗暴，是生存美学的大损失。

当沥青覆盖了旷野，当城市沦为蔽日峡谷，当石阶变成电梯，当丘山被逼得纷纷自杀，当天然之巍被夷为平地、化作砖头水泥，当世人和媒体眼中只剩下"珠峰"……登高节，只剩一个遥远的背影。

我们刻度变了，视觉和灵魂，刻度都变了。

我们所用尺码，和欲望一样，肥大而粗陋。

我们睥睨天下，肆意规划任何想要的海拔。

小时候，老师解释"地平线"，我马上就懂了。不久，它即出现在了我的作文里，那是日出日落的地方，那是"远方"的代名词。今天，城市的小朋友，谁见过地平线？我跑去问邻居的孩子，他拼命摇头。

在心里，我向古代那些平平仄仄、不起眼的"高"致敬，向蚂蚁般倚石扶树、跌跌撞撞的醉客们致敬。

我还要向那漫山遍野赤裸裸的笑声致敬。

还要向一坛坛躺在深秋里的菊花酒致敬。

我醉了。恍惚看见了刘伶、嵇康、阮籍……

*(2009 年)*

> 笙歌散尽游人去，始觉春空。
> 垂下帘栊，双燕归来细雨中。
>
> ——欧阳修

## 湮灭的燕事

### 1

每逢"雀巢奶粉""雀巢咖啡"，总念及失散多年的燕窝。

我最近一次遇见它，约8年前，在北京白塔寺附近，电视剧《四世同堂》曾拍摄于此。途经一门楼时，忽闻一缕怯怯的唧喳声，像从雾里钻出来的。至今，那声犹在耳畔，难以名状，却是对"呢喃"的最好注释。循着那声，我瞅见了久违的燕窝，在门楼内侧的横梁上。

我笑了，是一簇嗷嗷待哺的雏燕。

朱门虚掩，有副对联：翩翩双飞燕，颉颃舞春风。

横批：非亲似亲。

好一户知书达理、其乐融融的人家！在那盆燕窝下，我翘望了半天，舍不得走。分手时，想起一首儿歌，"小燕子，穿花衣，年年春天来这里……"想必，这家小主人也是天天唱的罢？

燕窝最堪称"呕心沥血"。

它是点点滴滴吐唾的结晶。其址选于檐下或梁上，雌雄双燕含辛茹苦衔来泥粒、草茎，以唾液凝成碗状，内垫软物，一个家便落成了。让人垂涎的名肴"燕窝"，乃燕族中金丝燕和雨燕的家，据说采摘时，常见巢畔的咯血滴红，甚有亡燕陈尸，皆劳累所致。燕之心血、津唾、爱巢，经人的腹欲幻变，竟成了美味、珍馐。

一个半世纪前，欧洲战乱，因营养不良，婴儿夭折率很高。一位叫亨利的瑞士男子心急如焚，他将鲜牛奶和谷米粥混合，发明了一种雏儿饮品，无数饥饿的童年被拯救。不久，亨利创办了一家食品公司，冠名"雀巢"。此后经年，公司越来越大，屡有人提议更名，皆被亨利家族拒绝。

何以对小小雀巢如此钟情呢？我想，大概因意象之美吧。巢，总是触发人们对"家""哺乳""温情""安全""信任"等的联想。

巢，一个高浓度的爱词。

三年前一个冬日，再过白塔寺，我大吃一惊，旧街拆迁，一片狼藉。

那栋曾让我眷恋的门楼也不见了，只剩歪倒的石礅。

心里一阵惘然，试想，数月后某个春日，当南徙的旧燕如约归来，这儿将上演怎样的情景……

古时候，人常把山河羁旅、家国破碎的黍离之情与燕事连在一起，像什么"暗牖悬蛛网，空梁落燕泥""满地芦花伴我老，旧家燕子傍谁飞",而燕的心境,却少有人揣度。面对故园颓毁、梁栋无踪,那寻寻觅觅的徘徊、声声断断的哀鸣、空空怅怅的彷徨,又寄与谁呢?

我不敢想象归燕的神情了。它还蒙在鼓里,不知千里外的变故。愿它迷了路另投他乡吧,转念一想,不对,燕子记忆力极好,且天性忠诚。

"燕子归来衔绣幕,旧巢无觅处。"这一幕注定要上演。

## 2

鸟族中,与人关系最密的当属燕,尤其家燕。

它用近在咫尺、同宿共眠的依依亲昵——证明了人间原来并不可怕。

它以登堂入室、梁上君子的落落大方——证明了市井的慷慨与温情。

"翩翩新来燕,双双入我庐。"(陶渊明)

"自喜蜗牛舍,兼容燕子巢。"(李商隐)

燕身俊长,背羽蓝黑,故称玄鸟。尤其它翅尖尾叉,开合似剪,欧洲"燕尾服"就汲此灵感。唐人李峤,淋漓刻画了其形神:"天女伺辰至,玄衣澹碧空。差池沐时雨,颉颃舞春风。"古诗文中,燕几乎是被歌咏最多的,"燕"字被召入名氏的频率也最高。

师从物性,向自然学习,乃古人惯常的精神功课。燕的貌态和习性，不仅给人带来审美愉悦和灵感，更在思想与伦理上刺激和提携着人心，成为一支重要的人文资源。这一点，从其称呼中即可显现：春燕、征燕、归燕、新燕、旧燕、喜燕、劳燕、双燕……

"几处早莺争暖树，谁家新燕啄春泥。"（白居易）

"燕子不归春事晚，一汀烟雨杏花寒。"（戴叔伦）

相传，燕于春天社日北迁，秋天社日南徙，所以，它便成了惜时的最佳情物。

南来北往的疾行之色，给燕披上了一抹吉卜赛气质，你可感伤为游民的动荡与漂沛，亦可领会成人生的诗意与辽阔。尤其于现代国人，这种天高任鸟飞的流畅，这种免户籍之扰的自由，招人羡慕。

看来鸟事比人事简单、自然比人际宽容啊。

燕的归去来兮、巢空巢满，更从行为和心灵美学上，渲染了人世的悲欢离合。早在《诗经》年代，人即以燕事比喻送嫁，"燕燕于飞，差池其羽，之子于归，远送于野"（《邶风·燕燕》）。尤其燕的万里识途和履约而至，更让人生出欣慰和暖意，正像杜甫《归燕》所赞："春色岂相访，众雏还识机。故巢傥未毁，会傍主人飞。"

在恋旧、忠诚、守诺等情操上，燕比犬执着、比人可信。

而且，燕的归来，以千山万水为脚力成本，更让人感动。

人对燕的宠幸，还有一大缘由：情爱审美。

鸟族中，燕是出了名的勤勉，除筑巢之累，更体现在哺雏之劳上。

"片片仙云来渡水，双双燕子共衔泥。"（张谔）

"晴丝千尺挽韶光，百舌无声燕子忙。"（范成大）

白居易的《燕诗示刘叟》描绘更详："梁上有双燕，翩翩雄与雌。衔泥两椽间，一巢生四儿……须臾十来往，犹恐巢中饥。辛勤三十日，母瘦雏渐肥。喃喃教言语，一一刷毛衣。"

而且，这份伟大的家务，离不开一个字：双。一夫一妻制的燕子，素以恩爱著称，视觉上的颉颃翩跹、出双入对，经人的情感镜片，即成了相濡以沫的伉俪之美。

这种生儿育女、如胶似漆的情态，怎不撩人心呢？

"思为双飞燕，衔泥巢君屋""在天愿作比翼鸟，在地愿为连理枝"……动物伦理，就这样深深鼓舞并提携着人的伦理。

祥鸟、瑞鸟、爱情鸟的地位，就这样定了。

## 3

"燕藏春衔向谁家。"

几千年里，人一直把燕访视为大吉，欢天喜地恭迎，小心翼翼伺奉，不仅宅第开放，檐梁裸呈，甚至夜不闭户。一方面民风敦厚，治安环境好；一方面燕子勤早，方便其外出。

在闽南乡下，见民居两耳有高高翘起的飞檐，颇有"细雨鱼儿出，微风燕子斜"之象，一打听，原来叫"双飞燕"，真是形神兼备。我想，摹仿即热爱吧。

"莺莺燕燕春春，花花柳柳真真，事事风风韵韵。"

在人类栖息史上，喃语绕梁、人燕同居堪称最大的佳话与传奇。在我眼里，甚至是比"风水"更高的自然成就和美学理想，乃天人合一、安居乐业之象征。

然而，随着院落平舍被取缔、高楼大厦之崛起，一个颠覆性的居住时代降临了。开放变成了幽闭，亲蔼变成了严厉，盛情变成了冷漠，慷慨变成了吝啬……

这注定了做一只当代燕子的悲剧。

这远非"旧家燕子傍谁飞"的问题了，而是无梁可依、无檐可遮、无台可歇、无舍可入。

杜牧在《村舍燕》中道："汉宫一百四十五，多下珠帘闭琐窗。何处营巢夏将半，茅檐烟里语双双。"是啊，既然殿堂紧闭，那就改宿乡墟吧，野舍虽简，却不失温暖。可对一只现代燕子来说，即没这幸运了，无论城乡，皆为冷酷的户窗和铁蒺藜的防盗网。

人在囚禁自己的同时，也羞辱了燕子的认亲。

燕和贼，面对一样的难题，陷入相似的境遇。

人居的封闭式格局，意味着燕巢的覆没。

"卷帘燕子穿人去，洗砚鱼儿触手来。"流传几千年的燕事，真要与人烟诀别了吗？若此，于人又有何损失呢？

多是务虚的失落，比如风物景致、美学意境上的，比如少了端详燕容的机会，少了托物寄情的对象……总之，不外乎诗意的减损，于极端务实和糙鲁之心，当然不算什么。

不知人祖是否与燕族有过长相守的誓盟？

炊烟的升起、茅舍的诞生，孕育了人燕厮磨的俗习，如今却闭门谢客，这算不算背信弃义和严重毁约呢？

是人类不忠，还是人在背叛自己？背叛自己的童年和发小？

## 4

无可奈何花落去，似曾相识燕归来。

最近一次邂逅，是初春的郊野，稀稀拉拉，像几粒黑柳叶，随电线一起飘忽……在我眼里，那影子是忧伤、茫然的，是失魂落魄的。

世界究竟怎么了？

它不会懂。它所能做的，只有修改自己。

它要修纂上万年的家族遗传，改变栖息习性，学会风餐露宿……并用千百年的光阴去调教子嗣，将骨子里与人为邻的基因一点点剔除、涤净，恢复远古的流浪，恢复它在猿祖裹树叶、住山洞那会儿的天性。

呜哉，安得广厦千万间，大庇天下燕士俱欢颜。

（2009 年）

> 去雁声遥人语绝,谁家素机织新雪。
> ——(唐)施肩吾《秋夜山居》

# 女 织

## 1

古人的生活图景,一语概之:女织男耕。

"夫是田中郎,妾是田中女。当年嫁得君,为君秉机杼。"(孟郊《织妇辞》)

田夫蚕妾、牛郎织女,乃最典型的人生单元,亦是最完美的衣食组合与温饱设计,堪称天意。

"一夫不耕或受之饥,一妇不织或受之寒。"

华夏先民的栖息史,五千年的村野炊烟,就这么飘飘袅袅,在"锄禾日当午"的挥汗和"唧唧复唧唧"的织声中,走到了20世纪。

恐怕谁也没想到,突然,它像滴空了水的漏钟,停了。

这个朴素的生活方程、貌似永恒的家务公式,逻辑解散了,使命结束了。

城市，彻底步入男不耕女不织的"大脱产"时代。乡村，耕虽依旧，织却消匿。这是技术飞跃和社会分工之果，无可非议。

我想说说"女织"，从人生美学的角度。

对"女织"的蒸发，我略感惋惜。我指的不是生产力和生产关系的她，我看重的是"织"的情感内容和性别审美。抛开古织，说个我们熟悉的情景吧——

当一位女性在为恋人、丈夫、孩子织一件毛衣、围巾或袜子时，她用手指和棒针、用密密麻麻的经纬和几个月聚精会神——所完成的仅仅是一个物吗？

当然不，这更像一场无声的抒情。她用温婉和柔韧，用细腻和漫长，用遐想和劳累，实现了一桩女性独有的心愿。每一针、每一环，都是一记笔画、一个字母，她把所有心思都织了进去，融入这件最贴身的东西里去了。

这比花要美，比甜言蜜语动听，比珠宝首饰贵重。

为此，她的手可能会磨茧，但她不在乎，心里甜。

我记得年少时，中国女人的怀里都有一团毛线，须臾不离，像抱着婴儿。即便在我青春时，这个情景仍随处可见。那会儿，机器造羊毛衫已铺天盖地，但她们仍不放弃这事业，当时杂志也纷纷开辟"针织"版，印象中《八小时之外》《黄金时代》等，每期都有大量插页和彩图。

那是个不嫌"慢"的时代。

那是个用手工抒情的时代。

那个时代的女人，都会留下一枚标志：食指和中指的上部略显糙厚。

她们是美丽聪慧的女人，多情而勤奋的女人，懂得"织"的元素和成分，懂得"亲手"的含义，懂得用"繁琐""辛苦"构造一件贴身之物意味着什么。她们享受这个过程，感动别人，也感动自己。

## 2

多数时候，"男耕女织"一词，让我想起的并非劳动分工，而是"相濡以沫""其乐融融""夫唱妇随""琴瑟相伴"之类的温暖与忠诚……我被一股天然的伴侣之美所熏染、所感动。

一梭一缕一寸痴，丝丝编就阳春意。如果说，上天派给男性的差事是果腹，那女人的角色则是暖身。除了生育，"织"即成了古代女子最大的事业。乃社会事业、生计事业，亦是婚姻事业、情感事业。

织的背后，你总隐约看到那个字：情。

无论春染梢头的豆蔻、贤妻良母的人妇，还是离愁黯景的痴妾、发婚姻牢骚的怨女，手中都有一情感道具：飞梭、织机或绣针。

"迢迢牵牛星，皎皎河汉女。纤纤擢素手，札札弄机杼。"

"调梭辍寒夜，鸣机罢秋日。良人在万里，谁与共成匹。"

而在《孔雀东南飞》中，有一段自白："十三能织素，十四学裁衣，十五弹箜篌，十六诵诗书，十七为君妇。"这是一个普通少女的成长简历和才艺档案。蚕、织、裁、缝、绣乃天下女子的技能必修课，即便家境优渥，凤娇名媛，顶多免去蚕纺之苦，绣针之灵则不可少。换言之，即削弱体力劳动，深化脑力劳动。

我不以为此乃封建糟粕或性别压迫，我觉得这是人生美学，乃女性的主动选择和天赋所赐，乃女性灵魂之闪光。

织的衣、纳的袜、绣的巾，可浸的是情、是意、是对生活的憧憬和幸福感。密密麻麻的线脚、纤巧灵盈的游走，织就的是女子的美和美德。

所以，以织品传情递意，作媒介和信物，即成了女子专利，成了流传几千年的红颜技巧。直至 80 年代末，我在乡下还遇见过那种瑰丽的手绣鞋垫，按说，鞋垫这种深藏不露的东西，即使满载鸳鸯牡丹，又有何用呢？

当然有用。

## 3

我一直觉得，女子一生总该织点什么，否则有遗憾。

不为别的，就因她是妻子、是母亲，一个男人、一个孩子，身上若无一件由家中女性亲手完成的衣物，至少逊了一份温馨。对敏感的体质来说，灵魂会觉微凉罢。

过去常用一词夸赞女子：心灵手巧。

现代女性心灵绰余，手却未必巧了。

逢搬家或整理橱柜，总会翻出几件旧时的毛衣，皆母亲所为。

每次太太都赞叹：织得真好，像工艺品！虽穿的机会少，可总舍不得扔。我知道，这些东西再难复制了。母亲很聪明，儿时总变着花样给我们兄弟添毛衣，每年的流行款和图案，只要大街上有，她瞅几眼就会了。

母亲这辈子织了多少件衣物？数不清，至少几百件吧。

母亲年龄大了，眼花了，织得便少了。几年前，春节回家，母亲说，这是她最后一件毛线活了，留给孙子们。第二年春节，母亲却还在织，她说再织几件。

## 4

有一个母织的故事，曾让我泪流满面。也是我作此文的动力之一。

这是 2006 年一则新闻：《骨癌妈妈临终为儿子织好 25 岁前所有毛裤》。

吉林白山一位家境贫寒、以烙煎饼为生的母亲，得知自己患绝症后，15 个月里与死神赛跑，终于为 9 岁的儿子织完了 25 岁前需要的所有毛裤。

看着那幅照片，一个小小的孩子守着遗像，床上一排排长短不一的毛裤，我流泪了。

也许，这位母亲想的是，等儿子 25 岁时，就能穿上另一个女人织的衣物了罢？

(2009 年)

> 这样的城市非常乏味,
> 它显示的是技术能量,没有灵魂。
> ——皮埃尔·卡蓝默

## 丢失的脚步

1

那些街上的晨跑者,那些蹦蹦跳跳上学的孩子,哪儿去了呢?

那些笑逐颜开、边走边聊的早班人,那些黄昏时的遛弯族,那些按时回家的自行车铃响……那些用脚步生活的人,怎么都不见了呢?

小,即美好。这是30年前经济学家舒马赫的一册书名。我越来越支持这句话。

大,正让城市削掉双足,脚步日渐枯萎。我们腿脚的使用率已低于人体其他部位,它甚至很少被放置到地面上——我说的不是地板。"有足而不用,与无足等耳。"一个天天乘车踏板、周旋于电梯者,与轮椅上的人差不多。

街头,叮叮当当的钉鞋掌声消失了。

我们不再有磨坏的鞋子。我甚至想收藏一架那种补鞋机,它快成古董了吧?就像乡下的磨盘和犁具。

点与点之间的遥远,让我们望而却步,不得不折叠起双足,换之以轮胎和轨道。

现代人的日常身份,不再是"行人",而是"乘客"。

## 2

北京城,已套上了第六个大呼啦圈,且环距越来越大。

没人再敢把城市当棋枰、视自己为棋子了。城市的态势只能用涟漪来形容,且是巨石"扑通"激起的那种。面对急剧的放扩,没人敢吹嘘熟悉每一条波纹了,连的士司机都像片警那样,专挑熟悉的"片"跑。每逢赶急,我从不敢搭私车去机场,看错一个路标,前程就毁了。

"大"编织的迷宫、复杂和诡秘,无端制造的浪费与周折,让一切"准时"的承诺都变得可疑、艰巨、近乎说谎。

由于太大,任何人都只能消费极小一部分,无法从整体上参与它、拥有它。

这是一盘谁也下不完的棋。人只能在上面流浪,胡乱移动。某种意义上,已无真正的"北京人""上海人""广州人"。无边无际、日夜更新的城市,所有人都变成了它的陌生客,几月不出门,即陷入"异地"的恍惚和迷失。

记得购房时,关于地点,我有个愿望:能一句话说清我究竟住哪,并让朋友凭这句话找到我。后发现,这想法太腐败了!除非你住在天下皆知的某个地标旁,以正常购买力,这简直痴人说梦。我曾给一个土著朋友发短信,说明来我家的驾车路线,尽管言简意赅,还是耗了五十多字。

据说,法国学者皮埃尔·卡蓝默访问了几座中国城市后,感叹:"它们太大了,每一次进入我都忍不住发抖。"

在无界的大面前,脚力是渺小的,所有的腿都会恐惧、自卑、抽搐。

由于"脚"和"历程"之间的逻辑弛散了,"人生脚步"一词,正丧失其象征性。城市无法用脚来丈量,人生也不再用脚来记录。我的办公室同事,人均每日乘车三小时,那是一种天天出差的感觉。一家伙恶狠狠道:"天天仨小时!他妈的,练书法我早成了大师,下围棋我早晋了八段……"

是的,我们最有效的生命时间,虚掷在了路上。

而且,这是纯物理、纯机械的"赶路",绝无精神活动和审美可能:堵、挤、抢、搡、刮擦、焦灼、噪音、污染……整个一皱眉和骂娘的过程。

3

我一直深以为——
美好的地方一定是养脚的地方。诗意的城市应该是漫步的城市。

我对"散步"一词有着本能偏爱，多年前逛书店，一眼瞅见封皮上有"散步"的两册：宗白华《美学散步》，卢梭《一个孤独散步者的遐想》。二话不说捧回家，果然好书，极好的书。

我热爱散步的人生，信任散步的产物。好的灵感、音符、情愫，就像蚂蚱藏在你的途中，会突然于草丛中跃出。

什么情况下，漫步会成为城市的主题？人会心甘情愿地安步当车呢？

除城不能太大、任意两点间不能太远，还有两条：一、沿途空间应有舒适性和愉悦感，有魅力，不乏味；二、人的生活节奏相对舒缓，不焦灼，不拼急。

后者属时代心境，最难化解，不多赘，只说空间。

一个城市是否对脚友好，是否对漫步发出了真挚邀请，看人行道即一目了然。人行道在道路系统中的地位，直接反映出对脚的态度。而普遍现状是：人行道的待遇太差了，较之宽阔的车道，它要么被忽略不计，要么被严重冷落和边缘化，甚至被侮辱。不仅人行道受车道欺负，行人在车辆前也被迫礼让、退避、服从。

在一座美好之城里，道路系统应在细节上处处体现对行人的体恤，人行道应享有特殊的荣誉和尊严。

那天，我要到马路对面去，一个外地来的朋友正拼命挥手，可附近既无天桥亦无路口，我想了半天，也不知如何跨越几十米天堑，最后招了辆车，到一桥底再绕回来，跋涉了几公里，才和朋友握上手，真可谓咫尺天涯。

丹尼贝尔说：城市不仅是一个地方，更是一种心理状态，一种生活方式的象征。

选择一座城市,就是投奔一种生活。

规划一座城市,就是设计一种生活。

4

"湖上笠翁"李渔最懂得"步"和"行"的关系。《闲情偶寄》里有一篇专门论行,他对沉湎车马者的建议是——

"使乘车策马之人,能以步趋为乐,或经山水之胜,或逢花柳之妍,或遇戴笠之贫交,或见负薪之高士,欣然止驭,徒步为欢,有时安车而待步,有时安步以当车。"

他的时代全是木牛流马的环保车,故只从美学上衡量废足的损失,若换了现在,无马可策、无辔可驭,唯有屁股冒烟的汽车,这位绿色享乐者恐该气急败坏了。

虽发掘出很多足乐,但显然,他对沿途空间企求太高:山水之胜,花柳之妍,负薪之高士……也就是说,行步之趣须魅力风物相伴,须有好玩的故事和兴奋点。心旷神怡,方举目皆景,否则即纯粹累足之苦。

柳永有过一篇《望海潮》,写宋朝杭州市景:"烟柳画桥,风帘翠幕,参差十万人家……市列珠玑,户盈罗绮,竞豪奢。重湖叠 清嘉,有三秋桂子,十里荷花。羌管弄晴,菱歌泛夜,嬉嬉钓叟莲娃。千骑拥高牙,乘醉听箫鼓,吟赏烟霞……"

读罢,我真有股冲动,恨不得即刻动身,奔赴那座伟大的城池。

那样的户外，你想不挪步都难，会觉得呆屋里是犯罪，走得太急也是犯罪。

## 5

不可否认，长安街乃京城最伟大的街。我曾尝试在这条伟大的街上散步，发现唯深夜可忍，白天只适于车，不适于行。它空阔嘈杂，油味呛鼻，让人心烦意乱不说，且树稀荫小，不便停驻和小憩；虽建筑林立，但万象实为一景，枯燥无味，缺乏细节。而且，其笔直和宽幅也决定了它只适于游行和阅兵，不支持个体散漫和自由。

在《美国大城市的死与生》中，雅各布斯说出了一重要观点：城市要饱满，要丰富，须保证"大多数街段要短，也就是说，在街上很容易拐弯"。

在北京，真正对漫步发出邀请的是胡同。其一砖一木都有体温，元素鲜活，细节密集，最具酵母气息和微生物色彩，所遇之人也有趣……重要的是，你能与它对话，一副门礅、春联、一棵槐树和一窝喜鹊，一丛墙头草或一只流浪猫，都是一个有趣的信息体。而长安街，你就没法交流，它根本不打算和你平等。那些威风凛凛的建筑体，阴郁僵冷，拒绝握手，拒绝攀谈，只接受瞻仰、服从。

琉璃厂、大栅栏，本为京城最活跃的市井，但整饬葺新后，野性和生趣没了，故事与传奇没了，民间性和平易感没了，店主与顾客的多样性也没了……总之，有意思的人和事都没了，甚至比不上潘家园和报国寺的地摊，后者更有张力和弹性，更有潜伏的江湖能量。偶尔，我也会串串琉璃厂，但权当凭吊了，脑子里装的满是王世襄、张中行笔下的旧影，画饼充饥罢了。

胡同街区的枯萎、市井活性的夭折、"步行街"的出世，皆意味着漫步文化渐行渐远。

当走路成为一件乏味的体力活，兴致即衰了。人行道的物理性能再好，也只能满足运动一下筋骨，寂寞而出，索然而归。在广州、厦门和泉州的老城，我邂逅一些残破的旧骑楼，它们身处繁华，临街倚铺，探出一溜檐廊来，衔连几百米，可遮风蔽雨挡晒。据说该设计曾风靡于南洋，和古廊桥相似，它处处体现对行人的召唤与体贴，可谓关怀备至，非常温馨。

北方的林荫道、风雨亭，南方的骑楼、廊桥，都是漫步文化的产物。

或许车马稀少之故，祖先在建筑上极其呵护行人和散客。现代场馆则相反，重车辆重利润，停车位、停车场，设施服务皆一流，但一个过路人休想从建筑中得到任何免费的好处。

# 6

另外，要提一下自行车。

在我眼里，这是一种伟大而可爱的发明。它是马匹被取消后人类脚力获得的最大补偿和抚慰，也是我能接受城市适度放大的原因。仔细看，你会发现自行车很有美感，它转化人的能量，像一双有魔力的鞋子,且清洁可亲,不像汽车那样冷血和暴躁。我宁愿把它视为原始"脚步"的升级版和时尚版,它与人体组合出了一种新的"脚步"。

事实上,自行车所受的冷遇和奚落,与行走相差无几。

当一个城市开始歧视起脚和自行车来,它已毫无美感。

当一个城市无法用脚和自行车来丈量,它已失去道德。

"这样的城市非常乏味,它显示的是技术能量,没有灵魂。"皮埃尔·卡蓝默说。

## 7

给双足一块有力量的落点吧。

脚,是要用来走路的。否则,从肉体到精神皆有"失足"感。

那年,崔永元拉一帮人去搞"新长征",红旗飘飘,走了趟物非人非的老路。我所在的央视栏目做了期纪录片,讲这群好事者如何折磨自己,如何痛并快乐着。我还发明了个词:"精神足疗"。在我看来,小崔的红旗实为幌子,不过是一帮废足已久、萎靡不振的现代人——做了次"足底按摩"罢了。

据说疗效不错,很多脚激动得热泪盈眶,小崔的抑郁也好了大半。

足底穴位那么多,通着那么多经络和神经元,不治百病才怪呢。

*(2009年)*

> 我要还家，我要转回故乡。
> 我要在故乡的天空下，沉默寡言或大声谈吐。
>
> ——海子

## 每个故乡都在消逝

### 1

先讲个笑话。

一人号啕大哭，问究竟，答：把钱借给一个朋友，谁知他拿去整容了。

在《城市的世界》中，作者安东尼·奥罗姆说了一件事：帕特丽夏和儿时的邻居惊闻老房子即将拆除，立即动身，千里迢迢去看一眼曾生活的地方。他感叹："对我们这些局外人而言，那房子不过一种有形的物体罢了，但对于他们，却是人生的一部分。"

这样的心急、这样的驰往和刻不容缓，我深有体会。

现代拆迁的效率太可怕了，灰飞烟灭即一夜之间。来不及探亲，来不及告别，来不及救出一件遗物。对一位孝子来说，不能送终的遗憾，会让他失声痛哭。

2006年，在做唐山大地震30年纪念节目时，我看到一位母亲动情地向儿子描述："地震前，唐山非常美，老矿务局辖区有花园，有洋房，最漂亮的是铁菩萨山下的交际处……工人文化宫里可真美啊，有座露天舞台，还有古典欧式的花墙，爬满了青藤……开滦矿务局有带跳台的游泳池，有个带落地窗的漂亮大舞厅……"

大地震的可怕在于，它将生活连根拔起，摧毁着物象和视觉记忆的全部基础。做那组电视节目时，竟连一幅旧城容颜的图片都难觅。

1976年后，新一代唐山人对故乡几乎完全失忆。几年前，一位美国摄影家把1972年偶经此地时拍摄的照片送来展出，全唐山沸腾了，睹物思情，许多老人泣不成声。因为丧失了家的原址，30年来，百万唐山人虽同有一个祭日，却无私人意义的祭奠地点。对亡灵的召唤，一直是十字路口一堆堆凌乱的纸灰。

一代人的祭日，一代人的乡愁。

比地震更可怕的，是一场叫"现代化改造"的人工手术。一次城市研讨会上，有建设部官员忿忿地说：中国，正变成由1000个雷同城市组成的国家。

如果说在这个世界上，每个人都只能指认和珍藏一个故乡，且故乡信息又是各自独立、不可混淆的，那么，面对千篇一律、形同神似的 1000 个城市，我们还有使用"故乡"一词的勇气和依据吗？我们还有抒情的可能和心灵基础吗？

是的，1000 座镜像被打碎了，碾成粉，又从同一个模具里脱胎出来，此即"日新月异""翻天覆地"下的中国城市新族。它们不再是一个个、一座座，而是身穿统一制服的克隆军团，是一个时代的集体分泌物。

每个故乡都在沦陷，每个故乡都因整容而毁容。

读过昆明诗人于坚一篇访谈，印象颇深。于坚是个热爱故乡的人，曾用很多美文描绘身边的风物。但 10 年后，他叹息："一个焕然一新的故乡，令我的写作就像一种谎言。"

是的，"90 后"一代肯定认为于坚在撒谎、在梦呓。因为他说的内容，现实视野中根本没有对应物。该文还引了他朋友的议论："周雷说：'如果一个人突然在解放后失忆，再在今年醒来，他不可能找到家，无论他出生在昆明哪个角落。'杜览争辩道：'不可能，15 年前失忆，现在肯定都找不到。'"

这不仅是诗人的尴尬，而且是时代所有人的遭遇。相对而言，昆明的被篡改程度还算轻的。

## 2

"故乡"，不仅仅是个地址和空间，它是有容颜和记忆能量、有年轮和光阴故事的，它需要视觉凭证，需要岁月依据，需要细节支撑，哪怕蛛丝马迹，哪怕一井一石一树……否则，一个游子何以与眼前的景象相认？何以肯定此即魂牵梦绕的旧影？此即替自己收藏童年、见证青春的地方？

当眼前事物与记忆完全不符，当往事的青苔被抹干净，当没有一样东西提醒你曾与之耳鬓厮磨、朝夕相处……它还能让你激动吗？还有人生地点的意义吗？

那不过是个供地图使用、供言谈消费的地址而已。就像北京的车站名，你若以为它们都代表"地点"并试图消费其实体，即大错特错了："公主坟"其实无坟，"九棵树"其实无树，"苹果园"其实无园，"隆福寺"其实无寺……

"地址"或许和"地点"重合，比如"前门大街"，但它本身不等于地点，只象征方位、坐标和地理路线。而地点是个生活空间，是个有根、有物象、有丰富内涵的信息体，它繁殖记忆与情感，承载着人生活动和岁月内容。比如你说"什刹海""南锣鼓巷""鲁迅故居"，即活生生的地点，去了便会收获你想要的东西。再比如传说中的"香格里拉"，即是个被精神命名的地点，而非地址——即使你永远无法抵达，只能诗意消费，也不影响其存在和意义。

地址是死的，地点是活的。地址仅仅被用以指示与寻找，地点则用来生活和体验。

安东尼·奥罗姆是美国社会学家,他有个重大发现:现代城市太偏爱"空间"却漠视"地点"。在他看来,地点是个正在消失的概念,但它担负着"定义我们生存状态"的使命。"地点是人类活动最重要、最基本的发生地。没有地点,人类就不存在。"

其实,"故乡"的全部含义,都将落实在"地点"和它养育的内容上。简言之,"故乡"的文化任务,即演示"一方水土一方人"之逻辑,即探究一个人的身世和成长,即追溯他那些重要的生命特征和精神基因之来源、之出处。若抛开此任务,"故乡"将虚脱成一记空词、一朵谎花。

当一位长辈说自个儿是北京人时,脑海里浮动的一定是由老胡同、四合院、五月槐花、前门吆喝、六必居酱菜、月盛斋羊肉、小肠陈卤煮、王致和臭豆腐……组合成的整套记忆。或者说,是京城喂养出的那套热气腾腾的生活体系和价值观。而今天,当一个青年自称北京人时,他指的一定是户籍和身份证,联想的也不外乎"房屋""产权""住址"等信息。

前者在深情地表白故乡和生壤,把身世和生涯融化在了"北京"这一地点里。后者声称的乃制度身份、法定资格和证书持有权,不含感情元素和精神成分。

3

让奥罗姆生气的是他的祖国,其实,"注重空间、漠视地点"

的生存路线,在当下中国演绎得更赤裸露骨、如火如荼。

"空间"的本能是膨胀和扩张,它有喜新厌旧的倾向;"地点"的秉性是沉静和忠诚,无形中它支持保守与稳定。二者的遭遇折现在城市变迁中,即城区以大为能、建筑以新为尚,而熟悉的地点和传统街区,正承受垃圾的命运。其实,任何更新太快和丧失边界的事物,都是可怕的,都有失去本位的危险,都是对"地点"的伤害。像今天的北京、上海、广州,一个人再把它唤作"故乡",恐怕已有启齿之羞——

一方面,大城欲望制造的无边无际,使得任何人都只能消费其极小一部,没人能再从整体上把握和介入它,没人再能如数家珍地描叙和盘点它,没人再能成为名副其实的"老人"。

另一方面,由于它极不稳定,容颜时时变幻,布局任意涂改,无相对牢固和永久的元素供人体味,一切皆暂时、偶然,沉淀不下故事——于是你记不住它,产生不了依赖和深厚情怀。总之,它不再承载光阴的纪念性,不再对你的成长记忆负责,不再有记录你身世的功能。

面对无限放大和变奏、一刻也不消停的城市,谁还敢自称其主?

所有人皆为过客,皆为陌生人,你的印象跟不上它的整容。而它的"旧主"们,更成了易迷路的"新人",在北京,许多生于斯、长于斯的长者,如今很少远离自己的那条街,为什么?怕回不了家!如此无常的城市里,人和地点间已失去了最基本的约定,同一位置,每年、每月、每周看到的事物都闪烁不定,偶尔,你甚至不如一个刚进入它的人了解某一部位的现状,有一回,我说广内大街有家馆子不错,那个在京开会的朋友摇摇头,甭去了,拆了。我说:"怎么会呢?上月我还去过啊。"朋友笑道,昨天刚好从那儿过,整条街都拆了。我叹息,那可是条古意十足的老街啊。

吹灯拔蜡的扫荡芟除,无边无际的大城宏图,千篇一律的整容模板……

无数"地点"在失守,被更弦易帜。

无数"故乡"在沦陷,被连根拔起。

何止城池,中国的乡村也在沦陷,且以更惊人的速度坠落。因为它更弱,更没有重心和屏障,更乏自持力和防护性。我甚至怀疑:中国还有真正的乡村和乡村精神吗?

央视所谓"魅力小镇"的评选,不过是一台走秀,是在给遗墟颁奖。那些古村名镇,只是没来得及脱旗袍马褂,里头早已是现代内衣或空空荡荡。在它们身上,我似乎没觉出"小镇"该有的灵魂、脚步和炊烟——那种与城市截然不同的生活美学和心灵秩序。

天下小镇,都在演出,都在伪装。

真正的乡村精神——那种骨子里的安详和宁静,是装不出来的。

# 4

"我回到故乡即胜利。"

自然之子叶赛宁如是说。

沈从文也说:"一个士兵要么战死沙场,要么回到故乡。"

他们算是幸运,那个时代,故乡是不死的。至少尚无征兆和迹象,让游子担心故乡会死。

是的,丧钟响了。是告别的时候了。

每个人都应赶紧回故乡看看,赶在它整容、毁容或下葬之前。

当然还有个选择:永远不回故乡,不去目睹它的死。


我后悔了。我去晚了。我不该去。

由于没在祖籍生活过,多年来,我一直把70年代随父母流落的小村子视为故乡。那天梳理旧物,竟翻出一本自己的初中作文,开篇为《回忆我的童年》。

"我的童年是在乡下度过的。那是一个群山环抱、山清水秀的村庄,有哗哗的小溪、神秘的山洞、漫山遍野的金银花……傍晚时分,往芦苇荡里扔一块石头,扑棱棱,会惊起几百只大雁和野鸭……盛夏降临,那是我最快乐的季节。踩着火辣辣的沙地,顶着荷叶跑向水的乐园。村北有一道宽宽的水坡,像一张床,长满了碧绿的青苔,坡下是一汪深潭,水中趴着圆圆巨石,滑滑的,像一只只大乌龟露出的背,是天然的游泳池……"

坦率说,这些描写一点没掺假。多年后,我遇到一位美术系教授,他告诉我,30年前,他多次带学生去胶东半岛和沂蒙山区写生,还路过这个村子。真的美啊,他一口咬定。其实不仅它,按美学标准,那个年代的村子皆可入画,皆配得上陶渊明的那首"暧暧远人村,依依墟里烟。狗吠深巷中,鸡鸣桑树颠"。

几年前,金银花开的仲夏,我带夫人去看它,亦是我30年来首次踏上它。

一路上,我不停地描绘她将要看到的一切,讲得她目眩神迷,我也沉浸在"儿童相见不相识,笑问客从何处来"的想象与感动中。可随着刹车声,我大惊失色,全不见了,全不见了,找不到那条河、那片苇塘,找不到虾戏鱼溅的水坡,找不到那一群群龟背……代之的是采石场,是冒烟的砖窑,还有路边歪斜的广告:欢迎来到大理石之乡。

和于坚一样,我成了说谎者、吹嘘者、幻觉症病人。

## 5

没有故乡,没有身世,人何以确认自己是谁、属于谁?

没有地点,没有路标,人如何称从哪里来、到哪里去?

这个时代,不变的东西太少了,慢的东西太少了,我们头也不回地疾行,而身后的脚印、村庄、影子,早已无踪。

我们唱了一路的歌,却发现无词无曲。

我们走了很远很远,却忘了为何出发。

(2009年)

> 它时宏时细,忽远忽近,亦低亦昂,倏疾倏徐……
> 它是北京的情趣,不知多少次把人的目光引向遥空。
>
> ——王世襄《北京鸽哨》

## 天上的那件事

对老北京来说,有两缕声音最魂牵梦绕:鸽哨与空竹。

安静的年代,无论串胡同,还是伫庭院,只要稍留神,耳朵里就会飘入它们。二者的音容又近乎姊妹:嗡嗡嘤嘤、央央琅琅,如梦如幻、清越绵长……不同的是,一个在高处疾掠,一个于低空徜荡。

尤其鸽哨,乃皇城根最大牌的嗓子。没有它,没了这动静,京城的空气便仿佛睡着了,丢了魂儿……

如今的北京,鸽哨难觅了。

大家很少再集体仰望什么,天上的那件事——那件最美妙的事,那群滑着弧线、溜冰似的翅膀,那群雨点般的精灵,不见了。

天寂寞了,云枯瘦了。即使晴空,因没有翅膀和音符,也像白痴。

奥运前夕,北京广播电台灌了一张CD:《听,北京的声音,2008秒》。

雕刻市井之声，描画古都音容，这是个很童话的创意。据说最费周折的是录鸽哨，起初难觅养鸽人，他们仿佛蒸发了，不知被高楼大厦攆到了何处，总算找到了一户，但环境太嘈，车水马龙，根本没法录。末了，遇上了在宋庆龄故居做义工的郑永祯，郑师傅酷爱鸽子，退休后主动来这里驯鸽，其弟则擅长配哨，可谓珠联璧合。谁知，又遇上个大麻烦，附近住着位高官，嫌闹腾，不让鸽子带哨上天，要择时机……

郑师傅还做了件有意义的事，一件大事：帮王世襄养鸽子。

世襄先生是个最好介绍又最难定义的人。往复杂了说，乃文物家、史学家、民俗家、美食家、收藏家、鉴赏家；朝简单了说，就是个一辈子爱玩、懂玩、玩透了的老小孩。而所有玩习中，畜鸽听哨为至爱，他甚至编著了《北京鸽哨》《明代鸽经·清宫鸽谱》等鸽书，将鸽哨的源流、制式、造法、音效一一详解。

先生戏称自己乃"吃剩饭，踩狗屎"之辈，何出此言呢？"过去养鸽子的人，对鸽子就像待孩子。自个吃饭不好吃，扒两口剩饭就去喂鸽放鸽。他们还有个习惯，一出门不往地上看，却往天上瞅，常常踩狗屎。"

鸽哨声声的年代，老北京人都有翘首的习惯，想必那会儿，驼背也少吧。据说，梅兰芳担心眼皮耷拉，曾专门养鸽子，或仰颈，或远眺，至晚年眼睛尚未变小。

王世襄回忆说："过去几乎每条胡同上空都有两三盘鸽子在飞。

悦耳的哨声,忽远忽近,琅琅不断。"养鸽行话多,圈内不叫养鸽,叫盘鸽。24只算一拨儿,要盘最少两拨儿,飞起来才好看。盘鸽至少早晚两次,若不勤飞,鸽身囤肉赘膘,就废了。

哨的制式和使用更讲究,按世襄的说法,有葫芦类、联筒类、星排类、星眼类……细分又有三联、五联、十三星、十一眼、双鬼连环、众星捧月……编排不同,绑式不同,音色音律各异。据传从商代起,即有人畜鸽了,而对制哨名家的记载,约始于两百年前。

应该说,正是鸽和哨,排遣了天空的寂寞。

我最早对鸽哨的印象,来自电影,尤以北京、西安为背景的片子,它几乎是故事开场的第一声,又总和钟鼓楼、四合院配一起,想必在导演看来,鸽哨亦是生活空间的必需元素罢。后来我才知,其实影视里的鸽哨,全部是音效合成,或者说口技,真实的鸽哨很难采集,因为录音师在地面,嘈声加上建筑的反射音,录了也没法用,只能进音棚伪造。

世襄老人曾言一笑话,说他看电视,好像央视某节目片头:"升国旗,多么庄严,接着是壮丽山河、长城。随后从老远飞过来鸽子,等近了一看,啊,怎么是那种叫'落地王'的西洋肉鸽啊!"

老人钟爱的是中华观赏鸽。

原来,担负鸽阵和佩哨任务的并非普通鸽子,而是观赏鸽。信鸽耐力好,适于马拉松长途,却不会技巧飞。而广场鸽、庆典鸽和媒体画面中的鸽子，多是无飞翔天赋的肉鸽，在鸽人眼里，属"盘"不起来的阿斗，只能滥竽充数、遮人耳目。中国民间曾孕育过 400 多种观赏鸽，像黑点子、紫点子、老虎帽、灰玉翅、黑玉翅、紫玉翅、铁翅鸟、铜翅鸟、斑点灰、勾眼灰……体态和鸽名一样俊美。经过"除旧""文化大革命"和大规模城市改造，还剩多少，无人知底了。

据说，世襄晚年最大的遗憾，即没地儿畜鸽。所以，他将此事托付给郑师傅和名人故居的一个旮旯，并寄望北京奥运会上，腾空而起的是中华观赏鸽。

"它不像信鸽，一放全跑了，而是围着巢舍成群盘旋。养好了可一盘白，一盘灰，一盘紫。鸽哨传出钧天妙乐、和平之音，定能为'人文奥运'添上最亮丽、最生动的一笔。"九旬的世襄亲书《关于奥运会放飞观赏鸽的献议》，正式呈交奥组委。谁都明白，老人想借奥运东风，托一把摇摇欲坠的鸽文化。

奥运开幕那夜，我守在电视机前，祈祷老人能如愿。终于，该放鸽了，那座叫鸟巢的盆子里升起的竟然不是翅膀，而是少女的纤纤玉手和声光烟幕……

张艺谋不愧导演天才。但整晚，我为一位老人黯然神伤。

一位被放了鸽子的养鸽人。


在京这些年，我只在东城和高碑店——几片拆剩的平房区，邂逅过鸽阵。不多，大概一两盘的样子，飞得吃力，有些恍惚，很难配得上"翱翔"一词。这怪不得它们,到处高楼大厦,犹如石林中穿梭,怎敢不小心翼翼、如履薄冰。

其实,我不希望它飞得更高、更远,北京的楼如雨后春笋,起得太快、太突兀,在空中找稳定地标是件难事,鸽子会迷路的。

翅膀在流浪。有翅膀的人被放逐。

世襄的鸽友们,那些"游手好闲"者,既买不起城里的房子,更撑不开水泥的天空。

如今,谁是天空主人?尘埃、噪音、尾气、高楼、机翼?

没了平宅院落、辽阔天庭,没了空气的清洁、幽静……也就取缔了鸽子的宿舍和道路,盘剥了鸽哨的释放空间和路人的仰望空间。

城市的飞鸟时代,真的落幕了?

除了那件事,还有什么能让人突然驻足,对着天空久久着迷?还有什么能让我们从生活中停下,养成抬望的习惯?

没了那件事,我们会不会变成一群只低头觅食、左刨右挖,只惯于在地上找东西的动物?

京都又要阅兵了,激动人心的机翼将呼啸着掠过天安门。你说,什么时候,京城的天上能随处可见鸽哨编队呢?

多物美价廉的事啊。无油耗,无污染,无惊扰。

(2009 年)

> 我们没有创造这个世界，我们正忙于削弱它。
> 我们需要找到如何使我们自己变得小一些，不再是世界中心的办法。
> ——比尔·麦克基本

## 荒野的消逝
——兼致"哥本哈根气候大会"上的哭泣

### 1

早上跑步，遇到件有趣的事：园子深处有一条僻径，两畔是大树和灌丛，少有人及，我跑过去时，一切正常，可原路折返时，忽眼前一晃，一条亮晶晶的丝拦住去路，我呆住，一只大蜘蛛正手忙脚乱，原来，趁我来去的间隙，它已在两棵树之间设下埋伏。我不敢惊扰这桩阴谋，在欣赏够了这个自以为是的家伙后，我吹起口哨，绕道而行。

这给了我一天的兴奋。此后，我热爱起这个园子——此前我并不欣赏她过度修饰和文明的外表，因为在那种整齐的美之下，仍活跃着一缕野性的能量，使之每个瞬间都充满未知、偶然和动荡，尽管微弱、隐蔽，甚至被忽略不计，但在我心里，它已扭转了这园子的气质。

很显然,上述快乐并非源于邂逅蜘蛛,而是一份叫"野"的元素给的。这份"野"代表着一种诞生了亿万年的原始力量和生物激情,它在文明之外,在"时代""社会""人间"概念与内容之外。我亢奋的秘密在于:我撞上了大自然的力。蜘蛛要俘获的不是我,但等来的却是我,在它眼里,我和它是平等的野物——荒野的成员,我为突如其来的"平等"所晕眩……我被蜘蛛的逻辑粘住了,我被它邀请和一视同仁了,它奖励了我一个古老身份,一个和文明无关的洪荒身份……这是值得大声欢呼的。

当然,这有非分之想的成分。在北京这座大城市的腹部,向一座人工园子索取更多野趣,无论如何显得矫情。

## 2

这个细节还激起了我对"野性"的遐想。

何谓野性呢?为何人们一边毫不犹豫清剿着身边最后一抹野趣,一边又憧憬着"可可西里""罗布泊"式的荒凉?

美国环境学家霍尔姆斯·罗尔斯顿说:"每一条河流,每一只海鸥,都是一次性的事件,其发生由多种力、规律与偶然因素确定……例如,一只小郊狼蓄势要扑向一只松鼠时,一块岩石因冰冻膨胀而松动,并滚下山坡,这分散了狼的注意力,也使猎物警觉,于是松鼠跑掉了……这些原本无关的元素撞到一起,便显示出一种野性。"我觉得，这是对野性最好的阐述。野性之美，即大自然的动态、偶发和未知之美，它运用的是自己的逻辑，显示的是蓬勃的本能，是不受控制和未驯化的原始力量，它超越人的意志和想象，位于人类经验和见识之外。

在北京，有一些著名的植物景点，像香山的红叶、玉渊潭的樱花、北海的莲池、钓鱼台的银杏……每年的某个时节，报纸电视都要扮演花媒的角色，除渲染对方的妖娆，并叮嘱寻芳的路线、日程、方案等细节。比如春天，玉渊潭网站的访问量就会激增，关于早、中、晚樱的花讯，像天气预报一样准。美则美矣，但这种蜂拥而至的哄抢式消费，尤其被人工"双规"——规定时间、规定地点的计划性绽放，再加上门票交易环节，使得这一切酷似一场演出……除了印证已知，除了视觉对色彩的消费，它不再给你额外惊喜。所以，这些风物我涉猎一次后，便没了再访的冲动和理由。

日子长了，诸景在北京人心目中，便沉淀为一种季节印象，甚至代指起了时间来，如很多文章开头会写："当香山枫叶红了的时候……""玉渊潭的樱花又开了……"这样的花开花落，呼应的是旧闻和经验，精神上往往无动于衷。

种植型风景，本质上和庄稼、高楼大厦一样，属人类的方案产品和预定之物，乃劳动成果之一。它企图明晰、排斥意外、追求秩序和严谨，如玉渊潭樱树，每一株都被编了号，依品种、花期、色系、比例，分配以特定区域、岗位和功能，总之，这是一套被充分预谋和策划的美学体系，像鸟巢升起的奥运焰火，其"盛世"颂语早就被一笔一画灌注在了火药配方里。一个人注视绚丽焰火和瞥见天际流星，感受截然不同，前者是工程之美，后者属野性之灿，前者你可以夸奖张艺谋，而后者导演是大自然，你无从感激，只会对天地油生敬意。

荒野的最大特征，即独立于人的意志之外，它和文明无关。

有一次，指导闽台合作的一档电视旅行节目，用我的话说，这是一个逃离都市的精神私奔者的系列故事。其中一期是云南，有一镜头：台湾主持人在路边摘了一朵花，兴奋地喊："野玫瑰！"我说：你若能发现一朵'不知名的花'就好了。"说白了，一个带观众去远方的背包客，我希望她走得再狂野和不规则一些，能采集到大自然的一点野性，能邂逅更多的未知与陌生，如此，才堪称"在那遥远的地方"。远方的魅力和诱惑，即在于其美学方向和都市经验之相反，而"玫瑰"一词，文气太重，香水味太呛鼻了，它顶多会让我想起情人节、酒吧或花店，它甚至扼杀想象。

3

我们眼中的"世界"是个什么样子呢？

对一普通人来说，环绕身边的，几乎全是人类自己的成就：城乡、街巷、交通、社区、学校、医院、规则、法令……其实，世上还有一种成就，即"大自然成就"：山岳、湖泽、沙漠、冰川、生物、森林、矿藏、气候，甚至人本身亦是大自然成就之一。遗憾的是，21世纪的人类，正越来越深陷这样的处境：我们只生活在自己的成就里！

这一点，留意下身边即证实，除了农田和牧场，几乎所有地表都像书封一样被覆了膜，或水泥或沥青或瓷砖，在北京城，你几乎凑不齐一盆养花的泥土，除了专职绿地，连一片自主呼吸的裸地都难找。这些年，蝉鸣稀疏，即因为大地被封死了，蝉蛹无穴可居，无地气可养。原生态的自然初象，在人类的主流栖息区，已难觅其踪。我们似乎总难遏制这样的欲望：在所有的自然成就之上覆盖以人类自己的成就！此游戏就像小孩子朝树上刻名字。比如乐山大佛、龙门石窟、泰山崖刻，比如高山索道、观光缆车、张家界肩扛的贺龙公园，也许人类清楚，唯自然才永恒，所以凿山劈崖、以石塑身，借大自然成就彰显自己的事迹。再比如发生在长江三峡、雅鲁藏布江、喜马拉雅、南北极乃至月球上的事……无非旨在"鬼斧神工"上加一把人类自己的斧子。

我们似乎坚定地以为，所有的自然成就皆为人类成就的基础和原料，皆为人类生产力的试验场。如今，绝大多数动物已进入人类——这种特殊动物的笼子或牧栏，唯极少幸运者仍栖息在纯粹的大自然成就里——而寄存这项成就的荒野，正愈发萎缩，逃往极度虚弱的边缘。"可可西里"即一个招魂的象征，它意味着远方、神话、美丽和寂静，也意味着孤独、凋零、诀别与尾声。

我想，人类也许还有一种成就的可能，亦堪称最高成就：保卫大自然成就的成就。

只是，留给人类建功的机会和时日，恐怕不多了。

### 4

飓风、雷暴和大雨已不再是上帝的行动，而是我们的行动。（比尔·麦克基本《自然的终结》）

有则电视广告，主角是一只快被淹死的北极熊。擅游的北极熊会溺水？是，因为无冰层可攀了，再过20年，北冰洋将成为北水洋，只剩下水，无情之水。科学家预测，按现今温室速度，乞力马扎罗的雪将在十几年后消逝，对这座伟大的赤道山来说，那抹白色披肩不仅是"在野"之美，也是神性象征。在我眼里，这悲剧不亚于马克思被剃了胡子，没了它，伟人的尊严和标识荡然无存，那会是另一个人，谁也不敢与之相认了。2009年10月17日，印度洋岛国马尔代夫上演了一场被称为"政治行为艺术"的悲情剧：总统纳希德和14名内阁部长佩戴呼吸器，在6米深的海底举行了一次内阁会议。研究报告称，若全球变暖趋势不减缓，本世纪内，这个由1192座小岛组成的国家将被海水淹没。此举一个多月后，喜马拉雅山也上演了类似的一幕：出于对冰川融速的忧愤，尼泊尔总理与20多名内阁部长，戴着氧气罩，空降在海拔 5242 米的珠穆朗玛峰地区,不远处,正是各国登山者冲击峰顶的大本营。而几天后,在丹麦哥本哈根,在这届被称作"拯救人类最后机会"的全球气候大会上,一位斐济女代表在演讲中失声痛哭,因为她的家乡——那个以碧海蓝天和棕榈树著称的岛国,已四面楚歌、岌岌可危……

这些都是人类成就杀死自然成就的显赫事例,而隐蔽的个案,即每天发生在眼皮底下的常态细节:减损的湖泊、荡平的丛林、削矮的山头、人工降雨和催雪、被篡改结构和成分的土壤、时刻消逝的物种——就在人们热望大熊猫、藏羚羊、白鳍豚这些明星动物时,大量鲜为人知的生命体,正黯淡陨落。若有上帝,恐怕每天都忙于一件事:主持死难物种追悼会并敲响丧钟。

其实,在情感和审美上,现代人并非歧视自然成就,恰恰相反,人们酷爱大自然,像张家界的旅游口号即"来到张家界,回归大自然"(所以我对那个贺龙公园的创意感到惊愕),我们把离开自己的成就去拜谒大自然的成就叫作"旅游"。对于荒野,大家更是心仪,那么多人被野外观鸟、西域探险、尼斯湖怪兽、普罗旺斯传说、汽车拉力赛搞得神魂颠倒,甚至绞尽脑汁复制与虚拟,比如越野车"有熊出没"的图标,比如高尔夫和沙滩体育,其最大诱惑即在于提供幻相,让人误以为自己在野地里玩耍——即便伪造的"野",也令人亢奋。

只是人类的另一种能量——物质和经济的欲望、征服和掘取的欲望、创造和成就历史的欲望、无限消费和穷尽一切的欲望——

太强烈太旺盛了。这导致人们一边争宠最后的荒野,一边做着拓荒的技术准备;一面上演着赞美与愧疚,一面欲罢不能地磨刀霍霍。这种身心矛盾和精神分裂,情形上就像戒毒。

比尔·麦克基本在《自然的终结》中说:"我们作为一种独立的力量已经终结了自然,从每一立方米的空气、温度计的每一次上升中都可找到我们的欲求、习惯和贪婪。"

从"香格里拉"情结到"可可西里"现实,精神上的缥缈务虚与操作上的极度实用,自然之子的谦卑与万物君主的自诩……人类左右开弓,若无其事刮自己耳光。

## 5

在人类的世俗辞典中,"野地"一直被视为生产力的死角和"文明"的敌对势力。的确,肉眼望去,野地杂乱无章,不承载任何生计资源和经济利益,故人们一有机会即铲除它,像一个农民,瞅见庄稼地有杂草即不舒服,即欲拔之,这堪称"文明的洁癖"。该洁癖的后果,即我们的生活视线内,尽可有精致的绿地、苗圃、植物园,却不容忍一块天然野地。

人们常常将土地和野地混为一谈。土地是玉米、冲蚀沟和抵押生长的地方,而野地是自然的性格,是自然的泥土、生命和天气的集体和声。野地不识抵押,不识各种机构……贫瘠的土地可

能是富足的野地，只有经济学家才会将物质的丰饶等同于富足。（阿尔多·李奥帕德《沙郡年记》）

是啊，该换一种更辽阔更积极的眼光看野地了。

当然，野地应有它正确的位置，尽量不要与环境美学和人类的文明体系相冲突。比如，若天安门广场故意留一块野地，我想，连最极端的绿色主义者都不会赞成，因为没有功能和意义。但若它出现在京郊的密云、怀柔或延庆，那价值可能性就有了。

从北京的中央商务区出发，向西南开车不到两小时，即周口店猿人遗址。"北京人"头盖骨化石即发掘于此。在那儿，你会用肉眼确认一个教科书上的事实：野地才是人类的故里。繁华的北京，连一根杂草都难找的都市，可几千年前，它有个野性的名字——"蓟"。何谓"蓟"？《本草纲目》有记，一种叶齿锋利的野草。我个人以为，承认自己是猴子变的，承认自己是大自然的成就，深信并时常念叨这一点，对人类的精神和伦理成长很重要。我略感遗憾的是，周口店只给祖先保留了洞穴，却没有一片真正的荒凉与之匹配。山洞给人的印象，与其说是猿人故居，不如说是考古车间，你觉不出原始空间的荒凉、祖先的体温和气场，原因即周边缺少野地，或者说野得不够，使它和文明之间缺少一堵天然屏障，现代元素的干扰太多了。其实，中国最具现代性的都市，若毗邻一片相对纯粹的荒凉，无论从景观美学还是生态记忆上看，这种映衬和互补，都是一种优秀的环境理念和追求——自然成就与人类成就的珠联璧合。

# 6

我以为，野地有两种：乡野和荒野。

那种小额的、与文明为邻、可接纳人类考察和访问的野地，谓之"乡野"。乡野有个重要的美学功能，即它可成为城市文明的镜像——就像一个异性伙伴，作为距人类成就最近的自然成就，它能给人带来异体的温暖、野性的愉悦、艺术激励乃至哲学影响。

这些山脉的能量不仅流注到我们的物质生命中，也流注到我们的精神生命里。这湖边的荒野上，既有我的孤独，也有我与自然的互补。个人在荒野中最负责任的做法，是对荒野怀有一种感激之心。（霍尔姆斯·罗尔斯顿）

我们生于一个野蛮、残忍，同时又极美的世界。我珍视这样的渴望，即有意义的成分将居主导，并取得胜利……有这么多东西满溢我的心：草木、鸟兽、云彩、白昼与黑夜，还有人内心的永恒。我越对自己感到不确定，越有一种跟万物亲近的感觉。（卡尔·荣格）

我想，这种"跟万物亲近的感觉"，即重新确认自己属于大自然——把自己送回去，把精神和骨肉送回大地子宫——唤醒生命的本来面目和自然身份——进而与世界团圆的感觉。相反，一味推崇人的社会属性和文明高位，犹如无本之木、无源之水，会导致生命与母体在灵魂上失散、人与万物在精神上脱钩。

那么，何谓"荒野"呢？

"荒野"是一种广袤的独立于文明之外、有洪荒和永恒品格的处女地。那是纯粹的自然成就，人类尚未染指，其基本形态和内在逻辑与亿万年前没甚区别。在人类语境里，它有一个略带贬义的称呼——"无人区"。文明诞生前，世界皆荒野，猿祖仅是寄生其中的普通一员，和草丛中的蚂蚱无异，直到人类身份确立，开始了拓荒运动，荒野才有了独立涵义，并作为"文明"的对峙价值和反向力量而存在。如果说荒野是人类的故乡，那文明则是荒野的天敌，正是文明所代表的人类利益，不断围剿和削减着荒野，将之推向遥远天际，推向落日的地平线。

"荒野"乃排斥"人间"的一个词。它有着洪荒的寂静与安详，代表着上帝原配的秩序，运行着史前的逻辑和原理。它拒绝道路，拒绝时间和语言，拒绝领土概念和归属之争，拒绝地图、民族和政治（若人类不打算剥削它，其政治归属就毫无意义。"版图""领土"只对占领和统治等功利欲望才有价值，纯正的大自然则无视这些，就像一只海鸥和鲸鱼不会有国籍）……它拒绝一切文明的因子，只承接人类的想象、暗恋或敌视。连"可可西里"都算不上及格的荒野，因为在那儿，正频繁出没着它的破坏力量和保卫力量——严格地讲，保卫者也是其天敌。

正像霍尔姆斯·罗尔斯顿所说："荒野中没有英语或德语，没有文学或交谈……既没有资本主义也没有社会主义，既没有民主也没有君主专制。荒野中无所谓诚实、公正、怜悯或义务。荒野中也没有什么人类资源,因为资源像靶子或害虫一样,只有当人们某种兴趣被唤起时才存在。"

## 7

荒野如此独立,执行着如此自我和内在的尺度,对人类又这般冷漠,那它还有积极的价值和意义吗?

当然有,它保留着地球亿万年的密码、基因和神奇,它是一切生命的图腾和母巢,它存在的合理性远大于我们和我们的想象。

试听一下罗尔斯顿的声音吧——

"这里有光与黑暗、生与死。这里有几乎永恒的时间,有存在了20亿年的一种遗传语言。这里有能量与生物进化……这里有肌肉和脂肪、神经和汗水、规律与形式、结构与过程、美丽与聪明、和谐与庄严……荒野是生命最原初的基础,是生命最原初的动力。"

这是个浪漫的回答。也只有这种浪漫,才配得上回答,才敢于和能够回答。这是实用主义和技术主义难以理解的。罗尔斯顿使用的是一种突破人类边界的"大地伦理"——它不再以人类利益和价值观为尺度,不再考虑人类得失,不再引入争议和谈判,甚至不再运用证据和知识,或者说,它认为荒野乃上帝之物,有着天经地义的神性价值和自在意义。

爱德华·阿贝说:"你可以认为地球是为你和你的快乐准备的,

但若连沙漠也是你的，它为何只备很少的一点水？"人们常悲愤地究问为何一些王朝和古堡在沙漠里悄然蒸发了。其实真相并不神秘，只需请教一下那些土著——比如胡杨树和骆驼刺即可。像人这样大消耗量的种群，之于资源匮乏的沙漠，本身即负重超载，沙漠并不支持其大额存在。任何部族的消亡都死于自身的迷途和误入，无论它怎样一度兴旺，也只是错觉，它已透支了未来。

在这个世界上，有些资源并非供人消费的，也无须人类命名和确认。像日月星辰一样，它们有自在的意义、目标和使命。人最恰当的态度，就是以远眺的方式保持敬畏和憧憬，而人唯一获得的，就是一片原始圣地在内心激起的美好情愫和宗教暖意。

## 8

按有限消费与合理需求的原则，人类的"拓荒时代"早该结束了，早该进入"护荒时代"和"崇荒时代"——以捍卫自然成就为自身成就的时代。

我们晚了吗？

是的，有点。

因为我们不仅超额完成了"拓荒"，还干起了"灭荒"的勾当。

看看这个时代吧，我们已不仅将荒野放逐天涯即收手，而是赶尽杀绝，欲将整个地球包括大气层都变成沸腾的"人间"。也许我们并不想如此，但事实上正不折不扣这么干。有探险者在沙漠中遇难了，我们在其倒下的地方竖一块碑，刻几行字，既表彰人类的勇敢，也算替同胞复仇——在我看来，这碑和一只乱扔的饮料瓶没区别，它们都侮辱并杀死了荒野的纯度。

眼皮底下，我们如火如荼的文明和蓝图，几乎消灭了所有的乡野。

而在远方，我们的征服欲、好奇心、成就感，正让荒野奄奄一息。

如果一个国家毁灭了其98%的天然荒野，却还在打余下的2%的主意、在想这点荒野是否太多余了的话，那这个国家的价值观真是发疯了。（霍尔姆斯·罗尔斯顿）

有组不伦不类的词，叫"征程""进军""开拓"，除誓师大会，每次朝未知领域的出发，都会像挥斧一样舞动这些词。人类语境中，它们似乎永远高尚，代表着正义的擒获、真理的探取，但就是这些词，却暗含杀气腾腾的掳掠意味。

我们所有行动的出发点，皆在于把自己当成了地球唯一的合法业主，事实上，这正是人类怒斥的王道威权和纳粹主义。从大自然系统中抽身出来，封许自己至上的生存特权，这是人类最沉重的精神堕落。文明的悲剧，即始于此。

我们现在所干的一切，我们的挥霍水准，差不多是以1000个地球为假设库存和消耗前提的，但事实是：只有一个地球！

# 9

再过几十或上百年，纯粹的大自然成就还有吗？

若地球只剩下人类的成就，只剩下人类自己生儿育女，那一定是最卑劣的成就、最丑陋的儿女。

我们不想牺牲天然的多样性以换取有序，不想以牺牲精彩的自然历史来换取系统性。我们要的是带有偶然性的恒常性。野性似乎有显得混乱，从而影响自然历史成就的危险，但这最后的荒野，恰恰增强了自然历史的成就，并给新的成就加上了一种兴奋。（霍尔姆斯·罗尔斯顿）

说人类意识不到危机，是不公平的，但危机之下，那些僵持的谈判与激烈争吵又显得不可理喻。争吵的原因，不外乎地区私欲和政治博弈，不外乎资源的控制与瓜分、责任的推卸与转嫁。这些年来，从围绕《京都议定书》的种种扯皮到"哥本哈根大会"面红耳赤的撕咬，都让人类的西装领带和所谓的"文明"蒙羞。

面对巨量的物种消逝，埃利希夫妇曾哀泣："地球是一艘由人类驾驶的飞船，物种是这艘船上的铆钉，使物种灭绝，犹如恶毒地把铆钉敲掉。"虽然我不同意"人类驾驶"之喻（我认为是上帝驾驶或无人驾驶），但地球万物搭乘唯一的"生存共同体"和"命运共同体"，则是事实。不同的洲、民族、国家，也许分处不同舱室和床位,但船只有一艘,前途只有一个,任何只顾舱位不顾船体的私欲,都是愚蠢而可悲的。

20年前,《自然的终结》一书的作者写道——

"如果有人对我说,2010年世界将发生极其不幸的事,我会在表面上显示关切,而潜意识里把它撂到一边。"

## 10

惠特曼说:"每当我遇到极为悲痛和苦恼的事,总是等到夜晚,走到户外星空下,以求得无声的满足。"

而星空,正是天上的荒野。

我常觉得,世人的烦忧,也许在于太倚重"人间逻辑",太在意文明和习俗编撰的游戏程序,太迷信那些鼓吹价值观和伦理观的生活小册子了,所谓成败、正反、得失、荣辱、功过是非、幸与不幸……我理解川端康成的那句话:"如果一朵花很美,那么,我就有理由活下去。"我觉得这是跳出了"人间""世事"框架的彻悟,他突然意识到了生命的另一身份:花朵身份,生物身份。他意识到了自己的"小",和草木鸟兽一样的小小的自然身份。正是这种触地接壤、和泥土交融的感觉,让灵魂如释重负,不用在如风世事中荡秋千了。

我凝视过一些古老的树。我早年念书的地方——山东曲阜有2500年前的柏树,每次用掌心去抚触沧桑的树皮,感受其体温,揣摩其内部的年轮,我都隐隐动容。想想看吧,这样一棵树,它足以看着人类从幼儿到成年,从摇摇晃晃的学步到傲慢的航天发射……无数的时空,全部的文明,所谓博大精深的事物,都在一棵树的眼皮底下发生,犹如荒野中一群直立动物的玩耍。就像折子戏,你方唱罢我登场,再重大的历史,在一棵树眼里,也和一群顽童玩狗尾巴草无二……每想到这儿,我即觉得体内悄悄发生着变化,有一种倏醒、激活和畅通的感觉,古代、现在、未来——阻断的线路突然接上了,某种电流正驶过你,离生命和时空的真相越来越近,不用多余的言说,不用表达你的获得,而你明明获得了。

## 11

很多时候,"野地"能提供生命的另种向度、一种超越时空和经验的能量,那是一个清静而安详的空间,和亿万年前没大区别,越往深处体味它,它对你的滋养和浸润越浓,那种古老和原始给你的震惊越大……当重返"人间"时,一个人的肉体和精神往往焕然一新。

1792年7月2日,黑格尔在给女友的信中说:"我时常逃向大自然的怀抱,以便在这儿能使我跟别人——分离开来,从而在大自然庇护下,不受他们的影响,破除同他们的联系。"

黑格尔投奔的,无疑是"乡野"。

想想那样一幅画吧：在虫鸣草寂、树叶飒飒的空旷中，生命的原初感、清晨感、婴儿感——骤然睁眼，尘嚣被远远抛开，个体的宁静、精神的自由、灵魂的纯真与谦卑——重新回归人体。无论沐浴感官，还是唤醒脑力，野地都是高能量的磁场。

想一想这些，或许，我们会对世界更加热爱，对生活更加眷恋，会打消各种愤懑、狂妄、诅咒、绝望或自杀的念头罢。

想一想这些，我们会对宇宙有更神性的理解，内心会进驻更多的光，会更好地理解时空、社会、文明、信仰、矛盾，从而更好地设计和安置个体的人生，伟大而渺小、珍贵而卑微的一生。

缪尔说："走向外界，我发现，其实是走向内心。"

(2009年9月初稿

2009年12月，"哥本哈根气候大会"闭幕日改定）

# 古典之殇

## 1

"今人不见古时月,今月曾照古时人。"

然而,多少古人有过的,今天的视野中却杳无了。

比如古诗词中的盛大雪况:"隔牖风惊竹,开门雪满山""夜深知雪重,时闻折竹声"……吾等之辈,虽未历沧海桑田,但一夜忽至的"千树万树梨花开",还是亲历过的。满嘴冰激凌的现代孩子,谁堆过雪人?谁滚过雪球?令之捧着课本吟诵"燕山雪花大如席",会不会牙疼呢?

没有雪的冬天,还配得上叫"冬"吗?

流逝者又何止雪?在新辈人眼里,不知所云的"古典"比比皆是——

立于黄河枯床上,除了唇干舌燥,除了满目的干涸与皲裂,你纵有天才想象,又如何模拟出"黄河之水天上来"的磅礴?谁还能托起李太白心中的汪洋与豪迈?除了疑心古人夸饰矫伪、信口开河,还会作何想呢?

今天的少年真够不幸的。父辈把祖先的文学遗产交其手上，却没法把诞生那些佳句的空间和现场一并予之，当孩子动情地吟哦时，还能找到多少相配的物境和诗意？如果说，今日中年人，还能使出吃奶的劲去想象一把"落霞与孤鹜齐飞，秋水共长天一色"（毕竟其孩提时，大自然尚存一点原汁，他还有残剩的经验可依），那其儿女们，连这点怀旧的资本都没了，连遐想的云梯都搭不起，连残羹都讨不上了。

或许不久后，这般猜测古文课的尴尬亦不为过——

一边是秃山童岭、雀兽绝迹，一边是"两个黄鹂鸣翠柳，一行白鹭上青天"的书声琅琅；一边是泉涸池干、枯禾赤野，一边是"西塞山前白鹭飞，桃花流水鳜鱼肥"的遍遍抄写；一边是霾尘浊日、黄沙漫天，一边是"山光悦鸟性，潭影空人心"的诗情画意……这是何等遥远之追想、何等费力之翘望啊。明明"现场"荡然无存，现实空间中全无对应物，却要少年人硬硬地抒情和陶醉，这岂非无中生有、画饼充饥？这不荒唐、不悲怆么？

古典场景的缺席，不仅意味着风物之夭折，更意味着众多美学信息与精神资源的流逝。不久，对原版大自然丧失想象力的孩子，将对古籍中那些伟大的美学华章和人文体验彻底不明就里，如堕雾中。

# 2

温习一下这随手撷来的句子吧:"水光潋滟晴方好,山色空蒙雨亦奇""谢公宿处今尚在,渌水荡漾清猿啼"……

那样的户外,那样的四季——若荷尔德林之"诗意栖息"成立的话,至少这天地洁净乃必需罢。可它们今天在哪儿呢?那"人行明镜中,鸟度屏风里"的天光明澈、那"长安一片月,万户捣衣声"的皎夜寂静……今安在?

从审美资源上讲,古代要比当今富饶得多、朴素而优雅得多。地球自35亿年前诞现生命以来,约有5亿种生物栖居过,今多已绝迹。在地质时代,物种的自然消亡极缓——鸟类平均300年一种,兽类平均8000年一种。如今呢?联合国环境规划署推测说:20世纪末,每分钟至少一种植物灭绝,每天至少一种动物灭绝。这是高于自然速率上千倍的"工业速度",屠杀速度!

多少珍贵的动植物永远地沦为标本?多少生态活页从视野中被硬硬撕掉?多少诗词风光如《广陵散》般成了遥远的绝唱?

"蒹葭苍苍,白露为霜""呦呦鹿鸣,食野之苹""关关雎鸠,在河之洲""河水清且涟漪"……每每抚摸这些《诗经》句子,除了对美的隐隐动容,内心总有一股冰凉的颤栗和疼痛。因为这份荡人心魄的上古风情,已无法再走出纸张——永远!人类生活史上最纯真的童年风景、人与自然最相爱的蜜月时光,已挥兹远去。或者说,她已遇难。

由于丧失"现场",人类正在丧失经典,丧失重温和体验她的能力。我们只能像眺望"月桂娥影"一样待之,却不再真的拥有。

阅读竟成了挽歌,竟成了永诀和追悼,难道不该放声痛哭吗?

## 3

语文课本中的诸多游记,无论赏三峡、登黄山,还是临赤壁、游褒禅及徐霞客的足迹……除了传递水墨画般的自然意绪,更有着"遗址"的凭吊含义,更有"黄鹤杳去"的祭奠意味。我们在对之阐释时,难道只会停留在汉语字解上?(比如"蒹葭""雎鸠",除了"某植物""某水鸟",再也领略不出别的了?)除了挖掘莫须有的政治伦理,就不为大自然的鬼斧神工而油生敬畏和感激?除了匆匆草草的娱情悦性,就涤荡不出"挥别"的忧愤来?

我想建议老师:为何不问问孩子,那些美丽的"雎鸠""鹿鸣"哪儿去了?何以再不见它们的身影?甚至促之去想:假若诗人来到当代,他又会有何遇?作何感?发何吟?难道,这不会在孩子心里掀起一场精神风暴吗?

或许有人忍不住了:社会总得变迁吧?古老元素难免在光阴中遗失啊。

是,失乃必然,但失的速度和规模是否太惊人?变之方向、节奏和进程是否合情合理?

远的毋论,且说朱自清《荷塘月色》吧。今天的清华学子,谁重温过1927年的那场夜游呢?即使荷塘犹存,不乏"田田的叶子",但"树上的蝉声与水里的蛙声"呢?如今京城,连一处泥土都难觅了,地面早已被水泥、沥青砌死,一丝气孔不留,无穴可居,无枝可栖,何来蝉声?还有,若想月色"如梵婀玲上奏着的名曲",若想"叶子和花仿佛在牛乳中洗过一样",那养耳的寂静、养眼的清疏,在市声鼎沸的不夜城里,何以寻得?

## 4

每一词语本身,无不包藏着生态、民俗、历史、美学和社会学信息。那"蒹葭""涟漪""鹿鸣""雎鸠""猿啼"……不仅代表草木或动物,更指向一种生存文化和栖息美学,也是一部人间记忆。它让今人在阅读自然圣经的同时,更对眼下境遇和空间有一种检验、校对和反思。韩少功有本社会符号学意义的小说——《马桥词典》,试图通过对方言俚语的搜集与解读,为一个地域的文化流逝建一座纪念碑。某种意义上,古典文学也为后人矗起了一座纪念碑,是丰碑,更是殇碑。一座冰冷的刻有灭绝名单的青苔之碑、沧桑之碑。

1912年4月一天,在纽约自然历史博物馆,75岁的作家约翰·巴勒斯向孩子们说:"每逢参观博物馆,我即有一种参加葬礼的感觉……一只被打死的鸟,已不再是一只鸟了……当自然被移动了两次之后,便毫无价值。只有你伸手触及的自然才是真正的自然。"

我不知道我们的孩子能不能听到这样的声音,能不能遇到巴勒斯这样的讲解员。

我不知道老师们在领读"飞流直下三千尺,疑是银河落九天""青山横北郭,白水绕东城"之时,有没有升起一股隐痛,并把它悄悄传递给台下的孩子?如果有,如果能把这粒"痛"埋进孩子心里,我要替教育感到庆幸,要为这位老师鼓掌——感谢他为孩子接种了一支珍贵的"精神疫苗"!在未来,这粒小小的"痛"会生出郁郁葱葱的良知……

谁拥有孩子,谁就拥有未来。

我相信,携带这支疫苗的孩子,多少年后,当面对一片将被伐倒的森林、一条将被铲平的古街时,至少会有一丝心痛和迟疑吧?这就有救了,最终阻止粗鲁和野蛮的,或许正是那迟疑。而它的源头,或许正是当年的某一堂课。

## 5

其实,何止语文,地理、音乐、美术、生物、历史、哲学……哪个不包含丰饶的自然信息和生命审美?哪个不蕴藏着比词条、年代、人名、因果、正反……更辽阔的人文资源和精神风光?关键看有无感受到它们,能否深情地领略并分享它们。

若连最初级的课堂都无法帮孩子立起"敬仰自然""尊重生

灵""万物和平"的精神路标,当他们进入成人序列后,那些坚硬的环保口号又有何用呢?影响一个人终生价值观的,一定是童年的记忆和知觉——那些最早感动过其心灵的生命细节!

遗憾的是,我们的教育大多停留在了逻辑说教和知识灌输上,而在最重要的"审美"和"信仰"方面做得远远不够。我们的教育太实用,太缺乏审美习惯和信仰热量了……所以,当被"广州餐桌日均'吃猫'一万只"的新闻惊得目瞪口呆时,我突然想:这些食客也曾是孩子,也曾是学生,可谁告诉过他们不是什么都可以吃呢?

看过两则报道,皆和树有关——

一个叫朱丽娅·希尔的少女,为保护北美一株巨大的被称为"月亮"的红杉树,从1997年12月10日起,在树上栖居了738天,直到树的所有者——太平洋木材公司承诺不砍伐它。

在瑞典的语文课本和旅游手册中,皆可见这样一件事:1971年,斯德哥尔摩,当市政铲车朝古树参天的"国王花园"逼近时,一群年轻人站了出来,他们高喊"拯救斯德哥尔摩"的口号,用身体当盾牌,挡在那些美丽的大树前……终于,政府作出让步,地铁站绕道而行。多么幸运的树!而它们,也给新一代瑞典人撑起了盛大的精神阴凉。几十年来,那些护树的青年,一直被瑞典民众视为英雄。

读这些故事,我深深被打动。多么童话的心灵啊,其力量源于健康的生命知觉,源于天然的性灵和秉质,他们保卫的不仅仅是树，更是生活和生活的美学理想。我相信，这些勇敢的举动，一定与其童年启蒙有关，与早年关于树的种种童话和生命情结有关——正是那些印象刺激并召唤着他们，使之奋然不顾地去行动。

十年树木，百年树人。我们的教育何以"树"不出这样的青年呢？

像树一样，郁郁葱葱、根深叶茂的人。

(2002年)

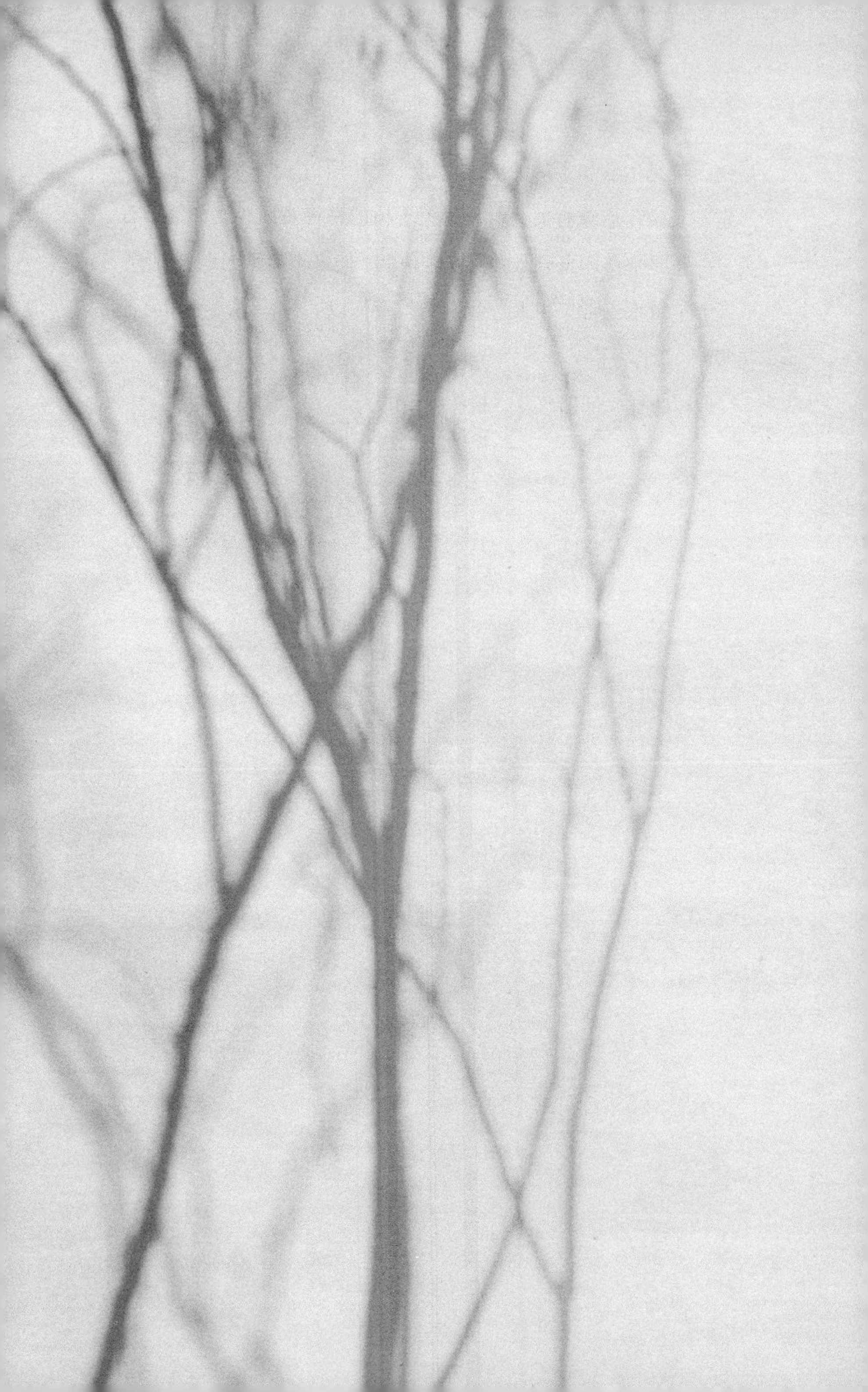

# 第二辑　不要以为这就是生活

我越来越笃信两点:
好东西都是原配的;
好东西应是免费的。

# 让我们如大自然般过一天吧

2500年前的某日，天蒙蒙亮，一对新婚小夫妻的枕语不幸被偷听了，且给记录下来——

"女曰：'鸡鸣。'士曰：'昧旦。''子兴视夜，明星有烂。''将翱将翔，弋凫与雁。'"

我斗胆翻译一下：妻子拱拱丈夫，醒醒，鸡叫了。丈夫揉揉眼，天才亮一半呢。妻笑嗔，别恋床了，你瞧天上的启明星多亮啊！丈夫一拍脑瓜，对，正值鸟儿起飞，我要赶紧去射猎！

接下来，是一段甜蜜蜜的小情话："弋言加之，与子宜之。宜言饮酒，与子偕老。琴瑟在御，莫不静好？"

大意是：老公定能满载而归，我给你烹雁做菜，佐之美酒来干杯，愿咱俩白头偕老，你弹琴来我鼓瑟，生活多恬静啊！

古人真聪明，竟从自然界请出公鸡来司晨，自己只管酣睡，误不了事。

这首《诗经·女曰鸡鸣》，我视之为历史上最纯真的婚姻个案。感动我的，除了那田园诗般的恩爱，除了那妻子的娇慧，更有一点：和大自然同步的生活。

想起百年前梭罗的一句话："让我们如大自然般过一天吧。"

古代人的生活是与大自然携手同行的。

迎曦而出，沐夕而归；伴虫入眠，闻鸡起寝；循天时而动，不负光阴华灿。

天上阴晴圆缺，地上风吹草动，先人皆明察秋毫、奉若神诏。原因在于，他们视己为自然界的一员，不寻特殊身份和待遇，不逾矩不越位，恪守生物本分，正像《三字经》所言："犬守夜，鸡司晨，蚕吐丝，蜂酿蜜……"

不负天，方不枉生。

幸福源于知天时、依天意、循天道。

《女曰鸡鸣》用小夫妻布了个道：早起的鸟儿有虫吃，勤早才能持家。

除了生计安全，还有身体保健，听老天爷的没错。

古人细考了动物一天的表现，用"铜壶滴漏"的计时法，把昼夜分为十二时辰：子、丑、寅、卯、辰、巳、午、未、申、酉、戌、亥，暗合十二生肖，既富情趣又含教益。比如亥时，依现代时间算，位于晚9点至晚11点，该命名源于猪（亥即猪），此时的猪熟睡正酣。所以，亥时又称"人定"，意思是夜色已深，大家该安歇了。

那么，这种仿生论真合乎养生之道吗？

科学证明，人的深度睡眠发生在晚10点至次日凌晨3点。此时，人之体温、呼吸、脉搏进入低潮，易安神入眠，也是肝胆排毒和免疫系统更新之时。此间,人体若充分休息,则事半功倍,以最小成本获最大裨益。相反,若错过此时,续睡再长,也于事无补。

睡眠好坏不较长短,在于是否对点,时辰是否准确。

健康生活,一定是和大自然牵手,同呼吸,共起舞。

提倡"齐物共生""天人合一",古人真是聪明,真是幸运。

他们得到了上天更多暗示、更多宠爱。

《论语》乃师生对话的笔录。圣人授业总是态度谦和、温文尔雅,不过也有例外,有一回圣人就发火了,痛斥宰予:"朽木不可雕也,粪土之墙不可杇也,于予与何诛?"(《论语·公冶长》)这话够重、够狠,算得上破口大骂了。啥事让老人家勃然大怒乃至吐脏口呢?何况冲着得意门生?

很简单,宰予"昼寝",即白天睡大觉。

区区小事值得如此吗?孔子认为值,认为性质太恶劣了。

当年语文课上听这个故事,说孔子如何如何珍惜时光。现在我倒觉得,惜时背后,还有个更大的涵义:遵天时,敬天道。像公鸡打鸣,不在于你嗓门高低和乐感如何,而在于何时鸣放,在规定时间做规定之事,这才叫司晨,才叫称职和守本分。

由此看,孔子捍卫的是一条古代常识:与时俱进。

莫负上天之约,莫和光阴作对,莫与大自然拧着来。要守信用,要有规律,如此才是君子之为,才叫端庄有仪,方能修身养性、健体益神。

所谓"乐者天地之和,礼者天地之序"也。

悟得这点，着实让我羞愧了一把。

从 20 岁起，我落下个恶习：凌晨 2 点就寝，上午 10 点起床。按路遥的说法，叫"早晨从中午开始"。我算了一下，依古时辰，我大概"丑时"犯困、"巳时"醒来，入睡时伴我的是"牛"（丑即牛），此时牛正慢吞吞嚼草；而醒时，对应的是"蛇"（巳即蛇），蛇正躲在草丛里避日。

20 年啊，点灯熬蜡，我耗了多少能源？误了多少良宵？漏了多少晨光？

若孔子当世，该如何骂我？岂止朽木粪土，恐猪狗不如了。

睡眠时间不对，乃现代人萎靡的缘由之一。

在昆德拉《为了告别的聚会》中，美国富翁巴特里弗对捷克人的生活评价是："在这个国家里，人们不会欣赏早晨。闹钟打破了他们的美梦，他们突然醒来，像被斧头突然砍了一下。他们立刻使自己投入到一种毫无乐趣的奔忙之中。请问，这样一种不适宜的紧张的早晨，怎会有一个像样的白天……相信我，人的性格是由他们的早晨决定的。"

昆德拉的话向来夸张。不过，一个人和大自然同步醒来，充分利用早晨的清新营养神智，从而让一天有个好起点，这没错的。

我下定决心，向 2000 多年前的那位丈夫学习，闻鸡起床。

不过很快发现，此乃妄想。甭说楼房不许养鸡，邻居嫌你吵梦，就是能养也不成了，如今的鸡已背信弃义、昏不守时——瞎叫乱叫了。

何以出现这等事故？

科学家说，鸡脑里有个松果体，分泌一种褪黑素，晨光乍现，褪黑素受抑制，鸡便不由自主地高歌，知更鸟也同理。而现在，人工白昼让夜失去了黑的本色，鸡被刺激得心神不宁，便出了乱子。

真是生物钟灾难。

公鸡乱叫，古代视为凶兆。

《诗经》有一首叫《风雨》，其中即有鸡瞎叫，它是这样说的："风雨如晦，鸡鸣不已。"

莫非，今日世界也如晦了？

(2009 年)

> 林间松韵，石上泉声，静里听来，识天地自然鸣佩；
> 草际烟光，水心云影，闲中观去，见乾坤最上文章。
>
> ——（明）洪应明《菜根谭》

# 让事物恢复它的本来面目

## 1

我越来越笃信两点：
好东西都是原配的，好东西应是免费的。

近爱翻古人书，如《水经注》《帝京景物略》《夜航船》《闲情偶寄》之类，本以为年龄之故，后醒悟：我太想知道原先的世界何等模样，太急于在古代攀几位熟人，可随时去串串门，偷得浮生半日闲，来一回精神私奔……总之，我想看看这世间变化有多大，看看不一样的人生、不一样的活法。

还有，我迷上了古画，尤其《清明上河图》《南都繁会图》《皇都积胜图》这类市井风情长卷。我看的是画里的人生，我会对一个小人物凝视半天：夹袄疾行的汉子，挑帘张望的妇人，酒旗下瞌睡的小二，拱桥上抱拳作揖的商贾……我会猜其所有信息，年龄、职业、财路、性格，猜他为何出现在这里，其生存路线图，其梦想、快乐和烦忧……我甚至想，以他的身份，今天会是什么境遇。比如一个挑担的游贩，我忍不住想，这个进城务工人员，会不会被勒令办暂住证？何以躲避城管的驱赶、地痞的纠缠、黑社会的保护费？他租得起房吗？娶得上媳妇吗？能供孩子上学吗？

谁还记得从前的世界？谁还记得生活本来的样子？

天本是蓝的，山本是绿的，河本是涌的，水本是清的，庙本是有佛的，菩萨本是热心肠的，人本是知羞的，猪本是自然长大的，房子本是连地皮的，娃本是想生就生的，燕雀本是登堂入室的，承诺本是值千金的，商铺本是童叟无欺的……

这些自然元素、风物资源，这些生活原理、道德逻辑，皆为世间"原配"，乃上天早早给人设计好、配置好了的——作为祖业和古训，作为安身立命之本。就像中医里的方子，怎么兑、如何煎，早就酝酿好、交代齐了。

遵循即获益。

古人还有个伟大共识：露天的事物、街面的东西，皆理所当然、天经地义地被视为阳光下的公产，没人会瞎琢磨、动邪念。比如路是免费的,桥是免费的,饮水是免费的,进城是免费的,如厕是免费的,烧香许愿是免费的,拴马歇轿是免费的,击鼓喊冤是免费的,询人问路是免费的,山色湖光、游山玩水是免费的……

东西越必需、越珍贵,越需要免费,越值得免费。

渐渐,你会发现,无论山岳江河还是市井俗习,无论风物万象还是生活美学,只要不去干预和涂改,只要保存和延续到今天,就是有价值、受器重的,就成了珍贵的物质或非物质文化遗产。这说明了什么呢?

只能证实一点:人类对自然犯了错,对生活犯了错。

我们用 50 年推翻了 5000 年。

## 2

世界尚存多少原配?人间还剩几许古意?

我们改变了山岳的形貌,改变了河流的习性,改变了季节的脾气,改变了几千年常识和老理……我们拼命往地里灌农药化肥,往饲料和食物里投添加剂,还有什么"转基因""太空种子""辐照食品"……我们把人之外的东西吃了个遍,把大地翻了个底朝天,盗出最贵重的珠宝,然后埋下垃圾。

像窃贼,像匪徒,我们扑向所有的乳房,把她们吸瘪、抽干、榨尽……在贪欲面前,地球已毫无秘密,藏不住任何东西。

我们消灭了"原配"和母体,颠覆了古老与经典。我们在混乱的逻辑中挣扎，以更大的亏损去生产，以更大的消耗去收获，以更大的破坏去修葺……

这是个"二奶"的时代。

我们在"二奶"的基础上迎娶繁荣，畅想未来。

天地的质与本，上苍配给生命的天然元素和神圣契约，被消解了。我们离造物主颁发的秩序和法则，越来越远。

自从发明空调暖气，我们连春夏秋冬都不想要了。有中医告诫我：夏天你一定要出汗，冬天你一定要知冷。

没错。身体是有原始记忆和密码的，它和大自然有约定——百万年前就约好了。它耐心守候寒暑轮回、时序更替，若对方迟迟未临——如同约好了人，苦苦翘首却不见其影，那悲愤可想而知。日子久了，它即紊乱即自暴自弃，以生病惩罚人的毁约，报复世界的失信。

所以，现代人身体多为病体。


没有山，只剩下矿山。没有河，只剩下河床。

守着一点点"原配"的残羹，人搬个板凳，开始吆三喝五地收费。封山，封湖，封岛，封户，封寨，封庙，封城……那么多路障，那么多门票，若李白、张岱、徐霞客们高寿至今，要携多少银两出门？多少人惦记他的盘缠？他哪里还会吟诗，只骂娘了。

我一直以为，山水门票，是人类发明的最丑陋和最无耻的东西。

当一张黄山票卖 300 元时,那株傲立风霜的迎客松,即成了老鸨一样的摇钱树。

人,诗意地栖息在大地上。这诗意,一定和"免费"有关。

## 3

小时候,我痴迷地图册。最讨厌的是行政页,最热爱的是自然版:褐色乃山,绿色为林,蓝色喻水,色度象征山水之高低深浅……我还莫名地想,"爱祖国""爱世界""爱人民",即因为有这些好看的颜色吧?有了五颜六色,江山才叫美,生活才值得过,世界才让人爱啊!

所以,我一面对地图,童心里就涨起"爱国主义"潮水,用不着教育。

那会儿的大自然,基本还算原配。

那天,网上读到个帖子,《请饶了故乡,不要种速生林》。

"家乡的木兰湖畔,正有人大规模毁山砍树,准备种速生林……本人致电国家林业局、环保总局,接听者称不在管辖之列。致电国家信访办,永远是忙音。致电《焦点访谈》,无人理睬……本人感到空前绝望。故乡处生态脆弱的丘陵地带,河流短小急促,水土流失严重,而种速生林,生长周期短,又需大量水,易造成土壤板结,形成生态灾难。革命时期故乡 14 万烈士为新中国捐躯,恳请看在牺牲重大和生态脆弱的份上，饶了故乡，不要种速生林，尤其别毁坏天然林……"

读这篇帖子，内心几度哽咽。吾学浅薄，无力判断其科学逻辑，但经验告诉我："原配"一定优于"二奶"！大自然选定的天然林，一定优于人工发明的速生林！

我向这位孤独的陌生人致敬,向遥远山冈上的那份呐喊致敬。

它捍卫的是古老，是祖业。

## 4

卢梭说："事物之所以美好并符合秩序，乃其事物本质使然，与人的约定无关。"

是的，人只能发现世界的美好并接受赐予，自己并不能创造世界的美好。

人其实很渺小，很无能。他不是地球主人，和草木虫兽一样，仅仅是孩子，是被抚养者。不知为何，他老想革命，想主持天下，想做皇帝。

从剥削万物的角度看，人确实是在地球上建了个奴隶王国，且是最坏的那个朝代。若把所有物种都请上一个台面，人肯定是最道德败坏的那一席，就像我们最痛恨的人群中的败类。

发明有两种：一是适度发明，一是过度发明。

人，常常自殁于过度的创举。托马斯·米基利乃美国化学家，凭加铅汽油和氯氟烃两项发明，他被封为"地球历史上对大气影响最大的个体生物"和"历史上杀戮最多的个体"。后来，他染上了脊髓灰质炎和铅中毒并瘫痪，即便如此，他也不甘寂寞，设计了一套绳索滑轮以便于自己起床。55岁那年，不幸发生了，他突然被绳索缠住，窒息身亡。

纵其一生，这个聪明人亲手发明了自己的死。

我不知道，对人类来说，这是个怎样的寓言？

真想，真想对马达轰鸣的世界大叫一声：停！
让万物归位，让生活恢复它的本来面目吧——
天是蓝的，山是绿的，河是流的，水是清的……
我衷心怀念大自然的原配，人间游戏的原配。
末了，请容我爆一句粗口：打倒二奶！

(2009年)

# 消逝的"放学路上"

## 1

"小呀么小儿郎,背着那书包上学堂。不怕太阳晒,也不怕那风雨狂;只怕先生骂我懒呀,没有学问呀无脸见爹娘。"

30年前的儿歌倏然苏醒,当我经过一所小学的时候。

下午四点半,方才还空荡荡的小街,像迅速充胀的救生圈,被各式私车和眼巴巴的家长塞满了。

开闸了,小人儿鱼贯而出,大人们蜂拥而上。一瞬间,无数的昵称像蝉鸣般绽放,在空中结成一团热云。这个激动人心的场面,只能用"失物招领"来形容。

就在这时,那首歌突然跃出了记忆,一字不差。

我觉得像被什么拍了下肩,它就在耳畔奏响了。

这支叫《读书郎》的儿歌,陪伴了我整个童年和红领巾季节。那会儿,它几乎是我每天上学路上的喉咙伴奏,或叫脑海音乐罢。偏爱有个理由:它不像其他歌那么"正",念书不是为"四个现代化"或"革命接班人",而是"先生"和"爹娘"……我觉得新鲜,莫名的亲切。哼唱时，我觉得自己就是歌里的小儿郎。甚至想，要是老师变成"先生"该多好啊。好在哪，不知道。

那个黄昏，当它突然奏响时，我感觉后背爬上了一只书包，情不自禁，竟有股蹦蹦跳跳的念头……

从前，上学或放学路上的孩子，就是一群没纪律的麻雀。

无人护驾，无人押送，叽叽喳喳，兴高采烈，玩透了、玩饿了再回家。

回头想，童年最大的快乐就是在路上，尤其放学路上。

那是三教九流、五行八作、形形色色、千奇百怪的大戏台，那是面孔、语言、腔调、扮相、故事的孵化器，那是一个孩子独闯世界的第一步，乃其精神发育的露天课堂、人生历练的风雨操场……我孩提时代几乎所有的趣人趣事趣闻，都是放学路上邂逅的。那是个最值得想象和期待的空间，每天充满新奇与陌生，充满未知的可能性，我作文里那些真实或瞎编的"一件有意义的事"，皆上演在其中。它的每一条巷子和拐角，每一只流浪狗和墙头猫，那烧饼铺、裁缝店、竹器行、小磨坊，那打锡壶的小炉灶、卖冰糖葫芦的吆喝、爆米花的香味、弹棉弓的铮铮响，还有谁家出墙的杏子最甜、谁家树上新筑了鸟窝……都会在某一时分与我发生联系。

对成长来说，这是最肥沃的土壤。

很难想象，若抽掉"放学路上"这个页码，童年还剩下什么呢？

于我而言，啥都没了，连日记都不会写。

那个黄昏，我突然替眼前的孩子惋惜——他们不会再有"放学路上"了。

他们被装进一只只豪华笼子，直接运回了家，像贵重行李。

## 2

为何会丢失"放学路上"呢？

我以为，除城市膨胀让路程变遥远、为脚力所不及外，更重要的是"路途"变了，此路已非彼路。具体说，即"传统街区"的消逝——那温暖而有趣的沿途，那细节充沛、滋养脚步的空间，消逝了。

何谓传统街区？它是怎样的情形呢？

"城市应是孩子嬉戏玩耍的小街，是拐角处开到半夜的点心店，是列成一排的锁匠鞋匠，是二楼窗口探出头凝视远方的白发老奶奶……街道要短，要很容易出现拐角。"这是简·雅各布斯在《美国大城市的死与生》中的话，我以为是对传统街区最传神的描述。

这样的街区生趣盎然、信息肥沃、故事量大，能为童年生长提供最充分的乐趣、最周到的服务和养分，而且它是安全的，家长和教育者放心。为何现在保险箱里的儿童，其事故风险却高于自由放养的年代？雅各布斯在这部伟大的书里，回忆了多年前的一个下午——

"从二楼的窗户望去，街上正发生的一幕引起她的注意：一个男人试图让一个八九岁的小女孩跟自己走，他一边极力哄劝，一边装出凶恶的样子；小女孩靠在墙上，很固执，就像孩子抵抗时的那种模样……我心里正盘算着如何干预，但很快发现没必要。从肉店里出来一位妇女，站在离男人不远的地方，叉着胳膊，脸上露出坚定的神色。同时，旁边店里的科尔纳基亚和女婿也走了出来，稳稳站在另一边……锁匠、水果店主、洗衣店老板都出来了，楼上很多窗户也打开了。男人并未留意到这些，但他已被包围了，没人会让他把小女孩弄走……结果，大家感到很抱歉，小女孩是那个男人的女儿。"

这就是老街的能量和涵义，这就是它的神奇和美感。

在表面的松散与杂乱之下，它有一种无形的篦梳秩序和维护系统，凭借它，生活是温情、安定和慈祥的。它并不过多搜索别人的隐私，但当疑点和危机出现时，所有眼睛都倏然睁开，所有脚步都会及时赶到。

其实，这很像中国人的一个词，一个生态关键词："街坊"。

这样的背景下，一个孩子独自上学或放学，需要被忧虑吗？

自由，源于安全与信赖。若整个社区都给人以"家"的亲切和熟悉，那一个孩子，无论怎样穿梭和游走，结果都是快乐地、收获颇丰地回到家里。而路上所有的插曲，包括挨骂的那些顽皮、冒险和出格，都是世界给他的礼物，都是对成长的奖励和爱抚。

在雅各布斯看来，城市人彼此之间最深刻的关系，"莫过于共享一个地理位置"。她反对仅把公共设施和住房作为衡量生活的指标，认为一个理想社区应丰富人与人间的交流，促进公共关系的繁育，而非把生活一块块切开，以"独立"和"私人"的名义封闭化、决裂化。

这个视角，对人类有着重大的精神意义。顺着她的思路往下走，你很快即发现：我们通常讲的"家园""故乡"——这些饱含体温与感情的地点词汇，其全部基础皆在于某种良好的人际关系、熟悉的街区内容、有安全感的共同生活……所谓"家园"，并非一个单纯的物理空间，而是一个和地点联手的精神概念，代表一群人对生活属地的集体认同和相互依赖。

单纯的个体是没有"故乡"的，单纯的门户是无"家"可言的。

就像水，孤独的一滴构不成"水"之涵义，它只能叫"液体"。

## 3

我越来越觉得如今孩子——尤其大城市孩子，正面临一个危险：失去"家""故乡"这些精神地点。

有位朋友，儿子6岁时搬了次家，10岁时又搬了次家，原因很简单，又购置了更大的房子。我问，儿子还记不记得从前的家？带之回去过吗？他主动要求过吗？没有，朋友摇头，他就像住宾馆一样，哪儿都行，既不恋旧，也不喜新……我明白了，在"家"的转移上，孩子无动于衷，感情上没有缠绵，无需仪式和交接。

想不想从前的小朋友？我问。不想，哪儿都有小朋友，哪儿小朋友都一样。或许儿子眼里，小朋友是种"现象"，一种"配套设施"，一种日光下随他移动的影子，不记名的影子，而不是一个谁、又一个谁……朋友尴尬地说。

我无语了。这是没有"发小"的一代，没有老街生活的一代，没有街坊和故园的一代。他们会不停地搬，但不是"搬家"。"搬家"意味着记忆和情感地点的移动，意味着朋友的告别和人群的刷新，而他们，只是随父母财富的变化，从一个物理空间转到另一物理空间。城市是个巨大的商品，住宅也是个商品，都是物，只是物，孩子只是骑在这头物上飞来飞去。

我问过一位初中语文老师，她说，现在的作文题很少再涉及"故乡"，因为孩子会茫然，不知所措。

是啊，你能把偌大北京当故乡吗？你能把朝阳、海淀或某个商品房小区当故乡吗？你会发现根本不熟悉它，从未在这个地点发生过深刻的感情和行为，也从未和该地点的人有过重要的精神联系。

是啊，故乡不是一个地址，不是写在信封和邮件上的那种。故乡是一部生活史，一部留有体温、指纹、足迹——由旧物、细节、各种难忘的人和事构成的生活档案。

还是上面那位朋友，我曾提议：为何不搞个聚会，让儿子和从前同院的伙伴们重逢一次，合个影什么的？这对孩子的成长有帮助，能让一个孩子从变化了的对方身上觉察到自己的成长……

朋友怔了怔，羞涩地笑笑：其实儿子只熟悉隔壁的孩子，同楼的都认不全，偶尔，他会想起某只丢失或弄坏的玩具，很少和人有关，他的快乐是游戏机、动画片、成堆的玩具们给的。该我自嘲了，一个多么不恰当的浪漫！

这个时代有一种切割的力量，它把生活切成一个个的单间：成人和宠物在一起，孩子和玩具在一起。我曾在一小区租住了4年，天天穿行其中，却对它一无所知。搬离的那天，我有一点失落，我很想去和谁道一声别，说点什么，却想不出那人是谁。

4

那天，忽收一条短信："王开岭，你妈妈叫你回家吃饭。"

我愣了，以为恶作剧。可很快，我对它亲热起来，30年前，类似的唤声曾无数次在一个个傍晚响起，飘过一条条小巷，飘进我东躲西藏的耳朵里。

传统老街上，一个贪玩的孩子每天都会遭遇这样的通缉，除了家长的嗓门，街坊邻居和小伙伴也会帮着喊。

感动之余，我把这条短信的主语换成朋友们的名字，发了出去。当然，我只选了同龄人，有过老街童年的一代。

后来，才知这短信源于一起著名的网络事件，某天，有人发了个帖子："贾君鹏，你妈妈叫你回家吃饭。"短短几日，跟帖竟高达几十万，大家纷纷以各自腔调催促这个不听话的孩子快回家，别让妈妈等急了，别让饭菜凉了，别挨一顿骂或一顿揍。

声嘶力竭之际,有人揭穿了谜底,这个响彻神州的伟大名字竟是虚拟的,乃某网站精心策划。我一点不沮丧,甚至感动于阴谋者的情怀细致。

一个贾君鹏沉默,千万个贾君鹏应声。

我们都竖起耳朵,聆听从远处飘来的蒲公英般的声音……

某某某,你妈妈叫你回家吃饭。

我暗暗为自己的童年庆幸。如果说贾君鹏的一代可叫作露天童年、旷野童年、老街童年,那如今的孩子,则是温室童年、会所童年、玩具童年了。

面对现代街区和路途,父母不敢再把孩子轻易交出去了,不允许童年有任何闪失。

就像风筝,从天空撤下,把绳剪掉,挂在墙上。

再不用担心被风吹跑,被树挂住了。翅膀,就此成为传说和纪念。

或许,你再也看不到这样的情景了——

一群像风筝一样在街上晃荡的孩子。

## 5

我终于想起来了,《读书郎》的词、曲,乃同一人。

宋扬,湖北人。此歌生于 1944 年。

(2009 年)

# 那些美丽的禁忌

中国的青山绿水在哪?

我想,答案应该是:在有禁忌的地方。

换言之,在信仰之乡。

"童山秃岭"一词,似乎北方人才念叨。

一个乍赴南疆的人,尤其冬天,视觉上会有异样感,满目葱茏,直让你怀疑自己戴了墨镜。若到了那些大西南村寨,绿的浓度和幅度更让人油生幻觉,以为掉进了绿池子里。

不仅绿,且绿得亢奋、魔幻、忘情。

和气候水土有关,又不尽然。在北方,即便炎夏雨季,也不会绿得这般浩瀚、深邃;即便同处南国,城乡之绿也相去甚远,再郁郁葱葱,也挡不住天天砍、月月伐的开发啊。

最感人的绿,为何独藏南方乡野呢?

较之北方和城市,南野多一缕精神上的东西:禁忌。

具体地说,即草木崇拜。

他们奉树为仙,敬林若祖,轻易不敢折木斫枝,生怕违逆神灵,冒犯风水。

禁忌源于信奉，人有信奉，则生敬畏，进而生律戒——手脚即老实多了。

惜爱草木，古即倡之。天人合一的儒家，早早流露出对植被的体恤。孟子道："斧斤以时入山林。"也就是说，伐木要择时，不滥为。夫子曰："断一树，杀一兽不以其时，非孝也。"《礼记·月令》正告："孟春之月，禁止伐木……季春之月，毋伐桑柘……仲春之月，毋焚山林……孟夏之月，毋伐大树……季夏之月，毋有斩伐。"《荀子》亦云："圣王之制也：草木荣华滋硕之时，则斧斤不入山林，不夭其生，不绝其长也。"

以上"时忌"，主要源于惜佑之德，类似如今的"休渔期"，旨在让草木休养生息。但不难判断，这些竹简之言虽语气严正，但精神威慑力和伦理契约性都很弱，行为强制力几乎没有，说到底，"劝言"而已。

民间对树的尊崇和仰望，要等到草木图腾和相关禁忌文化生成之后。

植物有灵的说法，先秦有之，有位树神叫"句芒"。至于大规模的树膜拜何时开始、能量如何，我没细考，但在华夏的犄角旮旯里，随处可闻"树精""树神""树怪"的魅说。

我客居山东济宁时，窗外有条古槐路，街心有铁栏，护着一株数百岁的鳞峋老槐，每天清早，枝桠上都会新添一缕缕的红绸布，皆是夜里缠上的，用意不外乎祈福驱灾。这条路扩了许多回，树也从路边到了中央，可谁也不敢去伤它。甚至，为让老树享怡孙之乐，整条路全补种了新槐。

从前，凡去一个村子，村口总会遇一棵沧桑大树，北方以槐、榆、柳居多，南方以樟、榕、橡为主。该树往往地位显赫、待遇优厚，一打听，保准跳出一大堆灵异故事。

汉族社会的树崇拜，大概俗气些，总要从树家族中选出最特别的来供奉，其余则随意处置了。硕者为王、老者为寿、怪者为奇，一棵树若备这几样特征，被景仰的可能性即有了。

相对于北方，南方乡民对树的感情和构思更丰富些，除"树精""树怪"这些非凡个体，还把神圣的范围扩大到了族群："风水林"。

广东鹤山雅瑶镇昆东村后的小冈上，有一片风水林，相传从南洋带回的种子。该树叫格木，为亚热带珍贵树种，其大龄者已逾两百岁，20世纪60年代，某造船厂许以两台拖拉机换这片木材，被村民一口拒绝。且不说经济实惠，那个高音喇叭天天喊阶级斗争、反封建迷信的年代，敢拒绝尔等要求，足见"风水林"在百姓心目中的威望了。

宁受政治打击，不遭神灵报应，此即信奉和服从、天命和政令的区别，天壤之别。风水林在南方现身很早，也很普遍，凡上年头的村子，几乎都有一群备受孝敬的树。风水林的指认，其实很讲究，入选者多是在防风御寒、涵养水源上功劳大的林子。

风水林，让"青山绿水"的比率和稳定性大大提高了。从单株神树到成片的风水林，人的敬畏范围和禁忌力度在放扩，受惠面积和获益程度也在增长。

其实，迷信的人很聪明。

都市多宫殿，乡野多祠堂。

北方多政事，南土多庙香。

在树面前，城里人和北方人颇显恣意和霸道。

所以，北方城里的树，年轮偏小，寿者极少。

较之汉族社会，少数民族的树神崇拜，情感上更天真，纪律上更严格，行动上更彻底。

贵州的苗、侗两族，自古崇拜草木，在其眼里，树等于神灵和福祉。每年春，族人都要过"树秧节"，人人种苗造林，连未婚男女的信物也是一棵树苗。还有个风俗：谁家婴儿降生，全寨老小要齐力替之栽种一百棵杉苗。

西双版纳，乃中国热带雨林最完整、面积最大之地，为什么呢？

并非偏僻荒凉、不便开采，而因这儿的主人是傣族、哈尼族、爱尼人、佤族、基诺族……他们有个共同的图腾：神林。视树为衣食父母，为感恩示敬，将大片地势好、近水源的森林供为"神林""龙林"——神的安息地，连其中的花草禽兽，也被视为精灵，不得侵扰。神林要求寂静与安详，不允伐木、狩猎、开垦，不允喧闹、泄秽、有猥亵之语，连枯枝落果也不得捡拾。

整个西双版纳，"神"的领地有600余处，近10万公顷，珍稀植物和药用植物200余种。

中国最大的植物种子和基因库，寂静如初、仓储完好，靠的是门神。

靠的是"闲人免入"和"肃静"的牌子,是精神防护罩和铁布衫。有了这些,它刀枪不入。

如今,很多事都应了那句老话:礼失而求诸野。

不仅西双版纳,"神林"在滇桂川黔等其他部族也盛行,彝族、白族、水族、瑶族……皆奉树为神,虔敬有加。

不错,这是迷信——迷恋和信奉,但谁敢说迷信乃愚人所致、庸人自扰呢?

我觉得,乃谦卑使然,乃大智慧和大先见使然。

在迷信的光照下,树是幸福的,树荫下的人也是幸福的。

景仰与厚泽,禁忌与荫庇,养护与反哺……物物循环,投桃报李。

所谓天道,所谓舍得,即如此。

害怕,有时候是美丽的。

怕久了,入了骨,便成爱。

上苍佑之,必使之有所忌、有所敬、有所自律和不为……如此,其身心才是安全、舒适的,像一盘有序、有逻辑和对手的棋。

上苍弃之,则使之无所畏,狂妄僭越,手舞足蹈……那样,其灵魂即时时于混乱、激酣中,距癫痫和毁灭即不远了。

(2009 年)

> 某种意义上，没有人真正看过一朵花。
>
> ——乔治亚·奥基夫

## 多闻草木少识人

住海淀时，最常去的是北京动物园和香山植物园。

迷恋动物园，因为它帮我确认一件事，它反复地、一遍遍向我证实：生命是丰富的，物种是多样的……否则，我直怀疑世上只剩下人了。

在这座庞大的动物收容站，我遍访那些完全不同于己的生物，那些传说中的异类，打探其故乡、家族、数量，聆听其身世、命运和生涯故事……

人类中有一个多舛而惨烈的族群——犹太人，它颠沛流离、东闪西躲，其成员系统，像蒲公英一样被吹得七零八落，连中国东北的冰天雪地里都有其公墓。在我眼里，动物园的房客，遭遇皆像犹太人，而它们的纳粹天敌，正是自称"人类"的那群家伙。

不错，动物园即收容站，或者说拘留所，但我是来探监的，不是来观赏的，我是以亲友身份来的。这样说有点矫情，但我确实这么想。每每注视笼子里的对方,那么瑰丽的皮毛、那么精致的斑纹、那么神奇的习性、那么伟岸或袖珍的形体……我都自惭形秽、羞愧难当,我觉得人类配不上它们,配不上如此丰美灿烂的生灵,不配与之为伍。

逛香山,则为消焦灼、蓄元气,更为避世。躲开车马鼎沸的聒噪、巍楼悍厦的逼视,远离骨骼与骨骼的撞击、欲望与欲望的火拼、脏口与脏口的对骂……

草木乃最安静、最富美德的生物,也是肉体最伟大的保姆:献花容以悦目、果茎以充腹、氧气以呼吸、林荫以蔽日,还承接人之垃圾和秽物……没有草木,我们真是一秒也活不成。

香山植物园,最大魅力是阔,阔得足以让人忽略其败笔:院墙和门票。除山风浩荡、野趣丰饶、地气充沛,它还有个好处:人寡。再多的人撒到如此大的林子里,也成了丛中蚂蚱,被稀释了。

人寡,则幽,则清,则定。

不过,颇为尴尬的是,面对妖娆花木,我竟无法叫出对方的名字。

成千上万的她们,我所识者廖几。爱慕,却不知称呼;惊艳,却无从指认。甚至无法转述她们的美,炫耀我的眼福。

其实何止于我,翻翻书报,"一朵不知名的小花""一棵不知名的大树",懒汉比喻和无知之说,比比皆是。曾见一位母亲,带儿子在园子里玩,童声一连串地问"妈妈这叫什么",我清楚地听见萱草被说成了马兰、蜀葵被说成了木槿、鸢尾被说成了百合、茑萝被说成了牵牛,其他我也说不出了……末了,年轻的母亲被逼得声音越来越低，嗫嚅不清了。

我把此事告诉一朋友，大发感慨：现代人熟记的人名多不胜举，尤其演艺明星，所识草木却可怜至极，真是奇怪！过了几天，收到朋友一赠书：《野花图鉴》。还有一条短信："每次看到'全草入药'几个字，我都肃然起敬！"果然，翻开该书，几乎每条注释中，皆见"全草入药"四字。

草木深深，福佑其中；花果累累，生之有养。

我想，若有一日，自己被发配荒野，携一卷《本草纲目》，也就能活下去，芥命无忧了。

若再奢侈一点，容我多带一本书，该是什么呢？

无疑是它了。

在我眼，《诗经》乃性灵之书、自然之书、童话之书，更是精神明亮之书。我想，从古到今，即使只有这么薄薄一册，华夏文化也堪称灿烂。后人若能承先民衣钵、循童年心性，文明又怎会堕落至此？扔掉《诗经》，遗弃它的纯真精神，背叛它的诗意逻辑和生存美学，乃悲剧之始。

《诗经》伟大在哪儿呢？夫子看得透："一言以蔽之，思无邪。"

"思无邪"，即纯洁、烂漫、即清澈、雅正。作为教书匠，夫子总不忘唠叨，续了串大道理："可以兴，可以观，可以群，可以怨。迩之事父，远之事君。"最后，又似乎想起了什么，对小儿说："多识于鸟兽草木之名。"

这是我极欣赏的一句话，也是酷爱《诗经》的一大隐由。

它确乎一部生物百科全书。陆机著《毛诗草木鸟兽虫鱼疏》，对《诗经》里的物类作了详解，计草本 80 种、木本 34 种、鸟类 23 种、兽类 9 种、鱼类 10 种、虫类 18 种，共动植物 174 种。而据台湾学者潘富俊统计，《诗经》藏有草木 160 种，比陆机多出近半百。

感谢这些草木鸟兽吧，感谢这部险几绝版的大自然吧。

很大程度上，我们所谓"热爱生活""热爱世界"的依据，即在其中。

张爱玲读《诗经》，很为里面的情爱男女"怎么这样容易就见着了"而欢欣，兴奋得脸通红。胡兰成则解释："直见性命，所以无隔。"

不愧为情事大师，一语道破。

《诗经》里的美丽欢爱，正因人之心性和大自然息息相通，人之情思和旷野一样率真、赤裸。天光明彻，心如镜水，无泥沙拖累，无城府之深，故彼此认出、相互照见即简易得多、笔直得多。哪像今人这般诡秘周折？

什么叫"天地作合"？

《诗经》里慢慢找。懂得天地，方懂男女。

最后，我想对孩子说一句：多闻草木少识人。

这年头，名人的繁殖速度比细菌还快，都急疯了。

草木润性，尘沸乱心。这个信息爆炸和绿色稀疏的年代，即便少识，业已识多；即便多闻，亦然寡闻。

(2009 年)

> 我要扶住你,大地。我醉了,我是醉了。
> 我称山为兄弟,水为姐妹,树林是情人。
>
> ——海子《醉卧故乡》

## "我是印第安人,我不懂"

很久了,主流世界由三组人组成:追随人格神(比如耶稣、佛祖、真主、孔圣)的人,不奉任何神的人(比如唯物论者),什么都不信的人(虚无主义者)。

很久了,我们渐渐忘了世上还有一种人:他们讴歌自然神,他们是大地的信徒,他们拥有最古老和神秘的品质——"清晨"的品质;其精神气质近乎儿童,目光清澈,性情烂漫,行为富有诗意……

他们被称为某土著或某部落。

因为小,因为弱,因为没有征服的念头,于是被征服了。

甚至像山谷里的歌声一样,永远消逝了。

我不是其中一员,但一想起"神秘、美好、天真"这些词,即忍不住怀念他们。

我称之为"清晨的人"。那些很少很少的人。

阿尔伯特·爱因斯坦恳求同胞:把爱的范围"扩大到所有生

灵及整个大自然吧"。

有一群人，一出生就这么想，就这么做。

奉大地为父，视万物为兄，他们通晓草木、溪流、虫豸的灵性，俯下身去与之交谈；他们没有人的傲慢，不求包括自己在内的任一物种的特权；为生存，他们不得不采猎，但小心翼翼，怀着爱、感恩和歉意；他们坚信大地不属于人，而人属于大地；他们认为鹿、马、鹰、草茎的汁液，和人同出一家。与崇拜某个事物的族群不同，他们爱的是全部，是大自然的全体成员和全部元素。

火一样的肤色和赤裸的胸膛，他们自称"红人"。

历史和外交上，他们被叫作——印第安人。

公元 1851 年，美国政府欲以 15 万美元换他们 200 万英亩领地，为和平，他们妥协了。在华盛顿州的布格海湾，前来签字的一位叫西雅图的酋长，对城市和白人发表了这样的演说："在我们的记忆里，在我们的生命里，每一根晶亮的松板，每一片沙滩，每一缕幽林里的气息，每一种引人自省、鸣叫的昆虫，都是神圣的……你我的生活完全不同，印第安人的眼睛一见你们的城市就疼痛。你们没有安静，听不见春天里树叶绽开的声音、昆虫振翅的声音，听不到池塘边青蛙在争论……你们的噪音羞辱我的双耳，这种生活，算活着？……我是印第安人，我不懂。"

我是印第安人，我不懂。

后来，华盛顿州首府取了这位酋长的名字：西雅图。

有个当代故事：一个长年住山里的印第安人，受纽约人邀请，到城里做客。出机场穿越马路时,他突然喊:"你听到蟋蟀声了吗?"纽约人笑:"您大概坐飞机久了,是幻听吧。"走了两步,印第安人又停下:"真的有蟋蟀,我听到了。"纽约人乐不可支:"瞧,那儿正在施工打洞呢,您说的不会是它吧?"印第安人默默走到斑马线外的草地上,翻开了一段枯树干,果真,趴着两只蟋蟀。

城市人的失聪,因为其器官只向某类事物敞开,比如金钱、欲望、键盘、电话、证券、计算器……从而关闭了灵性。印第安人的听力不是"好",而是正常和清澈,未被污染和干扰的正常,没有积垢和淤塞的清澈。一个印第安人耳朵里常年居住的,都是纯净而纤细的东西,所以只要对方一闪现,他就会收听到。

作为忠告,作为签约的条件,西雅图酋长继续对白人们说——

"记得并教育你们的孩子,河川是我们的兄弟,也是你们的,今后,你们须以手足之情对待它……你们须把地上的野兽当兄弟,我听说,成千上万的野牛横尸草原,是白人从火车中射杀了它们。我们只为求活才去捕猎,若没了野兽,人又算是什么呢?若兽类尽失,人类亦将寂寞而死。发生在野兽身上的,必将回到人类身上……若继续弄脏你的床铺,你必会在自己的污秽中窒息。"

可惜,这些以火车和枪弹自负的工业主义者,并未被插着羽毛的话给吓住。他们不怕,什么都不怕。

清晨之人的声音,傍晚之人怎能听得进呢?

犹太作家以萨·辛格说:"就人类对其他生物的行为而言,人人都是纳粹。"

北美大陆的野牛,盛时有4亿至5亿只,19世纪中叶有4000万只,随着白人的火车行驶,50年后,仅剩数百只。

果真，野兽的命运来到了人身上。1874年，印第安人的领地发现了金矿，白人断然撕毁和平协议，带上炸药、地图和酒瓶出发了。很快，野牛的血泊变成了人的血泊。

印第安人的清晨陨落了，剩下的，是星条旗的黄昏和庆祝焰火。

李奥帕德说过："许多供我们打造出美国的各种野地已经消失了。"

美利坚，基于北美的童年基因而诞生，乃流落欧洲几世纪的自由精神——遇到辽阔大陆和清新野地的结果。而它功成之日，却蹂躏了赋予它容貌、体征、气质和恩泽的母腹。从此，它再也无法复制古希腊的童话，只能以现代名义去铸造一个以理性、逻辑和法律见长——而非以美丽著称的国家。

我常想，印第安人的挽歌，是否人类童年的丧钟？

若世间没有了孩子，还有诗意的未来吗？

叶芝在《偷走的孩子》中唱道——

"走吧，人间的孩子！

与一个精灵手拉着手，走向荒野和河流。

这世界哭声太多，你不懂。"

如果能选择，我也想做一个印第安人。

那些很少很少的人。

哪怕清晨开始，清晨死去。

(2009年)

草长莺飞二月天，拂堤杨柳醉春烟。

儿童散学归来早，忙趁东风放纸鸢。

——（清）高鼎《村居》

## 春天了一定要让风筝放你

"100年前，天上只有两位乘客：鸟和风筝。"

那个下午，当那只软翅"大沙燕"摇头摆尾、只剩蝌蚪一点时，我对太太说。

恰巧，有一架飞机掠过。

一个傲慢的现代入侵者。

这是我有生第一次放风筝，激动得脖子疼。

风筝古称纸鸢、风鸢、纸鹞或鹞子。我尤喜闽南一叫法——"风吹"。名起得懒，却传神。若叫"乘风"，是否更好呢？我拿不准。

当纸片儿腾空而起，你会浑身一颤，呼的一下，整个心思和脚跟被举了上去……飞啊飞啊飞，你成了风的乘客，腋下只有天，眼里只剩云……你脱胎换骨了，精神如烟，心生羽毛，你不再是深刻的人，你失重了，你变轻了，体内的淤物通了，块垒和板结碎了……

别了，浑浑噩噩。别了，尘世烦忧。

谁之伟大，发明了这乘风之物？

唐书《事物纪原》把功劳给了韩信，说楚霸王被困垓下，韩信造大纸鸢让张良乘坐，飞到敌营上高唱楚歌，霸王遂一败涂地。更奇的传闻见于《白石礁真稿》：北齐文宣帝时，围剿元姓宗族，彭城元勰的孙子元韶被囚地牢，其弟偷造大纸鸢，双双从金凤楼飞逃。

不信吧？那是你的损失。

我头回牵一只会飞的家伙，它那么兴奋、有劲，手都酸了。

风和我据理力争。线弯弯的，成了弧，像水中的钓线。天空突然钻出许多的手，抢这只漂亮沙燕，犹如拔河比赛……显然，它不再中立，它背叛我了，它在冲着风喊加油。除了那条明白无误的线，它几要与我无关了。

它的立场让我惊喜。

第一次把思绪送出这么高、这么远，我将地上的事忘个干净，连自个儿都忽略不计。那风筝，仿佛心里裁下的一角。

什么叫远走高飞，腾云驾雾？什么叫心驰神往，目眩意迷？

快快放风筝去吧。

其实是风筝放你。

春天来了，我怎么闻讯的呢？

依据不是变柔的柳条，亦非迎春和桃花骨朵，而是冷不丁瞅见一两尾纸鸢在天边游。

春，尤物一般，就这样突然扑过来。

风筝，是春的伴娘，是春的丫鬟，也是春的间谍，是她泄露了情报。

"江北江南低鹞齐，线长线短回高低。春风自古无凭据，一伍骑夫弄笛儿。"（徐渭《风鸢图诗》）古时，风筝是缚哨带响的，又称"弄笛"。

在老北京，凡扳着手指数日子、喜欢引颈仰天者，一定是风筝客。他们不肯错过一寸早春，一定要到半路上去等、去迎，然后大声宣布第一个遇见了春天。否则，他们不原谅自个儿。

我在什刹海边、玉渊潭湖堤、故宫护城河畔，见过很多精神矍铄的老人，提马扎、携干粮、戴墨镜，从早到晚神游于天际。

望风，听风，嗅风，捕风，乘风，追风。一辈子爱风，胜过老婆孩子。

他们红光满面、气定神闲，一看即活得飘飘袅袅之人。"鸢者长寿"，这话没错。

每次途经，我都羡慕一阵，搭乘一会儿老人的快乐。

我会想起"莫负春光"一词。

不知为何，我一直没想过要放风筝。

直到某天，猛意识到自己临近不惑（这个被我掉以轻心的残酷事实），竟还没牵过一样会飞的东西，竟还没亲手拉扯过春风，就像暗恋一个女孩子，竟还没牵过她的手……我突然觉得自己是个不及格的春天爱好者，我既没出门去迎，去半路上等她，也没准备任何私人仪式和礼物。

爱一个人，却没行动表示，这不是人生舞弊吗？这不是浪费韶华、侮辱青春吗？这不是辜负女孩子的美丽吗？

我的首只风筝是在玉渊潭买的。那种最傻瓜的塑料布大三角。

我怀疑不是我在放飞，是它自个儿主动飘起来的，仿佛提前装好了程序。当发现风筝古称"纸鸢"，我更无法忍受了，想起塑料这种有毒化学物，即觉对不住蓝天。还有，那大三角算怎么回事啊？毫无"鸢"之美，简直是污辱翅膀，欺骗风的感情……于是，我为自己选了北京最传统的大沙燕。

软翅、纸扎，大沙燕是最像"鸢"的风筝。

那个春天，我共牺牲了三只风筝。

一只是拔河比赛我故意输了，我把它送给了风。

一只是风向突变，不幸坠地，香消玉殒。我悲愤地想起孔尚任那首诗:"结伴儿童裤褶红,手提线索骂天公:人人夸你春来早,欠我风筝五丈风。"好孩子,骂得好,该骂。

一只是飞到附近的村子,挂在树顶,我只好将线剪断,几秒功夫,呼的一下,风就把它接走了,不知藏到何处去了。

春天来了,你一定要跑去打招呼,你一定要放风筝。

不,你一定要让风筝放你。把你放得悠哉游哉,从城市的罩子里逃出去,看一看蔚蓝,追一追神仙,呼吸一下晴空与辽阔,住一住云上的日子……

然后,年年如是。

去半路上娶春天。

直到你飞完人生。

(2009年)

> 身体精神都染了病的人,快去做五六年农夫吧。
>
> ——亚米契斯《爱的教育》

## 有股焦灼让你必须连夜种点什么

这个世界上,植物是给予者,动物是消费者。

而人,作为动物中的动物、猛兽中的猛兽,乃地球史上最大的食客。

在超市,将包装精美的五谷杂粮一件件往筐里填时,忽然蹦出个念头:我竟然从不种植?一辈子只当终端消费者?一辈子如《诗经》里说的那种"不稼不穑"?

这不奇怪吗?城里人竟然从不生产,只埋头大吃大喝,甚至懒得去拜望一下对方,看看它们是如何诞生并抵达餐桌的……恐怕没有一个时代,像今天这样,某样东西的消费者和它的生产源竟相距如此遥远,隔离如此彻底。

这种冷漠,这种断裂和绝缘,这种老死不相往来,亘古未有。即便一个古代宰相甚至君王,也不会让该逻辑成立。

如今的城市孩子，谁访问过真正的庄稼？嚼黄瓜者谁见过秧架上的黄瓜？吃山药者谁见它被从地里挖出来？谁清楚蒜薹和莴笋藏身的地方？

朋友一幼儿，被带往乡下探亲，村口迎面撞上一头猪，吓得哇哇大哭。朋友哄劝，那不就是动画片里的猪宝宝吗？孩子拼命摇头，不是猪，是熊。

阿尔多·李奥帕德的《沙乡年鉴》，乃我的床头书之一。他说："倘使你没有一块农田，你将面临两个精神上的危险：一是以为早餐来自杂货店，一是以为暖气来自暖气炉。"

此话早已应验了。

如今的孩子眼里，一切都是现成的，一切按流程和说明书来走，世界本来即安装好的这个样子：自来水属于自来水管，燃气属于燃气灶，热水属于热水器，微波炉属于电插孔，蔬菜瓜果属于超市……

我听到过两则对话——

孩子："将来我要挣好多好多的钱！"妈妈："为什么呢？"孩子："没有钱人会饿死啊！"妈妈："不会吧？你可以自己种东西吃的啊！"孩子不解。

孩子："妈妈，春天来了吗？"妈妈："还没呢。"孩子："春天来了，电视会告诉我们是吗？"妈妈愣住。

我不敢笑，孩子无辜。对他来说，食物的制造者确实是钱，也只和钱发生关系；他的季节信息，确实来自天气预报，而非自己的感官。他的双脚，恐怕从未踏上过泥土，大自然的体温和变化，他怎么能察觉呢？

"身体精神都染了病的人，快去做五六年农夫吧。"

这是亚米契斯在《爱的教育》中的话，我深以为是。

人一生必须吃点亲手种植的东西，必须尝试一点田野劳作。"劳动"，这个伟大的美德之词，我觉得唯农耕才配得上，现代语境下的种种"工作"与"上班"都不应争夺和沾指这份荣誉。农耕是最朴素、最基础、最简易的活命方法，与天地共栖，与日月同辉。一个人，即使没书报没音乐没电脑，但只要有一捧种子和一柄锹，就能活下去。同时，农耕也最诚实、最无欺，在所有生计行当中，其付出与回报、汗水与果实，最有可能成正比——简言之，它的逻辑最正直，最体现命运的公正和积极。

所以，人要永远向农业致敬，它应第一个被感恩戴德。

"欢言酌春酒，摘我园中蔬。"（陶渊明《归园田居》）

古文人历来崇尚手脚和大脑之双重投入，在诗词的花蕊下，总闪烁着泥土的芬芳和劳绩。"天随子"陆龟蒙，即是典型，这位晚唐诗书大家，更是个地道的耕夫和农学家。《新唐书·隐逸列传》称他："有田数百亩，屋三十楹，田苦下，雨潦则与江通，故常苦饥，身畚锸，茠刺无休时。"大意是说，由于地薄田涝，这位贫苦大地主,不仅亲自荷锄负箕,抗洪抢险,还常常断炊挨饿。当然,这是人家的自选活法,苦中作乐。龟蒙著作等身,最著名的竟是农事文章,即劳动心得,如讲犁具的《耒耜经》、论垂钓的《渔具十五首并序》《和添渔具五篇》、谈防虫治鼠的《蠹化》《禽暴》《记稻鼠》、述栽茶的《茶书》《和茶具十咏》、吁保护渔业资源的《南泾渔父》等。正因为活得健康、朴实、生机蓬勃,他和好友皮日休被鲁迅赞为"一塌糊涂的泥塘里的光彩和锋芒"。

"四体不勤,五谷不分",这是孔子平生遭遇的最严厉嘲讽。

《论语·微子》载:"子路问曰:'子见夫子乎?'丈人曰:'四体不勤,五谷不分。孰为夫子?'……明日,子路行以告。子曰:'隐者也。'使子路反见之。至,则行矣。"孔子高度表彰了这份嘲笑,称大贤之人,并催弟子折返请教,但人已空矣。

亲近农田,熟悉庄稼,这是人之本分、之天职。

当离这个本分越来越远时,我感到不安、惶恐,我觉得自己是个不健全的人。即使现代分工给了足够的辩解,但无论如何,消费与生产不该如此隔绝。一辈子守着消费终端,懒得向另一头走半步,我觉得这样的人生链条是残缺的、不健康的,有犯罪感。它一定违反了某种伦理,别忘了,人曾是旷野的一部分,虽然肉体挣脱了出来,但灵魂不该背叛。

我们至少要常回过头去,深情而感激地望它一眼。

古老的农田,古老的庄稼,古老的人生。

否则,我们的身体和精神一定会染病的。

一件事，发生在我身上。

那晚，搬进新宅的第几个晚上，在众家具和装修气味的包围中，我焦躁不安，不停踱步，不停跑到阳台上深呼吸，我知道内心发生了严重骚乱，可想不出如何平息。后来，望着一只空花盆，我明白了：我在思念农田！我需要改变这个空间的生态，改变它的成分和气息，改变它的"场"！我需要扶植一名亲信，一个灵魂上的亲信，与我为伍，一起稀释、对抗这屋子里的化学和工业。我突然极想干件事——亲手将一粒叫"种子"的东西埋进泥土，凝视它发芽、吐叶、分蘖……我的意思不是修饰这个房间，它不应是观赏类花草，而是极实用和朴素的植物，有"庄稼"和"农业"的品质，比如茄子黄瓜西红柿。

我只要一株就够了，一个亲信即能让我坚定、强大起来。

这欲望从黄昏起泛滥，到深夜，愈演愈烈，不可收拾了。

我等不及，我无法忍受这个没有播种没有萌芽没有改变的夜，我撑不到天亮。

有盆，有残土，可哪儿去弄种子呢？真正的"农业"种子？

我困兽般踱步。突然目光里闪出一样东西，一袋辣椒，超市买的。

有了。有种子了。我开始行动，像做一件伟大的事。

等一勺水浇下，泥土变湿了，花盆成了一位母亲，她怀孕了。

夜，和刚才截然不同了。

黑暗中，有一束微光，有一粒叫"大自然"的胚芽，它在闪烁，一微米的心脏，在跳动。这座钢筋混凝土的空间里，突然来了个敌人，一抹小小的异己的能量；这个原本一切物件（包括我）都正被一秒秒损耗、老化——做着物理"减法"的场地上，突然有了一股反方向的力——"生长"和"加法"……

这多么令人鼓舞！

有位"文化大革命"中坐牢的前辈，他告诉我，那时每天最幸福的事，即扒着窗户，专注地看墙外一棵树，就一棵。你会看出它时时刻刻在变，也只有看出这种变，它才对你有用，才让你目光有所安置，心思有处盛放……不同季节的它不一样，每个时辰的它也不同；偶有鸟儿落上，那就像过节了；夏天，夏天最妙，你不仅能听，还能用肉眼从枝叶中搜到几只蝉和蜕……冬天最难熬，树秃了，就关心起枝桠和树疤，关心枯叶在风中的滚动。不幸的是，落叶总很快被人扫走……

他说，若没那棵树，自己会疯掉的。

是大自然的某种"生长"，救了他的神经。
是铁窗外的某种"活着"，让他活了下来。

(2009 年)

# 日子你要一天一天地过

## 光阴尺码

北京台有档周播节目叫《七日》,其广告词这么说:"生活,就是一个七日接着一个七日。"我也做电视媒体,按同行眼光,这句话堪称神来之笔,既行云流水勾勒了百姓过日子,又将岁月和节目画了等号,自恋了一把。

可我老觉哪儿不对,似乎某根神经被偷咬了一口,后恍然大悟:它在光阴上的计量单位——那个"七日"刺疼了我,它等于是在说,人生即一周加一周加一周……

这尺码太大、太粗放了。它把生命密度给大大冲淡、稀释了。

若央视"春晚"给自己打广告,会不会说成"生活,就是一个春晚加一个春晚"呢?如此生命换算和记忆刻度,简直恐怖。

地铁,忽听一女孩感慨:"你说哎,日子真快,眨眼又过年了,不就看了几部剧、听了几首歌嘛,我夏天裙子还忘了穿呢……"

是啊,我们对光阴的印象愈发模糊,时间消费上,所用尺码也越来越大,日变成了周,周变成了月,月变成了年……日子不再一天一天地过，而是捆成大包小包，甩手即一周、一月。打个比方，从前是步枪瞄准，现在则像冲锋枪，突突一梭子，点射变扫射，准星成废物。

一把尺子，毫米取消了，只剩厘米。

"今天几号啊？"这声音无处不在。

我自己也常想不起日子，甚至误差大得惊人。那天，我寄一份文稿，末了署日期，竟将"2009"落成了"2007"。我明白，这不是笔误，是心误。

时间的粗化，意味着人生的恍惚、知觉的紊乱。

## 我们有自己的时间吗？

在光阴意识和时间心理上，除计量单位被大大膨化外，其标志符也越来越笼统、虚脱。

有位老兄，并非球迷，但四年一届的世界杯，场场不落，且备好啤酒，郑重地邀我陪绑，他总是感慨："还记得吗？咱俩第一次这样看世界杯是20出头，可现在……人活一辈子，能看几届世界杯啊？所以要看，看仔细喽，否则都不知自个儿多大了。"

他说得很动容、很悲壮。

是啊，我们记录历程、测量岁月的凭据是什么？当然是人生的标志性事件。可事实上，除了集体式、广场化、社会性的仪式盛典和娱乐运动，我们有个人的尺度和砝码吗？一届奥运会够你亢奋四年，东道主则够你消遣 10 年——申报、筹备、演练、热身、火炬、金牌、送行、庆功、余热……而寻常日子里，一年到头，也就靠几部影视剧、几首流行歌、几桩名人绯闻和一台春晚给撑着。

再放大点说，几项大政方针、几桩新闻事件、几条娱乐路线，外加几十张明星脸，就是一个时代，就是一个时代的全部皱纹和消费内容。就是一个人从青春到中年，从风华正茂到双鬓染霜。

一岁一枯荣，我们不知自己身上哪儿荣哪儿枯、哪儿发芽了哪儿落叶了。我们遗失了自己的光阴，没有个体原点和重心，没有私人年轮和纪念物。

裹挟在时间洪流、公共意向和运动人群中，我们不知该为人生准备哪些"必须"，找不到自己的细节和脉络，找不到自己的星座和北斗，找不到独立而清醒、僻静且坚定的私念和价值观……每个人都兴高采烈被推搡着、绑架着，无人情愿和能够出局。

替我们纪念人生、标注身世的，全是举国如何、普天如何，全是集体意识和无意识……说到底，此乃"游行式"人生，鬼使神差，围着广场或磨盘绕了一圈又一圈，像蒙眼的驴子。

我们没有自己的注意力。精神注意力和心灵注意力。

我们没有自己的时间。无论社会时间还是生物时间。

我们被替代、被覆盖、被代表了。

我们被忽略不计，也索性对自己忽略不计。

## 生物时间

谁还记得时间本来的模样？

最朴素的生命知觉，最正常的光阴感应，如何获得呢？

或许，人忘了自己的真实身份——生物。

这个身份和公鸡没什么两样。

我一直觉得，既然生命乃自然赋予，光阴也源于自然进度，那么，一个人要想持有清晰、纯粹的时间印象，即必须回到大自然——到这位天时的缔造者和发布者那儿去领取。

我们要靠冰的融化、草根的发芽、枝条的变软来感知早春；要凭荷塘蛙声、林间蝉鸣、旷野萤火来记忆盛夏；我们的眼帘中，要有落木萧萧和鸿雁南飞，要有白雪皑皑和滴水成冰……

最伟大的钟表，捂在农人怀里。

大自然的时间宪章，万余年来，一直镌刻在锄把上、犁刃上、镰柄上。立春、谷雨、小满、芒种、寒露、冬至……光阴哲学上，农夫是世人的导师，乃最谙天时、最解物语之人。错过节气，即意味着饥荒，颗粒无收。

时间恍惚，人的神思即陷入浑浑噩噩。

我们沉浸于街道、橱窗、商场、文件、电脑，唯独对大自然——这位策划光阴、分配光阴的神——视而不见。我们忘了"生物"

本分和血液里的钟声,像个逃学者,错过神的讲座和教诲,也错过了赐予。

看日期,不能只看表盘和数字,要去看户外,看大自然。

它以神的表情和语言,告诉你晨昏、时辰、节气和四季。

大自然从不重复,每天都是新的,每秒都是新的。细细体察,接受它的沐浴,每天的你即会自动更新,身心清澈,像婴儿。

牢记一条:我们是生物。首先是生物。

若生物时间丢了,即丢了大地和双足。

## 老日历之美

日子须一天一天地过。

如此,才知时、知岁、知天命。

时间危机,即人生危机。没什么比握紧光阴更重要。

有天,突想起儿时的日历本,即365页的那种撕历,一天一页,平日乃黑字,周末为红绿,除公历日期,还有农历节气。记得每逢岁末,父亲总要去新华书店买本新历回来,用纸牌固定后挂墙上。早晨,父亲头件事即更新日历,他从不撕,而是用铁夹子将旧页翻上去,所以一年下来,还是厚厚一本。我最喜红绿两页,不仅颜色漂亮,更意味着可罢学了。

许多年了，我未见这种老历，总是豪华的挂历和台历。本以为它消失了，可去年逛厂甸庙会，我竟然遇上了，兴奋至极。

从此，我恢复了用老历的习惯。

和父亲一样，我也舍不得撕它，只是一页页地翻。

和父亲一样，这也是我每天起床后的第一道功课。

像精神上的广播操。

那感觉很神奇，端详它，就像注视一个婴儿、欣赏一片刚出生的树叶。

一页页地迎接，一叶叶地告别，日子变得清晰、丰腴、舒缓。

它还每天提醒你，户外——遥远的大自然正发生着什么：雨水、惊蛰、白露、夏至、霜降、秋分、小雪……

我又恢复了"天时"的感觉、光阴"寸寸缕缕"的感觉、日子"一天一天数着过"的感觉。

生活，不再是条粗糙的麻绳，而是一串不紧不慢、心中有数的念珠。

老日历，是我保卫生活的工具之一。

你不妨也试试。

(2009 年)

> 告诉我，你吃的是什么东西，
> 我就能告诉你，你究竟是什么东西。
> ——法布尔《昆虫记》

## 人是什么东西

谁是真正的生产者？

植物。全世界的植物每天生产 4 亿吨蛋白质、碳水化合物和脂肪，释放 5 亿吨氧。

动物全是消费者。胃口小的属食草动物，几平方米草可养活一窝兔子，一棵树能栖息一家松鼠。食肉动物的生存成本则高昂了，一只虎要消耗好几座山头，方圆几十公里内的肉量，才能撑起它的胃。

那么，谁是最大消费者呢？

人。他鲸吞的是地球，排泄的乃垃圾山。

他高居生物链之巅，不仅吞噬所有动植物，吞噬山川、江湖、森林，还吞噬石油、煤炭和大地所有窖藏。他通吃一切，包括他自己。

法布尔在《昆虫记》里写道:"一位著名的研究食物的法国科学家说:告诉我,你吃的是什么东西,我就能告诉你,你究竟是什么东西。"

动物有固定食谱,松鼠吃坚果,熊猫吃竹子,考拉吃桉叶,蝙蝠吃蚊虫,蚯蚓吃腐质……许多儿歌和谜语也是照此逻辑创作的,比如幼儿园有堂课,叫"动物们的餐桌",步骤如下:(1)小动物们来了,说说都有谁;(2)动物肚子饿了,请小朋友喂食;(3)说说分别给动物喂了什么食物;(4)看看哪个动物高兴,哪个不开心,为什么;(5)小结,动物各有自己爱吃的食物。

专注、不乱吃,不仅乃动物习性,也是动物美德和造物主的授意。唯此,大自然才确保有序、稳定的资源分配体系,物种比例才合理,生态系统方不至失衡。简言之,动物的嘴乱不得,一旦乱扑乱咬,世界就乱了。

这是大自然的规矩,也是万世太平之道。

本来这一切早早安排好了,物类各循其轨、各享其食。

直到现代人登场。他用爪和齿,用锋利的欲望,将古老的契约撕个粉碎。

汉字里,有个笔画繁复且容颜丑陋的词:饕餮。

传说它是一种邪恶之兽:面孔狰狞,性情凶残,脑袋两侧鼓一对肉翅,其最大特点即胃口好——"吃嘛嘛香"。

好吃之人,称美食家尚嫌不够,自诩"饕族"。

人和动物的最大差异是什么？

教科书上说，是直立行走和制造工具。谬矣，应该是：人什么都吃。

正像顺口溜所言："天上飞的除飞机不吃，水里游的除轮船不吃，地上跑的除汽车不吃，四条腿的除桌椅不吃，长羽毛的除掸子不吃……"

若有一日，外星人来地球，捕猎一人，想据胃中之物确认其类，恐要目瞪口呆了。这个胃袋，堪称世界上最大的动物坟墓。

拿食物当试纸给动物验身，这法子适用于另者，于人则失灵。人之腹欲无穷无尽，他在成员内部制造伦理和法律，繁殖制度与文明，于外则无所忌惮。其修养、品格只针对同胞关系，一旦越过物种边境，则骤然变脸，杀气腾腾。

人曾是大自然的一分子，一个谦卑而纯朴的成员，现在造反成功，就像猴子蹦出石头，自诩齐天大圣，老子天下第一。

无法无天，乃世间最悲哀之事。

(2009 年)

心外,其喜怒、追逐、情态、欲望、口头禅、价值观、注意力……
皆堪称这个时代的流行货色和标准件,
乃至色相都是统一美容之果。
总之,人复制人,人生复制人生,
连"一方水土一方人"都难成立了。
那么,你非此人不爱不嫁不娶的理由是什么呢?
其价值唯一性、不可替代性在哪儿呢?
你又朝市山林俱有事,今人忙处古人闲。

——(明)陈继儒

# 在古代有几个熟人

## 1

某日,做了个梦,梦里被问道:"古代你有熟人吗?"

我支支吾吾,窘急之下,醒了。

醒后想,其实我是勉强能答出的。我把这话理解为:你常去哪些古人家里串门?

我想自己的人选,可能会落在谢灵运、陶渊明、陆羽、张志和、陆龟蒙、苏东坡、蒲松龄、张岱、李渔、陈继儒，还有薛涛、鱼玄机、卓文君、李清照、柳如是等人身上。缘由并非才华和成就，更非道德名声，而是情趣、心性和活法，正像那一串串别号，"烟波钓夫""江湖散人""蝶庵居士""湖上笠翁"……我尤羡那抹人生的江湖感和氤氲感，那缕菊蕊般的疏放、淡定、逍遥，那股稳稳当当的静气、闲气、散气（按《江湖散人传》说法，即"心散、意散、形散、神散"），还有其拥卧的茅舍菜畦、犬吠鸡鸣……白居易有首不太出名的诗，《访陈二》，其中两句我尤爱，"出去为朝客，归来是野人……此外皆闲事，时时访老陈"。老陈是谁？不知道。但我想，此公一定有意思，未必文墨同道，甚或渔樵野叟，但必是生机勃勃、身藏大趣者，否则老白不会颠颠地往那儿跑。这等朋友，最大魅力即灵魂上有一股酒意，与之相处像蒸桑拿，说不出的舒坦。

我物色以上诸位，很有参考"老陈"的意思。说白点，是想邀其做我的人生邻居，那种鸡犬相闻、蹭酒讨茶的朋友。另外，我还可凑一旁看人家忙正事：张志和怎么泛舟垂钓，与颜真卿咏和《渔歌子》；陆龟蒙怎么扶犁担箕，赤脚在稻田里驱鼠；陶渊明怎么育菊酿酒，补他的破篱笆；李渔怎么鼓捣《芥子园画谱》，在北京胡同里造"半亩园"；张岱怎么茶淫橘虐、书蠹诗魔，又如何披发山林、梦寻西湖；浣花溪上的大美女，怎么与才子们飞句酬唱，如何发明人称"薛涛笺"的粉色小纸……

关于几位红颜，我之思慕，大概像金岳霖一生随林徽因搬家，灵魂结邻，身影往来，一间墙正适合。

## 2

我做电视新闻，即那种一睁眼就忙于和全世界接头，急急问"怎么啦怎么啦"的差事。我有个程序：下班后，在下行电梯门缓缓闭上的刹那——将办公室信息留在楼层里；回家路上，想象脑子里有块橡皮，它会把今天世界上的事全擦掉。我的床头，永远躺着远离时下的书，先人的、哲学的、民俗的、地理的，几本小说、诗歌和画谱……

我在家有个习惯，当心情低落时，即翻开几幅水墨，大声朗诵古诗，要么《渔歌子》："西塞山前白鹭飞，桃花流水鳜鱼肥。青箬笠，绿蓑衣，斜风细雨不须归。"要么陶公的"暧暧远人村，依依墟里烟。狗吠深巷中，鸡鸣桑树颠"。皆旁若无人状，学童一样亮开嗓子。很奏效，片刻，身上便有了甜味和暖意。

我觉得，古诗中，这是最给人幸福感的两首，像葡萄酒或巧克力。至少于我、于我的精神体质如此。

踱步于这样的葱茏时空，白天那个焦煳味的世界便远了，什么华尔街金融风暴、胡德堡美军枪击、巴格达街头爆炸、中国足坛赌球……皆莫名其妙、恍如隔世了。

我需要一种平衡，一种对称的格局，像昼与夜、虚与实、快与慢、现实与梦游、勤奋和慵散……生活始终诱导我做一个有内心时空的人，一个立体和多维的人，一个胡思乱想、心荡神驰之人。而新闻，恰恰是我心性的天敌，它关注的乃当代截面上的事，最眼前和最峻急的事，永远是最新、最快、最理性。

我必须有两个世界，两张精神餐桌。否则会厌食，会饥饿，会憔悴，会憎恶自己。

我对单极的东西有呕吐感。

## 3

我察觉到这样的症状：今人的生命注意力，正最大化地滞留在当代截面上，像人质一样被扣压了，缚绑在电子钟上。

那些万众瞩目、沸煮天下的广场式新闻，那些"热辣""火爆""闪亮登场"的人和事，几乎洗劫了民间全部神经，瓜分了每个人每一天。今人的心灵和思绪，鲜有出局、走神和远走高飞的，鲜有离开当代地盘和大队人马去独自跋涉的，所有人都挤在大路上，都涌向最人山人海的地点，都被分贝最高的声响所吸引。新闻节奏，正成为时代节奏，正成为社会步履和生活的心电图。人们已惯于用公共事件（尤其娱乐事件）来记录和注册岁月，比如奥运会、国庆盛典、世博会，比如李宇春、张艺谋、小沈阳，比如《暗算》《潜伏》《蜗居》，它们已担负起"纪年"的光荣任务；再比如，某大导演拍一贺岁片，哪怕粗滥至极，也有人趋之若鹜，明明一张垃圾海报，但应召者并无怨言，为什么？因为消费什么并不重要，重要的是行动，是众人拾柴的热情，是你被邀请了，是投身于公共集会和时代运动中去，是回复"你看了没有"这个传染性问号。而且，你通过"运动"找到了归属——"岁末"之时间归属、"新潮"之族群归属——既认领了光阴，又认领了身份。

你无力拒绝，懒得拒绝，也不想拒绝。拒绝多累啊。

大家无不过着"进行时""团体操"式的人生——以眼花缭乱的新闻、日夜更新的时尚为轴、为节拍、为消费核心的生活。

信息、事件、沸点、意见、声音……铺天盖地，但个性、情趣、纬度、视角少了，真正的题目少了。欲望的体积、目标的吨位越来越大，但品种单一，质地雷同。

越来越多的人，活得像一个人，像别人的替身。

越来越多的人生，像一场抄袭，像流水线肥皂。

打量人生，我常想起幼儿园排队乘滑梯的情景：这头爬上，那头坠落。目标、原理、进程、快感、欢呼都一样，小朋友们你追我赶，不知疲倦。

## 4

有一些职业，很容易让人越过当代界碑，偷渡到遥远时空里去，比如搞天文的、做考古的、开博物馆的、值守故居的；有一些嗜趣，也容易实现这点，像收藏古器、痴迷梨园、读先人书、临先人帖。

有位古瓷鉴藏家,她说自己这辈子,看瓷经历了三个阶段:一是知其然,二是知其所以然,三是与古人神交。她说,看一样古物,最高境界不是用放大镜和知识,而是睹物思人、与之对话。古物是有生命的,它已被赋予了性灵和品格,从形体、材质、纹理、色釉到光泽、气质、触感、髓气,皆为作者之情智、想象力和喜怒哀乐的交集之果。辨物如识人,逢高品恍若遇故交,凭惊鸿一瞥、灵犀一瞬即能相认。形体可仿,容颜易摹,灵魂却难作弊。

可以想象,这位藏家在古代有多少熟客,其屋该是一间多么大的聚会厅,多少有意思的人济济一堂,多少传奇故事居住其中。她怎么会孤独呢?

乾隆在紫禁城有间书房,叫"三希堂",面积很小,仅八平方米,上有他亲题的对联:"怀抱观古今,深心托豪素。"此屋虽狭,但它恐怕是天下最深阔的"怀"了,134位名家的340件墨迹及495种拓本,尽纳于此。乾隆虽娄,但其眼福却让人羡,那是何等盛大的雅集和磅礴气场啊,一旦走进去,你想不神游八方都不成。

在京城,我最大休闲即泡博物馆、游老宅、逛潘家园或报国寺的古货摊。我不懂,也不买,就东张西望,走马观花,跟着好奇心溜达。有的铺子是唐宋,有的摊位是元明,有的院落是晚清和民国……那些旧物格局,有股子特殊气场,让你的心思飘飘袅袅,溜出境外,一天恍惚下来,等于古代一日游。

明代大书画家董其昌到长安,拜谒千年前王珣的《伯远帖》,

惺惺大发,忍不住添墨其后:"既幸余得见王珣,又幸珣书不尽湮没,得见吾也!"话虽自负,却尽显亲昵,也留下一段隔代神交的佳话。我见过《伯远帖》的影印件,尺幅不大,董大师的友情独白占去半壁,还满载历代递藏者的印鉴,不下十余枚,包括乾隆的。应该说,诸藏家与晋人王珣的神交程度,并不逊董,只是董艺高性野,抢先表白了,继者也只能小心翼翼捡个角落座,或体恤先物,不忍涂鸦。

藏轴、藏卷、藏器、藏曲……皆藏人也。皆对先人的精神收藏,皆一段高山流水、捧物思古的友谊,皆一场肌肤遥远却心灵偎依的恋爱。

## 5

除了鉴藏,读书亦然。

明人李贽读《三国志》,情不自禁欲结书中豪杰,大呼"吾愿与为莫逆交"。

"身无半亩,心忧天下;读破万卷,神交古人。"这副对联让左宗棠自励终生。

人最怕的即孤独,尤其精神上的冰雪冷寂,布衣贩夫、清流高士皆然。特别后者,无不染此疾,且发作起来更势急、更危重,所以围炉夜话、抱团取暖,便是人生大处方了,正所谓"闲谈胜服药"。翻翻古诗文和画谱,即会发现,"朋聚""访友""路遇""重逢""雅集""邀客"——乃天下文人竞趋和必溺之题。柴门闻犬吠、风雪夜归人,那"寒夜客来茶当酒,竹炉汤沸火初红"的场景,不知感动和惊喜了多少寂寞之士。

然而,知音毕竟难求。尤其现世生活圈里,虽强人辈出,却君子稀遇,加上人心糙鲁、功名纠葛,友情难免瑕疵,保养和维系的成本亦高。与古人神交则不同了:古人不拒,古人永驻,古人常青。凡流芳后世者无不有着精致人生,且永远一副好脾气,无须预约,不会扑空,他就候在那儿,如星子值夜。你尽可来去如风,更无利益缠绕,天高云淡,干干净净。

名隐陈继儒如此描绘自己的神交:"古之君子,行无友,则友松竹;居无友,则友云山。余无友,则友古之友松竹、友云山者。买舟载书,作无名钓徒。每当草蓑月冷,铁笛风清,觉张志和、陆天随去人未远。"陆天随即陆龟蒙,与作者隔了近800年。

"去人未远",是啊,念及深邃、思至幽僻,古今即团圆。此乃神交的唯一路径,也是全部成本。山一程、水一程,再远的路途皆在意念中。

吾虽鲁钝,夜秉《世说新语》《聊斋志异》《夜航船》等书时,亦有如此体会——

读至酣处,恍觉白驹过隙、衣袂飘飘,影影幢幢处、柳暗花明间,你不仅得见斯人,斯人亦得见你。一声别来无恙乎,挑帘入座,可对弈纵横、把盏擎歌,可青梅煮酒、红袖添香……

国学大师陈寅恪,托十载光阴,毕暮年全部心血,著皇皇80

万言《柳如是别传》。我想，灵魂上形影相吊，慰先生枯寂者，唯有这位300年前的秦淮女子了。其神交之深、之彻，自不待言。

## 6

古人尚神交古人，今人当如何？

附庸风雅的虚交、名利市场的攀交、蜂拥而上的公交、为稻粱谋的业交，甚嚣尘上，尤其炒栗子般绽爆的"讲坛热""国学热""私塾热""收藏热""鉴宝热""拍卖热"。但人生意味的深交、挚交，纯粹的君子之交、私人的精神之恋，愈发稀罕。

读闲书者少了，读古人者少了，读古心者更少。

斗转星移，今心性已大变。

有朋友曾说过一句：为什么我们活得如此相似？

问得太好了。人的个体性、差异性越来越小。恰如生物多样性之锐减，人生多样性也急剧流失，精彩的生活个案、诗意的栖息标本，皆难搜觅。

某日，我半玩笑地对一同事说："给我介绍一两位闲人吧，有趣的人，和我们不一样的人，比我们有意思有意义……"他长期做一档"讲述老百姓自己的故事"的节目，猎奇于民间旮旯，又兼话剧导演，脑筋活泛，当有这方面资源。他嘿嘿几声，皱眉半响，摇头："明白你的意思，但不骗你，这物种，还真绝迹了，恐怕得往古时候找了。"

陋闻了不是？我就知道一位：王世襄，九十高龄，人誉"京城第一玩家"。不过朋友所言也是，老人虽在世，但显然不属于当下，乃古意十足之人，算是古时留给后世的"漏"。在现代眼里，世襄不真实；在世襄看来，眼前也不真实。

王世襄活在旧光阴和白日梦里，连个发小、玩伴都找不到。

其实还有位我爱羡的前辈，汪曾祺。只是先生已驾鹤西去。

"恐怕得往古时候找了。"朋友没说错。

论数量，古有几千年、数十朝的人物库存，可供"海选"。论质量，物境决定心境，那会儿时光舒缓、云烟含幽，万象步履稳健、优游不迫，又讲究天人合一、师法自然——所滋养出来的人物，论心质、趣味、品性，皆拔今朝一等；论逍遥、活法、各色，亦富饶于当代，可谓千姿百态、洋洋大观。

而现代社会，薄薄几十年景，风驰电掣、激酣凌乱；又值大自然最受虐之际，江湖枯萎，草木疲殆，世心莫不如物；加上人生高度雷同，所邂逅者无非当代截面上的同类，逢人如遇己，大同小异，权当照了回镜子。

总之，论人物美学资源，彼时与今朝，如大集市和专卖店。前者种类多、品相全，随你挑。而后者往往只卖一个牌子。

## 7

有时候，你会觉得爱一个当代人是件很吃力、很为难的事。

除物理差异，此人和另者没大区别。其所思所想、心内是怎样"众里寻他千百度"的呢？不错，爱不讲理，但日久天长，你还是会暗暗和自己讲理的。何以当代男女间的背叛如此容易和盛行（甚至无须理由，给个机会就成）？我想，根源恐于此。

夸张点说：这个时代，有异性，无异质。有肉身之异体，无精神之异态。

只求物理性感，不求灵魂性感，恐才是真正的爱情危机。不仅爱情，友谊的处境也差不多，因为在发生原理上，二者都是献给个体的，都基于个体差异和吸引，所以麻烦一样。

一位我欣赏的朋友，乃古典音乐发烧友，酷爱巴赫、马勒、勃拉姆斯。她说过一段让我吃惊又马上领会的话，她说："与音乐为伴，你很难再爱上别人，你会觉得自己很完整，什么也不缺，不再需要别的男人或女人，尤其他或她出自眼前这个世界，这个和音乐格格不入的世界……"

我说，我明白。

# 8

"朝市山林俱有事，今人忙处古人闲。"

我喜欢散步式的活法，那种挂着草鞋、脚上带泥的徒步人生，那种溜溜达达、拖鞋节拍的人生。而现代人崇尚皮鞋与轮胎，无缘泥泞和草木，乃疾行式的活法，是沥青路和跑步机上的人生。

有支摇滚乐队叫唐朝乐队,唐朝乐队有个主题叫"梦回唐朝"。

唐朝?我欣赏这记冲动。这是理想主义肩上的红旗,是精神漂流瓶里的小纸条。

投宿于何朝无所谓,重要的是它意识到生命除了当代还有别的,除了现实还有"旁在"。重要的是它不甘心被时尚蒙上眼罩,不甘心一辈子只与现状为伍,乖乖在笼子里踱步,不甘心肉体被驯服后还要交出灵魂和梦,并让该逻辑无理地合理化,不甘心精神上只消费当下和当下制造……它要挣扎、突围,它试图溯源而上、逆流而上,寻着古代的蹄印搜索未来的马匹。

人之外,还有人。世之外,还有世。

那个世,或许是前世,或许是后世……

一个人的精神,若只埋头当下,不去时代的地平线以外旅行,不去光阴深处化缘,不以"古往今来"为生存背景和美学资源……那就不仅是活得太泥实太拘谨的问题,而是生命的自由度和容积率,遭遇了危机。若此,人生即难成一本书,唯有一张纸,无论这纸再大,涂得再密密麻麻、熙熙攘攘,也只是苍白、薄薄的一个平面。

人这一辈子,人类这一辈子——两者间有一种联系,像胎儿和母腹。应找到那条脐带,保养好它,吸吮养分,以滋补和校阅今世的我们,以更好地学习人生,摆渡时代烦忧……

探古而知今亏,藏古方觉身富。

一个人，肉体栖居当代，只有"个体的一生"，但心灵可游弋千古，过上"人类的一生"。

种一片古意葱茏的林子吧，得闲去串串门，找几位熟人、朋友或情人。

生活，离不开乌托邦。

(2009 年)

> 怀之入茶肆，炫彼养虫儿。
>
> ——王世襄《大树图歌》

## 一辈子就是玩，玩透了

最喜欢的书是《诗经》。最喜欢它的《豳风·七月》。

它把几千年前一个人的春夏秋冬，乃至一生的景象都讲完了。且讲得那般美，如天上云朵。

《七月》里我最喜欢的一节是——

"五月斯螽动股，六月莎鸡振羽。七月在野，八月在宇，九月在户……"

接下那句"十月蟋蟀入我床下"，每念此处，总觉眼前一闪，有翅影忽眨而过，不禁扭头去瞅床底。

郊区的公寓有一大片草地，一场秋雨后，正散步，忽被高高低低的虫声粘住了。

蝈蝈、油葫芦，还是金铃子、蛐蛐？

它只许你听，不让你看。乐器藏在它肚子里。

或许受惊，它不唱了。我屏息静气好一会，它才又开场。

它哪儿知道，自己已被人用手机偷偷录了音。那人想，等大雪飘飞时，再听这虫欢，堪比世襄老人那神仙之乐了罢？

回到家，忍不住重温《世襄听秋图》。

这是其老伴荃猷女士绘于1984年除夕的速写——

世襄坐小板凳上，怀抱一竹筒，一端伸入虫盆，一端供应耳朵，活脱脱一顽童抱听诊器的模样。

瞅着瞅着，叽叽卿卿的鸣声，即从画里飘出来，扑你耳膜。

"燕都擅巧术，能使节令移。瓦盎植虫种，天寒乃蕃滋。"

这是王世襄描绘的京城玩家，其中就有他自己。

文化史上有两类名士、两类心灵，皆人间大爱，但气质迥异：一类属药，让你舌下含苦、两腋起风，精神陡然冷肃、峭拔起来；一类属糖，让你爱意涌体、蓄乐生津，抛却世间险要和烦忧。前者如鲁迅、胡适、郁达夫，那一代文人多位此列，即便"闲适"如林语堂者也不例外。后者则极单纯、极通透和快活的玻璃人，此物稀少，除王世襄，甚至难觅同辈搭档（汪曾祺、黄永玉有点儿像，但玩兴略欠，泼劲不足，感觉没玩透）。似乎只能往史上找了，如陆羽、李渔、张岱、文震亨。若说前者乃地上的爱，现实且苦涩，有镣铐之沉和铿锵声；那后者则云上的爱，步履飘盈，溺于鸡毛蒜皮、物机天趣，有独立超然之仙风。

前者贡献的是体巨，是磐重，乃经世要义；后者显呈的是精微，是点滴，乃俗生大美。一则为黄山之松、泰山之碑，一则为"芥子纳须弥"。虽不同语，却是世间最精彩的两幅卦象。

我越来越深觉双方的重要。尤其后者，它甚至直接成为"热爱生活"的依据，没有它，人生即有釜底抽薪的虚脱感。但在价值观上，特别于中国这样一个苦难型母体，前者的地位往往首要，稍不留神，后者即被讥为颓废，以商女靡音、纨绔骚风嘘之。

在很长的时光里，我就这么以为的，几乎不正眼看之。

当我读完世襄的《锦灰堆》，当我偶识这位以养虫、育鸽、饲鹰、精馔、藏物识器立身的大玩家，当我见识了老北京那些平凡琐碎的"玩意儿"——那些即使在最动荡和苦难日子里仍随身携带、不肯牺牲的兴致与生趣，那些与骄奢无关、问汲于自然、求助于草虫的最低成本的快活……我开始惊叹，多么健康而美好的人！

世襄八十寿辰日，荃猷女士亲手刻了一幅红彤彤的剪纸：《大树图》。树上 15 枚果子，对应老伴的 15 类钟爱——

"家具"，世襄酷爱明式家具，著有《明式家具珍赏》《明式家具研究》；"漆器"，世襄最得意的学术强项，著有《髹饰录解说》;"竹刻",世襄曾致力于传统竹刻技法的恢复,著有《竹刻艺术》《竹刻鉴赏》;"套模子的葫芦",世襄钟情葫芦植术和造式;"火绘葫芦器",世襄擅长火绘葫芦;"鎏金铜佛像",世襄喜爱佛像艺术,但自谦未入门;"书画",世襄酷爱中国书画,著有《画学汇编》;"蟋蟀",世襄着迷蛐蛐,对蓄养和器皿颇有得,著有《蟋蟀谱集成》;"鸽哨",世襄痴迷放鸽,著有《明代鸽经·清宫鸽谱》《北京鸽哨》;"鸟具",世襄对雀笼食罐有研究;"家常菜",世襄擅吃擅烹,在"干校"改造时还偷偷做鳜鱼宴;"牛",世襄"文化大革命"中曾在乡下放牛;"鹰",世襄少时饲鹰,欲撰一本中国鹰文化的书;"獾狗",一种用来捕獾的猎犬,世襄早年的跟班……

爱天空、爱市井、爱草木、爱鸟虫、爱古今、爱神灵、爱路人……一辈子聚精会神、专注毫发,只知道爱,只埋头玩。有何不好?

尘界的缤纷、热闹、蓬蓬勃勃,人世的动力、活性、快乐源泉,生命的元素、本义、真相谜根,难道不都涌向了这儿吗?

他不过屏神静气、心无旁骛地为同胞集中演示了一遍。假如鲁迅能活二百年,很久以后,当时代不再为之埋伏那么多对手和险恶,莫非他不成另一个王世襄?

我曾给好多人推荐读世襄。读之,可明目醒耳,励足健体;可凝神细微,铸品养性;可知物辨机,享受妙趣;可贪生求饴,绝厌世之念。

有人替他总结了很多成就：古鉴成就，收藏成就，学术成就，人格成就，爱情成就，美食成就……在我看来，他最大的成就即生活，即玩。

一辈子的玩，有业无业、有名堂无名堂的玩，玩醉了，玩透了。

"芥子纳须弥"的成就，非玩之初衷，而是无意之酿，犹如岁月寿盒。

世襄至交、翻译家杨宪益先生曾赠诗云："名士风流天下闻，方言苍泳寄情深。少年燕市称顽主，老大京华辑逸文。"

在一个不会玩、不敢玩、忘了玩、没得玩、玩不转的年代，这堪称一份伟大业绩。

2009年11月28日，"京城第一玩家"王世襄，因病医治无效，在北京协和医院去世，享年95岁。依本人意愿，不作遗体告别，不设灵堂。

有人说，杨宪益、王世襄等朋辈携手西去，似乎约好了似的，似乎宣告了这样的事实：一个时代结束了。

次晚，我所在的央视深夜节目《24小时》，播出了一条新闻《那个最会玩的人去了》。

片子的尾声，我写了一段话——

"读王世襄的书，你会对人生恍然大悟：快乐如此简单，趣味如此无穷,童年竟然可携带一生。你会情不自禁说:活着真好!

"如今,那个最会玩的人,不能再和我们一起玩了。但他的天真、他的玩具、他的活法……将留下来,陪我们。"

*(2009 年)*

> 肩摩毂击众争趋，锣鼓喧天达回衢。
> 最是儿童喜欢物，空竹喇叭大葫芦。
> ——《厂甸竹枝词》

## 老北京的童话
——望梅止渴，游新版厂甸庙会

### 1

若问老北京人：农历新正的头等事是啥？

恐怕异口同声：过大年，逛庙会！正如《厂甸竹枝词》中所唱："一元复始报春晓，厂甸游人迤逦来。但见街头陈百货，准知吕祖庙门来。"

庙会初叫"社祭"，辽代称"上巳春游"，它源于庙前定期的宗教活动，渐渐人气兴旺，由庙扩市，成为兼祭祀、商贸、欢娱于一体的大型民间集会。

北京寺多，庙会亦多，史有"八大庙会"之说。张中行先生忆道："每旬的九、十、一、二是隆福寺，三是土地庙，五、六是白塔寺，七、八是护国寺，几乎天天有；加上正月初一的东岳庙，初二的

财神庙，十七八的白云观，三月初三的蟠桃宫……你会说北平真是庙会的天下。"（《北平的庙会》）

而作为春节盛市的厂甸庙会，更与金陵夫子庙、上海城隍庙、成都青羊宫并称"中国四大庙会"。

厂甸，本是城南一条小胡同（现西城区南新华街路东），辽时叫"海王村"，元明曾在此设官窑烧琉璃瓦，"琉璃厂"始有名，窑前散地即被称作"厂甸"。附近有三栋庙——火神庙、吕祖庙和土地祠，因香火兴旺，且都在正月开庙办市，百姓烧香求签的当儿也顺便赶集购货，久之，这一带的摊点便连成了片，且有了个更大的名号：厂甸庙会。

清光绪年间的《厂甸记》中道："平时空旷，至正月则倾城士女，如荼如云，车载手挽，络绎于途。"

## 2

厂甸庙会始于明嘉靖，兴于清康熙，盛于乾隆。对其盛况，清人潘荣陛的《帝京岁时纪胜》描述道："每于正月元旦至十六日，百货云集，灯屏琉璃，万盏棚悬，玉轴牙签，千门联络，图书充栋，宝玩填街。更有秦楼楚馆编笙歌，宝马香车游仕女。"

吾生亦晚，追不上老辈的厂甸庙会，但30年前齐鲁乡下的春节大集（当地叫"赶春会"），我记忆犹新，作为一年生活的最高潮，其热闹和缤纷，其赐予一个小儿的欢腾，堪用"魂牵梦绕"形容，加上逛过新版厂甸，揣摩起它的昔日风光来也算有谱。

据我的经验,庙会最诱惑孩子的是"耍货",即玩具。清人孔尚任在《早春过琉璃厂》中说:"其余吹器多,葫芦声鼓荡,画角仰天鸣,冰柱抽一丈。"招摇过市的冰糖葫芦,猎猎作响的大风车,嗡嗡嘤嘤的抖空竹,乃著名"老三样"。其余更是琳琅:琉璃喇叭、扑扑登儿、风葫芦、江米人、吹糖人、小鬃人、彩面塑、花脸、胡子、泥鸟登枝、鸡啄米、转花筒、竹节蛇、纸蝴蝶、布老虎、玻璃瓜果、彩绘蛋壳、蜡鸭子、袖箭、弹弓、竹木刀枪、手推蝴蝶车、秸秆或砖料做的楼台殿阁、各式花炮、灯笼、风筝……

齐鲁距京不远,民间手艺相近,故上述玩意儿我大多都熟,也在"春会"上买过,一玩即大半年。遗憾的是,伴我童年结束,在老家,这些玩意儿便和"春会"一起蒸发了。所以,当它们魔术般从北京的新版庙会上变出来时,我激动不已,若故人相见,若大街上忽遇发小。当然,它们今非昔比,少了点土气和野性,多了股洋味和时尚,且有了个新名号:"非物质文化遗产"。它们是来展演的,作为"纪念物"供人怀旧的。即便如此,我亦满足。

望梅止渴的满足。

和由模具锻压出来的化学玩具不同,这些耍货——草编、纸扎、木凿、泥塑、布艺,都彰显了农业时代的品格:植物性、乡土性、手工性、个异性。"耍货"的快乐,是农桑技艺揉捏出来的,是心灵手巧剪裁出来的,是和花果蔬菜一样——由大自然和农家院土生土长的。无论材料、属性、机趣,还是生产和买卖方式,和现代玩具都迥异。

其实,"年"本身即农历,即洋溢着草木和莽野气息。细品你会发现,农业出身的耍货,和"年"竟那般神形匹配、气味相投,有一种深沉的默契。

古典之殇 / 188

耍货令小儿痴迷，也让成人沉醉。正月的厂甸，是老北京的童话。在这儿，每个人都成了孩子，每个孩子都领到了朝思暮想的玩具。

## 3

庙会小吃更是繁多，甜咸荤素麻，烙烤蒸炒煮：艾窝窝、炸三角、豌豆黄、煎灌肠、炸酱面、羊霜霜、焦圈、薄脆、凉糕、扒糕、年糕、枣糕、八宝茶、杏仁茶、老豆汁、炒肝、爆肚……连这条街上的空气，都成了免费大餐，让人徘徊连连、齿颊留香。

和现代人逛商场、泡酒吧、进游乐园不同，庙会的吃喝玩乐，堪称"大街上的嘉年华"，是露天的快乐，是摩肩擦背、拥搡挤推的快乐，是无需门票、任意领取的快乐。

旧厂甸最有名的，还数东西琉璃厂街的书肆，荣宝斋、一得阁、戴月轩、博古斋、宏宝堂……使得它在京城八大庙会中有"文市"之誉。

明清两朝，厂甸附近会馆云集，赶考的文人扎堆于此，至乾隆三十八年（1773），《四库全书》编撰开馆，召2000多士子参修翰林院，更使得这儿书肆林立，多时近200家，经营经史子集、旧书善本、金石玉瓷、碑帖字画、纸墨笔砚、篆刻章料……《北京风俗杂咏续编》语："新开厂甸值新春，悦好图书百货陈。裘马翩翩贵公子，往来多是读书人。"在厂甸庙会的热闹中，书摊的分量尤重，既有琉璃厂店铺的，也有外来练场子的，包括著名的三槐堂、宝书堂等。

因了这份文气和雅性，历代名士与厂甸缘分颇深。史家孙承泽住附近的后孙公园胡同；诗人王士禛住火神庙西夹道；"布衣御史"朱彝尊住海柏胡同；梁梦龙的梁家园、纪晓岚的阅微草堂、孔尚任的岸堂、李渔的芥子园，及钱大昕、罗聘、李文藻等故居，皆环左右；梨园的程长庚、谭鑫培、余叔岩、梅兰芳、裘盛戎等，也衔此为邻。

鲁迅寓京13年，有日记可查的逛厂甸即40余回，每年庙会更不曾拉下。徐悲鸿、老舍、齐白石、张大千、胡适、郑振铎、张伯驹、朱自清……都在琉璃厂的书阁瓦肆间，留下了身影。

遗憾的是，如今的琉璃厂经一番豪华修葺和招标，小的书铺已飘零至潘家园了。新版的厂甸庙会，已显得文气大伤，倒是吃喝占了上风。加上"耍货"数量有限，"展""演"目的远大于"销"，往往几日内便货尽摊散，所以我建议您趁早去，晚了只能喝豆汁了。

### 4

老北京有谚：大年三十熬一宿，正月初一扭一扭。

这"扭"，说的便是赴庙会看耍戏。由于北倚前门大栅栏、南衔天桥场子（皆为老北京最闹处），厂甸便引了大批江湖把式和艺人来凑趣。《都门竹枝词》中说，"琉璃厂上好风光，旱地行船小作坊"，描述的即庙会一景"跑旱船"。其他的撂地和曲艺更不胜枚举：中幡、摔跤、秧歌、高跷、跑驴、太平鼓、舞狮、京戏、皮影、木偶、西洋镜、拉洋片……可谓观者如潮、人气冲霄。

古玩字画，吃喝玩乐。400年了，厂甸庙会以雅俗共济、商娱相融之特色，充当了京城百姓的狂欢节。这条地图上不起眼的街道，平日寂静，一俟正月，即幻化出神奇的力量，变成了一个盛大缤纷的万花筒：孩子的玩具，百姓的口福，文人的雅兴……都在里面。

它是老北京人对自己一年劳碌的最大犒赏，它把攒了一年的好吃的、好看的、好玩的，把憋了一年的乐子和欢劲——全撒了出去。

5

作为由祭而生、傍庙而兴的民俗，现代史上，厂甸庙会与其他传统事项一样，几经沉浮——

民国7年（1918），市政当局正式批告：以厂甸和海王村公园为中心，正月初一开市，十五结市。由此，它成了京城唯一的官设春节庙会，步入全盛期。即便最萧条的1945年，客流量仍达20万人，占驻京人口1/5。1949年后，虽经济转为官控模式，但自发的厂甸庙会依旧红火。从1960年始，生活物资匮乏，加上修路，它曾歇息三年，待1963年重启时再次火爆京城，客流逾400万人次。"文化大革命"期间，随着对佛事和民俗的封杀，所有的庙会都消失了……

它的再次回归，是2001年。

30年，足以作古多少人和事？足以流逝多少地点和记忆？足以让多少东西面目全非？

在高厦林立、庙影消殒的今天,庙会更多变作了一场摹旧仿古的演出。从气象到构造,它都不再是真实的生活现场,而是以展览和怀旧的姿态进入视野,进入了时尚序列。无论生产者还是消费者,心态都不同于旧时,"过大年,逛庙会"这一古谚,在今日语境中,多少有股祭典的意味了。

即便如此,只要在京,逢正月我还是要去的,去赴这场约会。毕竟,透过这条复制的大街——犹如时空隧道,让我重温了一个古老童话,让我与祖辈们的快乐不期而遇。

## 6

变和巨变是一种意义,不变和少变也是一种意义,甚至是更大的意义,蕴含珍贵的未来价值。

何为"文化"?说到底,即拖时代后腿的东西,即"落后"的力量和"向后"的价值,即一辆车的后视镜、刹车系统和减速装置。当你奔驰太快或拐弯时,它提醒你慢下来,看看来路,看看沿途,想想身世和为什么出发,接下来如何更稳健、更安全、更均衡……

所谓的"经典""传统""习俗",也是这道涵义,皆意味着一份古老的生活契约和家史,一种光阴深处的沉静和定力,一套与"现代""时尚"反向的价值和逻辑。它们承载着风物、日历、基因、记忆、祖祖辈辈的生存故事,它们告诉你"你是谁",提醒你"从哪里来,到哪里去"。

某种意义上,只有"文化",才永远时尚;只有"古老",

才永远年轻；只有"陈腐"，才永远神采奕奕。

而真正的文化，并非陈列在纪念馆里，也不在博古架和展览会上，那不过是亡者之骸，它应该是活的，活在原来的地点，活在人的日常习惯中。它的载体不是档案和文献，而是人的呼吸、体温、脑海和举止。一座有文化的城市，应像晨钟暮鼓一样，时常响起历史老人的咳嗽声；应有能力收留、维系和传递一种"不变"，其真正考验的，并非政府的投入和保护（那只对遗址有用），而是来自民间的热爱、秉持和消费及民间精神的自信与定力。

张中行说："我总以为北平的地道精神不在东交民巷、东安市场、大学、电影院，这些在北平精神上讲起来只能算左道。摩登，北平容之而不受其化。任你有跳舞场，她仍保存茶馆；任你有球场，她仍保存鸟市；任你有百货公司，她仍保存庙会……"（《北平的庙会》）

先生又说："庙会使人们亲密，结合，系住每一个人的心。"

是啊，无庙会的春节，即像漏了馅的饺子，寡淡乏味。

有了这红红火火、大俗大雅的闹腾——农历大年才有了活性，才有了喜庆劲。有了满眼的冰糖葫芦和风车，有了冲霄的锣鼓与吆喝，这正月的京城，才有了容光，有了精气神。

*(2005年)*

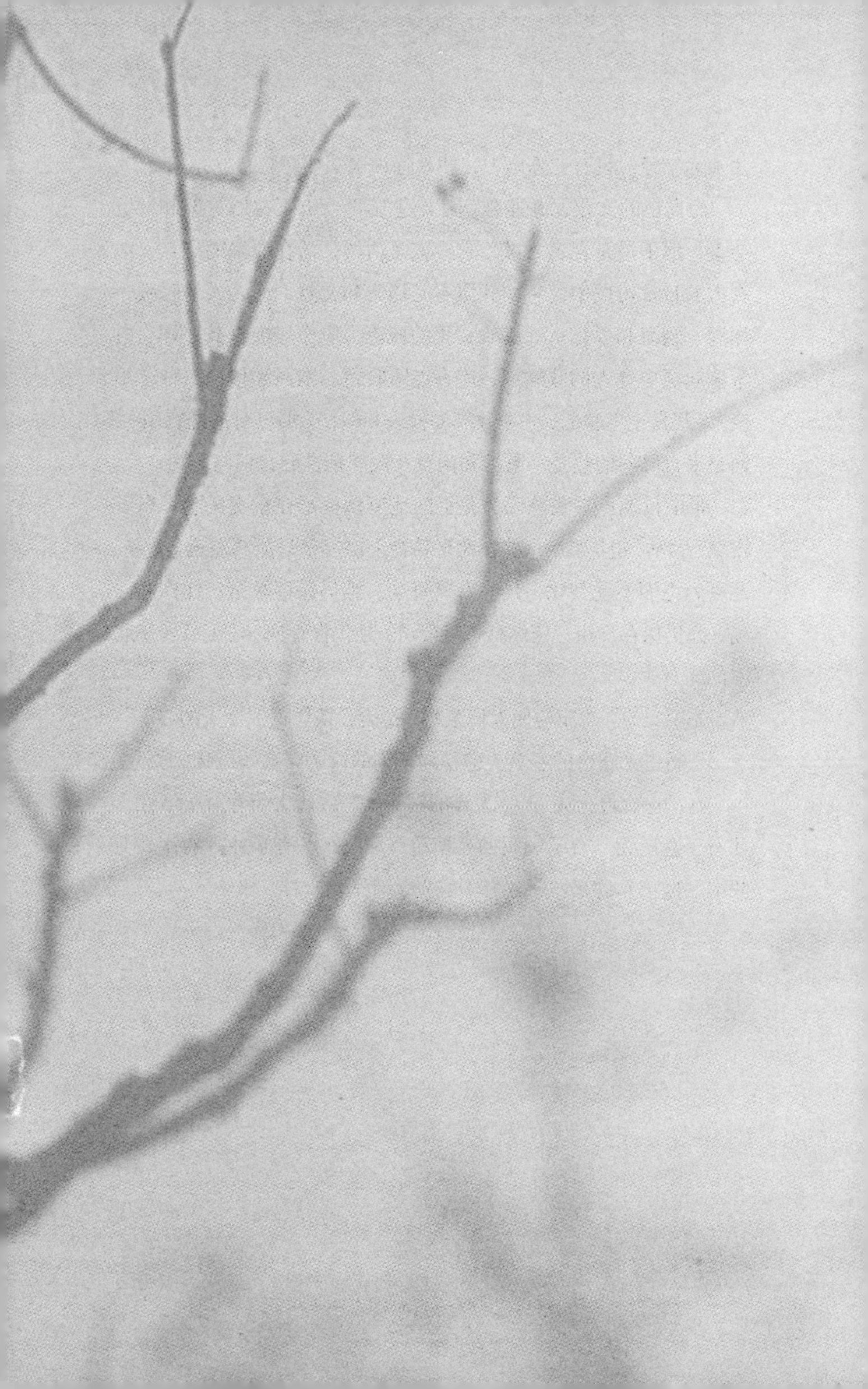

# 第三辑　怎样才算一个好的时代

怎样才算一个良性的优美的时代？
我的标准是：
假如傻瓜也能活得好好的。

> 人是唯一会脸红的动物，
> 或许说是唯一需要脸红的动物。
>
> ——马克·吐温

## 向一个人的死因致敬

### 1

一个人精神毁容了，被自己或别人的硫酸，如何是好，如何是好……

面皮移植？铸一铁面具？归隐山泉与雀兽为伴？

卢武铉先是对观众说了声对不起，然后散步，迎着日出，迎着故里的崖。

山脚下的小村子很美，无论地理还是气质，卢武铉回忆得也很美，说那是个"连乌鸦都会因找不到食物哭着飞走"的地方，他的话深情而充满感恩。在乌鸦身上，他用了个"哭"字。

想当年，他就是因找不到食物而哭着飞走的。去了大田，去了汉城，去了青瓦台。

每次出发，他都空空荡荡，除了一个贫民之子的誓言、一个清卷书生的豪气，别无行李。

坑坑洼洼的故乡，那些含辛茹苦、蓬蓬勃勃的野草，似乎给了他最生动的精神注脚，也预支了最有力的人格担保。

怎么看，此人的变节风险都是最小的。他有着淳朴的起点和奋斗史。

坎坷身世、卑微学历、民权斗士、草根总统……卢武铉像一个童话。

全世界，包括我这个外国人都对这个童话喜爱不已，也觉得和自己隐隐有关。

这世界需要童话，需要一次童话的胜利，就像需要一场雪。

最近一场雪是奥巴马带来的，他的肤色照亮了星条旗，也鼓舞了地球仪。只是他离得远了点，不如卢武铉这般近，像亲戚。

有时，我觉得卢武铉酷似中国史书上的那些前辈，很儒家，很士林。你看他说过的——

大选获胜后，他用噙泪的语调承诺："我知道大家对我的期望是什么，那是一个没有腐败、没有特权、没有违规的社会，一个用自己双手生活的诚实的社会。"

面对反腐的重重阻碍，他说："没有一个农民，会因土地贫瘠而放弃劳作。"

住青瓦台后，他与友人私下谈心，称执政关键有三：一将改革进行到底，二让总统府远离金钱，三管好自己亲属。

凡此种种，都让我想起先人那句话："富贵不能淫，贫贱不能移，威武不能屈。"

做好这几条，孟子说，你就是大丈夫了。其实，也就是最好的公仆。

还有啊，论面相，卢武铉的东方脸孔上有一种让人特放心的东西，温绵、敦厚、亲蔼，处处散发着安全感，完全符合中国人推崇的"方正"。

然而，童话终究是童话。事实证明，贫穷和廉洁并无直接关系，监督权力和坐拥权力是截然不同的两份差。

当他和故乡不再为食物发愁的时候，其家人被怀疑偷拿了别的东西。

终于，一名英勇的律师站在了审判席上，一位历史的原告变成了现实的被告。某种意义上，卢武铉成了自己信仰的敌人。至少客观上，他换了位置。

## 2

为什么会这样，怎么会这样呢？

我不感兴趣。我只留意那天，他最后一次的攀登。

他选择了故乡的崖。崖，本身即意味着高度，即尊严的象征，即清高者的去处。

可以想象，这曾是他少年立志和理想出发的地方。

清晨的草木，带露水，很干净。

一个人在做自由落体前，心真的会安宁吗？

世间很美，他远远看见山脚下人影绰绰。同胞的生活又开始了，接下来，将是忙碌而幸福的一天。

对他来说，今天只意味着一个早晨。

这一天，卢武铉将成为全世界的新闻头条。他料到了，但他已从看客中划掉了自己。

这是个脸皮薄的男人。性情如铅笔，直、细、脆，又爱哭鼻子。有人说，流泪是孱弱的表现，他不具职业政治家应有的坚忍。何谓坚忍呢？不太懂。稍后，似乎也懂了，就是脸皮厚实且富弹性吧。

不错，论政治体格，此人是弱了点。和城府深沉、世故圆滑的同行相比，他似乎太嫩，像书生，不像政客。

"我已丧失了再讲民主、进步与正义的资格……各位不能和我一起陷入这个泥淖，请大家舍弃我卢武铉吧。"

他没有狡辩，他说他无颜于家乡父老，无颜于全体国民。连肇事的家人，他都表示了愧疚，他觉得是自己，使之不幸沾染了权力，是自己的事业把亲属带到了危险地带。

非得纵身一跳，别无选择吗？

世间那么多毁容者，不都活得好好的？

这大概和一个人的精神体质有关。该体质决定了一个人的生命意义和存在依据，决定了他遇事妥协的程度、忍受之底限。比如逆境下的选择，"好死不如赖活着"是一种，"留得青山在"

是一种,"宁玉碎不瓦全"是一种,"万念俱灰唯死一途"是一种……

卢武铉属哪种呢？我说不清。

有一点能确认：他死于面子，死于廉耻和羞愧，死于精神毁容后的照镜子。

"我现在没有脸正对你们的眼睛……我现在完全可以被抛弃了，现在我完全不足代表任何道德进步。"

这是个爱照镜子的政治家，是一个道德自尊心极强、自珍甚至自恋的人。他并非死于惊恐和畏罪，而是死于意境的破灭，死于内心的狂风，死于肖像的被毁，死于一个理想主义者的失败感。还有，对清静、安宁和独处的渴望。

这种死因，包括死法，确不像现代政客所为。对许许多多政客来说，精神毁容、身败名裂，不过乃轻若稻草的一件事，审判席上，磕头捣蒜乞饶求生者多如蝼蚁，贪生即怕死。但于一个自我器重惯了、把尊严和仪容视若性命之人，这事故即如泰山压顶，漆黑一片。

所以，当有人说他死于一根道德稻草时，我不同意，我说他死于泰山。

不是说他死得重于泰山。

3

这种死因，多少让我想起了古人，想起了士林之风。我觉得精神气质上，卢武铉很有点前辈风度，像从竹林里走出来的，士大夫的腰板，昂首挺胸，纤尘不染。

古人是把知耻当头等事的，礼义廉耻被看作国之四维。

"无羞恶之心，非人也""羞耻之心，义之端也""五刑不如一耻""士皆知有耻，则国家无耻矣"。

如果说古代士子是吃"素"的，一日三省谋求肺腑洁净，衣冠楚楚力图众口皆碑；那现代政客则少然，他们更崇尚丛林法则和蔽人耳目，内心多"荤腥"之物。逻辑和尺度变了，精神体质也就变了，政治品格也就变了。丑事当前，拼命遮挡；铁证如山，又死乞白赖。

古人惜名，今人惜命。古人自责，今人诿过。

谁脸上没个疮？今人看来，卢武铉的道德反应显然过度了，但古时候，这绝对是正常均值，算一个合理的脸皮厚度。

由此我涌生敬意。我向一个人的死因致敬。向他骨子里的那份"古意"致敬。

古意，让生命葱茏如竹。

我还想起了另一个自杀者，小得不能再小的小人物。3年前，南方一家小煤矿爆出档新闻，报纸标题是《倔犟矿工打赌嫖娼后服毒自杀"谢罪"》。事情大致：端午节，矿上发了点酒，歇工后，矿友们围一起打牙祭，不能喝酒的张某很快有了醉意，和人打起了赌，对方说你若敢去"耍小姐"就如何如何，张某一向老实巴交，但这次为显示"男子汉气概"，稀里糊涂由人陪着去了镇上发廊……第二天酒醒，张某羞愧，将昨晚事和盘托给妻子，下午借口外出，喝农药身亡。记者采访张妻时，她哭诉说，自己并没怎么责备丈夫，谁知他……末了又说，"再找这样一个男人，恐怕世上没有了"。

我同意张妻那句"恐怕世上没有了"。

几十年前也许还有，现在确没有了。

一件众人眼里的小事（记者讲，"耍小姐"在当地矿上很平常），竟引发了那么重的后果，又被媒体津津乐道，被鉴定成"失足恨招来荒唐事"。我觉得"荒唐"二字用歪了，相反，我觉得死者是个很正常很健全的人，只因和大多数相比，其道德姿势太端庄、太憨直，在同一件事上，他的"坎"设得太低，才把生命卡住了。但谁能说我们的"坎"高度正常呢？"耍小姐"是污点，但把这污点看得如此严重，成了天大的事，须以命相抵——这确是个稀有，不，绝迹的男人！

我不支持他的逻辑，但敬重他的羞耻和刚烈。仔细想，其生命里有一股特别严肃硬朗、让人隐隐动容的东西。

这也是一个略带古意的人。

在一个操守尽丧的年代，任何有操守痕迹、有心灵纪律的行为，我都予以嘉许。

# 4

卢武铉，你让我看到了人性的失败，也看到了人性的胜利。

你的纵身一仆，无疑是最大的诚恳。这一仆，让全世界鸦雀无声。

一个蝴蝶般的男人。

爱美，洁癖，羞涩，自我器重，追求宁静与安详。

也许你过于柔软，但柔软不是缺陷，而是美德，一种濒临消逝、渐行渐远的古意。

你不适合做政客，适合做政客的镜子。

电视上，我看到呜咽的菊花铺成了黄色海洋。我不知花瓣后安放着多少种情绪，纯粹的哀伤、谅宥的叹息，或者是鸣冤的抗议……

但我要献上我完全私人的冲动。我想重述一遍敬意及致敬的理由。

在一个把道德当痰随意啐掉的年代，我向一位视道德为全部家当的失足者致敬。

在一个鲜耻乃至无耻的年代，我向任何有耻的人致敬，向爱惜羽毛和颜面的人致敬，向未泯的崇高意识致敬。（行为上，他未必做到了崇高，但他有崇高的本能和临终的维护。他死于崇高的折磨。）

在一个污秽横流的年代，我向有洁癖的人、向注重灵魂保洁的人致敬。也许他是清白的，也许不是，但他渴望清白，热爱清白，并为有负它而羞愧难当。

另外，我还要向他的山崖致敬。那么高的地方，没几个政客敢爬。

玉石虽焚，毕竟身怀晶莹；瓦片固全，终乃糟泥之骨。

卢武铉，一个向全世界低声说对不起的人，一个诚恳地垂下头的老人。

他死了，我宁愿把他的死看作合情合理，看作古意十足，看作儒生的高贵。

他死了，请接受他的歉意，原谅他做的和别人对他做的，然后，像千千万万人一样，手执一盏东方菊花，向那肖像深鞠一躬。

其实，每个人身后，都有一片山崖。那是早晨攀登的地方，也是黄昏抬望的地方。

(2009年)

# 让傻瓜也能活得好好的

怎样才算一个好的时代,一个良性的优美的时代?

我的标准是:假如傻瓜也能活得好好的。

除了福利制度免除人的衣粟底限之忧,社会的竞争规则、分配原理和命运设计,亦须公正和清洁。该时代在品格上应有纯真、简单的一面,它不让包括傻瓜在内的人焦虑,不欺辱弱者,不以厚黑和陷阱坑他们。

一条路,若连盲人都安然无恙,即一条善良的路。

否则就不是。

某日,发生了两件事。

一是太太遇到了骗子。家门口贴了告示,红印章,北京燃气维修服务部称严寒将至,为防燃气中毒,将提供免费检查。太太照电话拨号,很快人至,一查,须换三个阀门,最后结算,600元。太太惊愕,还是乖乖付了账。晚上,太太嗫嚅着追溯白天,我暗呼上当。果不其然,问燃气公司,没这事,电话不是人家的。翌日向工商投诉,答没辙,全靠自个儿防范。叹口气,安慰太太,权当自个是傻瓜吧。其实一切都在意料中,做点挣扎,只是把受害者的程序走完,给霉运画个句号,也算有所作为了,否则不仅影响自我器重，也对不住法治社会和公民称号啊。就像重症晚期病人，明知治与不治无二，还是沿现代医学的全套流程走一遍。

二是同事遇到了骗子。准确说，是骗子遭遇了同事。

同事家有老人，骗子登门，谎称油烟机厂家服务，不光把八成新的机子卸走了，还收了数百元手续费。同事乃智力牛人，逻辑缜密，口才佳，且擅斗争哲学，对规则和潜规则颇有研究，重要的是，有一股绝不吃亏的劲儿。

同事下班，闻后不动声色，给骗子打电话：先自报家门，亮央视记者身份，而后命令对方，必须在明午饭前将骗款和设备价一并汇入指定账户，否则将不惜一切手段绳之、法之、惩之……据同事形容，那真是声色俱厉、雷霆万钧，混合了记者、公安、黑社会老大的综合语气和杀伤力。

第二天，钱乖乖地到了账。

同事说，恐吓其实最有效，不图别的，替老人释口恶气，算尽孝吧。

真佩服他的实干，不仅有对策，更有誓不罢休的意志。我不行，务虚惯了，老觉得在这个时代不吃大亏就算占了便宜。

同事也承认，这法子只能自保，帮不上别人。骗子可自认倒霉，对强悍的个体妥协，但不会对自己的职业让步。


不是骗子和厉害的主，即是受害者？那么，人生还有没有别的角色、别的活法？

不骗不傻不吃亏，乃最正常的人生状态，可实际难矣。你不光要炼就火眼金睛，更要有不依不饶、维权打黑的搏术和毅力。

知识者很聪明,爱质疑爱推理,眼力不弱,但往往行动力太差,忍气吞声了之。

在我写该文的同时,手机里又冲进两条诈骗短信和一记"一声响电话"。

信用和道德,乃社会最重要的生存资源和精神家当,它比法律更宝贵,亦是减少法律成本和制度损耗的关键。我一直以为,法律使用频率高的时代可能是一个法制健全的时代,但绝非理想时代。因为法律堵的是人性漏洞,民间道德损伤越严重,法律之地位和功能越凸现。显然今天,靠毁坏规则和蔑视信用发家已成最流行的获利模式和暴富捷径,也意味着我们最基础的家产被老鼠蚀空,只剩一堆糠皮。

我们竟浑然不觉,以为粮满仓、柴满垛,高枕无忧。

巴尔扎克说:傻瓜旁边必有骗子。

法学家也说:在骗子眼里,除了同行,天下皆傻瓜——这是他们最大的职业依据,也是信仰所在。

我就寻思,你说这世上先有傻瓜还是先有骗子?是骗子证明了傻瓜还是傻瓜激励着骗子呢?

当骗子和傻瓜都越来越多,更大的疑惑来了:这是个以骗子命名的时代,还是个用傻瓜注册的年头?这是场考验纯真的精神游戏,还是智商博弈的丛林肉战?那传说中的裁判在哪儿呢?还是压根就没有?

(2009 年)

# 生活在险境中

打开电视，一警官大学教授在教人同短信诈骗作斗争。另一频道，专家正详解新版百元假钞的破绽，其仿真度已让验钞机歇了菜；紧接着，主持人纳闷为何黄瓜顶花戴刺、娇若新娘，谜底是避孕药的滋润。再换个频道，说了两件事：一是银行卡里的钱为何不翼而飞，专家提醒，操作 ATM 机时一定要警惕可疑摄像头，以防密码被钓；二是购房纠纷，律师告诫，一定要反复推敲合同的每一句、每一字、每一标点……

好了，我都铭记在心、烂熟于心了。感谢，感恩涕零。

站起来，朝电视机深鞠一躬。

我们生活在险境中，我们居住在楚歌里。

我们警惕地、愤怒地，如履薄冰、担惊受怕地过日子。

是不是有点悲壮？

我想，我若是个傻瓜，可怎么活啊！这么多陷阱，这么多圈套和天罗地网，我何以摆脱猎物的命运？

一桩新闻——

小女孩和家长失散了，便衣警察走过来："小朋友我送你回家吧,小女孩怒斥:"走开,骗子!"便衣很委屈,我不是骗子我是警察啊,小女孩更怕了:"骗子都说自己是警察!"便衣晃晃证件,你看我是真的,小女孩撇撇嘴,朝向栏杆上的小广告:"妈妈说,最骗人的就是证件。"

一则笑话——

窃贼用入室偷的钱去买烟,烟是假的。烟主乐滋滋去买水果,秤是黑的。果商替家里去买肉,肉注过水。肉贩子正数钞票,制服从天而降,罚款。城管拿罚来的钱去药店,药是过期的。药老板正准备打烊,手机响,老婆哭家里失窃……

谁酝酿了这样的活法?谁制造了这样的游戏?

谁能说服大家换个逻辑,取消饥饿的欲望和抢劫的眼神?谁来平息这场你中有我、我中有你的精神骚乱?谁替我们在垃圾上铺种花草,谁为我们娶回远去的童话?

我们如何才能安然无恙?

谁能发明一种催眠,让坏心眼一发芽即昏昏欲睡?谁能设计一种篱笆,让恶和恶、善和善单独在一起——就像幼儿园里的大小班?或学《木偶奇遇记》里的匹诺曹,一动邪念,鼻子就嗖嗖蹿出去。

童话的迷人,因为她有一个灿烂的人生公式,逻辑简单,命运可靠,前途像小蝌蚪找妈妈一样光明,晶莹就是光明。

人,何时能把自己送回去呢?还回得去吗?

(2009导)

# 人生被猎物化

你说,那"人造鸡蛋"是咋整的?那烂皮鞋咋就煮成了胶囊和果冻?你说,谁第一个想起用甲醛喂海鲜的呢?你说,怎样让王八仨月长一年的个……他们咋就这么聪明、化学使得这么好呢?

人人都是发明家、魔术师,人人被逼成了质检员、化验工。

这是个人人成精的时代。

你不精,就会被精吃掉。

我想起了唐僧肉和《西游记》,里头最缺的是人,最盛的是妖。

人生,被猎物化,被拖进了丛林。

人人自危,人人忧愁,随时随地欲和全世界斗智斗勇。

人人过着一种防御性生活。人人都在挖战壕,筑工事,然后跳进去。

这种苦力,这种为假想敌实施的备战,让人生元气大损,奄奄一息。

这不是生活,这只是紧张地准备生活。

生活和准备生活是两回事。

不是肇事者，就是受害者和潜在受害者，无路可逃。

村里人在小河边琢磨红心鸭蛋。城里人在车间里配制婴儿奶粉。

皆绞尽脑汁，皆茅塞顿开，皆肆无忌惮。

正像歌里唱的：大家一起来，一起来……

这是个怎样的循环？怎样的生存共同体？怎样同归于尽的游戏？

我们的底限在哪儿？这筐还有底，还能盛东西吗？老祖宗的"己所不欲，勿施于人"还有人听吗？

有谁暴喝一声"停"——让大家都罢手？

想起电影里常有的一情景：彼此给对方酒里埋了毒，又笑盈盈举杯邀明月，自以为聪明，自以为笑到最后……

他妈的，天真哪儿去了？

(2009 年)

# 乡下人哪儿去了

私以为,人间的味道有两种:一是草木味,一是荤腥味。
年代也分两款:乡村品格和城市品格。
乡村的年代,草木味浓郁;城市的年代,荤腥味呛鼻。
心灵也一样,乡村是素馅的,城市是肉馅的。

沈从文叹息:乡下人太少了。
是啊,他们哪儿去了呢?
何谓乡下人?显然非地理之意。说说我儿时的乡下。
20世纪70年代,随父母住在沂蒙山区一个公社,逢开春,山谷间就荡起"赊小鸡哎赊小鸡"的吆喝声,悠长、飘曳、像歌。所谓赊小鸡,即用先欠后还的方式买新孵的鸡崽,卖家是游贩,挑着担子翻山越岭,你赊多少鸡崽,他记在小本子上,来年开春他再来时,你用鸡蛋顶账。当时,我脑袋瓜还琢磨,你说,要是欠债人搬了家或死了,或那小本子丢了,咋办?岂不冤大头?
多年后我突然明白了,这就是乡下人。
来春见。来春见。
没有弯曲的逻辑,用最简单的约定,做最天真的生意。能省的心思全省了。

如今，恐怕再没有赊小鸡的了。

原本只有乡下人。

城市人——这个新品种不知从哪儿冒了出来。他们擅算术、精谋略，每次打交道，乡下人总吃亏。于是，进城的人越来越多。

山烧成了砖料、劈成了石材，树削成了板块、熬成了纸浆……田野的膘，滚滚往城里走。

城市一天天肥起来，乡村一天天瘦下去，瘦瘦的，像芝麻粒。


城门内的，未必是城市人。

城市人，即高度"市"化，以复杂和厚黑为能、以博弈和争夺见长的人。

20世纪前，虽早早有了城墙，有了集市，但城里人还是乡下人，骨子里仍住着草木味儿。

古商铺，大清早就挂出两面幌子，一曰"童叟无欺"，一曰"言不二价"。

一热一冷。我尤喜第二幅的脾气，有点牛，但以货真价实自居。它严厉得让人信任，傲慢得给人以安全感。

如今，大街上到处跌水促销、跳楼甩卖，到处喜笑颜开的优惠卡、打折券，反让人觉得笑里藏刀、不怀好意。

前者是草木味，后者是荤腥味。

老北京一酱肉铺子，名"月盛斋"，尤其"五香酱羊肉"，火了近两百年。它有俩规矩：羊须是内蒙古草原的上等羊；为保质量，每天仅炖两锅。

某年，张中行去天津，路过杨村，闻一家糕点有名，兴冲冲赶去，答无卖。为什么？没收上来好大米。先生纳闷，普通米不也成吗？总比歇业强啊。伙计很干脆，不成，祖上有规矩。

我想，这规矩，这死心眼的犟，即"乡下人"的涵义。

重温以上旧事，我闻到了一缕浓烈的草木香。


想想乡下人的绝迹，大概就这几十年间的事罢。

盛夏之夜，我再也没遇见过萤火虫，也是近些年的事。

它们都哪儿去了呢？露珠一样蒸发了？

北京国子监胡同，开了一家怀旧物件店，叫"失物招领"，名起得真好。

我们远去的草木，失踪的夏夜和萤火，又到哪儿招领呢？

谁捡到了？

我也幻想开间铺子，就叫"寻人启事"。

或许有一天，我正坐在铺子里昏昏欲睡，门帘一挑——

一位乡下人挑着担子走进来。

满筐的嘤嘤鸡崽。

(2009年)

## 我是个移动硬盘

你不敢不信,世上每条信息都关乎着你。

看那些人,那些手执一叠报纸、眼瞅滚动屏、拎着电脑包、神情焦灼、行色匆匆的人……我觉得像极了一块块移动硬盘,两条腿的信息储存器。

大街上,地铁里,硬盘们飞快地移动,蚂蚁般接头,随时随地,进行着信息的高速传播和消费:交换、点击、复制、粘贴、删除、再点击。

浏览媒体,不是因为热爱新闻,除了借别人娱乐一把,最吸引我们的是政策信息、理财信息、防骗信息,我们要知道世界复杂到了什么程度,又繁殖出了哪些新游戏,骗子的即时动态和战术特点,应对策略和自卫工具……每条信息我们都舍不得漏掉,生怕与自个儿有关,生怕麻烦找上门来。

我们被浩瀚信息所占领,成为它的奴婢,成为它永无休止的买家和订户。

我们不敢舍弃,不敢用减法,我们担心成不了一个合格的当代人。我们害怕吃亏,哪怕一丁点,害怕因无知而被时代废黜,害怕在智商比拼、脑筋急转弯中败下阵来，我们害怕沦为社会攻略的牺牲品。要知道，这是一场智力博弈大赛，一场算计与被算计、榨取与被榨取的战争。有人在抵抗，有人在冲锋，有人喊缴枪不杀。剩下的空当，大伙在群商，在学习和演练，在道听途说、摩拳擦掌。

我们需要假定人性是恶的。

我们有无数敌人和假想敌，道高一尺魔高一丈，水涨船高，日新月异……你的信息系统要时时更新，防毒软件要天天升级。

楚歌险境，要求你全副武装，要求你全面专家化，用《辞海》般的知识量装备人生。咱们的导师就是食品专家、质检专家、防伪专家、理财专家、维权专家、犯罪学专家。不理睬，或鄙夷人家的滔滔不绝，你即有沦为受害者之虞。

逢新政和条例出台，我们更不敢怠慢，要抢先熟悉规则，要在新格局中抢占有利地形，至少不吃亏，免做"击鼓传花"的最后一环和垫底人群。

一个狩猎的时代，即使你不想当猎人和猎狗，即使你不习捕猎技术，也要苦练逃跑本领。《天龙八部》里的段誉，虽不懂搏击，但凭一套反迫害技能——"凌波微步"，竟也毫发无损。


信息像蜘蛛，像鼠群，人生像仓库。

空间被它霸占，时间被它噬碎，心力被它耗尽。

表面上，人人参与社会机器的庞大运转，但无一是主人，皆奴婢和下人。我们越来越成为自己工具的工具了。

我们的课程太多，作业太重。

我们无休止地准备生活，然而生活迟迟没有开始。

像一个永远留级的学生，等不来毕业，等不到卸下书包的那一天。

现代人死于累，死于心绞痛，死于童年的消逝。

谁设计了这样的生活？谁捏造了这样的共识？

想想古代，那会儿灵魂和肉体多轻盈啊。无论时间、空间，都有辽阔的场子、足够的宽松和僻静。古代的最伟大之处在于，它收养了一大帮精神松弛的人，比如真正的游手好闲者，真正的隐士和散人，且总有生动山林，供之随心所欲使唤。

何谓自由？

我觉得，大概即一个人能决定哪些事和自己有关或无关。

(2009 年)

# 生存在当代截面上

傍晚，沿故宫外河沿，遛弯。

蓦地，一群念头像蚯蚓纷纷钻出来：你说不才百余年嘛，人间咋就弄成了这模样？多少千年秉承的东西，到这儿就突然拐了弯，改了辙，换了理……秦汉的月亮还挂在那儿，但眼皮下已面目全非……你说，那和珅要是哪天醒来到王府井转转，会怎样表情？屁股冒烟的车在他眼里会不会是骡马新品种？

一个汉朝人和一个明朝人，对调一下位置，也能活，眼前景象和风物不至于太陌生，生存内容和规矩也差不离儿。但一个古人若来到今天，恐怕呆若木鸡，腿都迈不开了。

现代生存的复杂性，足以让最聪明的古人变成白痴。

那么，我们能适应几百年后的世界吗？

难说，于之而言，我们也是古人。

由此想到一个逻辑：生活，从前不是这样子，未来也不是这样子，仅仅现在，只有今天，才是今天这样子！那么，我们正如火如荼的所有游戏，政治、经济、文化、伦理、标榜、时尚……一切一切，皆当代截面上的可怜风景，皆历史的散曲儿——弹指间，即吟罢作废，形同儿戏，犹如舞台上古装戏的热闹。

后世看我们，若今生看古人。

想到这儿，我突然觉得眼前的景象很滑稽：立交桥、红绿灯、广告牌、刹车线、广楼巍厦，大屏幕上的股市盘和周杰伦……

它们并非从来就有，也不会永远有。我所知的是：一切偶然，一切疾匆。

想起莎士比亚对时代的嘲讽："充满了声音和狂热，里面空无一物。"

那么，时间深处有没有更牢固和可靠之物？于人生而言，哪些元素更值得亲近和秉持呢？

我想，若一个人更多地和"经典""永恒"打交道，而非仅滞留在当代截面上——只厮磨于时代游戏，那么，其人生也就倾向了立体，趋于饱满，有了更多的安全感和归巢感。如此，你栖息和消费的即非仅当代，而是整个人类家园和丰饶的历代菁华。无形中，你的"一辈子"与人类的"一辈子"，即有了某种精神和美学的联络，即有了更大的资源和背景支持，即不枉世间走一遭。

因为你上下通了，你和底座有了关系，仿佛枝找到了根。否则，人生即显得矮、薄、单，有点轻，有点亏。像无土栽培的花。

何以称得上"永恒"和"经典"呢？

我想，这大概算一个办法：在天堂或地狱，当你遇见一个宋朝人或元朝人，若你说的他能懂、他说的你也懂，那这个事就是永恒的。比如说天气、煮茶、下棋，比如说音乐、书法、爱情……否则，即当代截面上的，昙花一现，靠不住。比如你说向雷锋同志学习，说北京行车单双号，说华尔街金融风暴，人家就听不懂。

以上例子算玩笑，但思路是认真的。

我突发奇想：你说，人间是否已无须大刀阔斧地生产和改造，只需修复与还原即可？比如还原水、空气、山林，还原房屋和街道的宽松，还原人生的醉意朦胧和晨暮散步，还原事物的本来面目和古老秩序？

我怎么动辄念叨古时候呢？

大概，它意味着游戏之单纯、程序之简明，意味着一种悠闲、朴拙和谦卑的生存精神。

它让人活得省心，省劲。不复杂，不折腾。

至于古代的利益争斗和营生哲学，和现代比，简直童话水平。

看看那些成语吧，什么郑人买履、掩耳盗铃，什么草船借箭、蒋干盗书……真是可爱至极，憨厚死了。

连《周易》和孔子的深邃，都透着婴儿般的清澈。

变和巨变是一种意义，不变和少变也是种意义。

在追求"变"的同时，我们有无智慧收留一种"不变"，养护和传递一种"常在"呢？我们有无能力打通并维系一种"过去、现在、未来"的联系呢？并充满敬畏和喜悦地活在这样的秩序中，享受由"完整""安宁"带来的好处？

(2009 年)

## 你被逼成你的对立面

这是个处处栏杆的时代。

所谓奋斗，即跨栏。像袋鼠那样，像刘翔那样。

国人有理由、有实力成为障碍跑赛的世界第一。

你想两耳不闻窗外事、蔽帽遮颜成一阁，想得美。你不折腾，世界来折腾你。打个比方，你说一见数字就头疼，不理财不炒股不听政，好，利率天天跌，物价天天涨，所有迹象都显示，你牙缝挤出来的那点钱将沦为废纸，你还坐得住吗？比如，你不想打官司不想维权不想投诉谁，可你每个人生行为几乎都会遇到麻烦和挑衅，怎么办？再比如买房，开发商即你的天敌，为对付这个不可一世的敌人，你要请多少知识当幕僚，聘多少信息做高参啊，你要硬硬长出多少心眼，借鉴多少人的前车？

无论你再单纯，再想过省心日子和简易人生，末了，都会被逼成你的对立面。

吊诡的社会，逼你复杂，逼你猜疑，逼你斗争，逼你一手执矛一手操盾，一个都不敢少。

前几天，媒体说了个事：俩小伙子，瓢泼大雨中见地上一沓钱，打110后原地站了一小时，既不敢拔腿走，也不敢弯腰捡，结果人和钱全淋透了，直到警察姗姗来迟。问究竟，答"守护现场"，怕"万一说不清"。小伙子可爱可敬,只是"怕"得让人费解,既非交通肇事更非犯罪凶案,何来"现场"之忧?可仔细一想,真是杞人忧天吗?此前关于拾金不昧、见义勇为反被当事人讹缠的事还少吗?

就这样,道德被逼成了"有限的道德"。

勇敢成了"战战兢兢的勇敢",善良成了"心有余悸的善良",高尚成了"如履薄冰的高尚"。

(事情的后来是,媒体公开报道后,当地警局拥来一大堆认领者,且都说得有鼻子有眼,时间、地点、钱数,和新闻里讲的都一样。)

某日,我在网上浏览到3份讯息。

一份网帖,《快被准生证逼疯了,我要办假证》。大意是——

怀孕4个月了,老公是北京户口,我是安徽户口,咨询街道办,答可在北京领准生证,但要女方的初婚未育证明。打电话问老家计生办,说凭双方户口本、结婚证即可开证明。老家的父亲持资料去办,不成,须有老公的初婚未育证明。老公开好寄回,不成,女方必须回原籍做妇检。于是,腆着大肚子,冒酷暑回安徽。

计生办大妈板着脸嚷嚷,你老公这个证明不该单位开,应由街道开。托了熟人,塞了贿金,终于妇检完毕。长途跋涉回了京,老公的街道办突然说仅有初婚未育证明还不行,尚须安徽的准生证,要用安徽的证换北京的证。

快气疯了,打电话问安徽,能办准生证吗。可以,但先按月份罚款,每月300,我说才四个半月,她说只要超一天,就按月计。另外,证不能给本人,要压在计生办,等孩子出生后3个月,本人须回老家上环,届时才给证,再之后,本人每年须在原籍妇检4次,每漏一次罚款300,直到45周岁为止。我说北京可出具证明,证明我在京按时做妇检,对方说,安徽不认北京的东西,我们讲究规范。规范?就是把人往绝路上逼嘛!真想一脚把这破证踢开,但眼见肚子越来越大,想到孩子会成为黑户,只能咬牙,实在不行,我就办假证!最后,向大家讨讨经验,这东西有没有统一编号什么的,办假证会不会被发现?望高人指点!

同天,还有两则新闻,摘录于此——

有位叫刘瑞良的北京男子,为刚出生的儿子上户口,连续奔波无果后,患上了严重抑郁症,一急之下,竟把降生才43天的男婴摔到地上。孩子夭折,父亲被拘。

北京最大的办假户口案宣判,海淀区法院以买卖国家机关证件罪判处富长宁等4人有期徒刑5年到3年不等。该团伙构建了一条完整的假落户流程,数年间,共办理92份北京户口,获利100多万元。其客户中,包括著名电影导演王小帅,富长宁不但为其办了假户口,还热情地将小帅的本科学历改成研究生。

以上故事,有一个共同逻辑,即人生受阻之后的扭曲和变形。
且有一句呼之欲出的潜台词:我本善良。
生活的幸福感是什么?肌体健康的印象是什么?
中医说,即周身畅通,不堵、不塞、不滞……
一个时代、一个社会的运转程序、行政路径、权力规则、游戏原理,该怎样活血化瘀、通经疏络呢?

(2009年)

# 怎样才算一个好的时代

一死囚在临刑前哭喊对不起家人，他参与了一桩灭门杀人案。一个人在医院偷患者钱包，因母病重急需钱。一个官员贪污几千万，为了让深爱的女人锦衣玉食。一父亲为了女儿上大学，设局顶替了别人家的女儿。一老板拖欠民工的血汗钱，称别人欠自己的也没还。一妇女从产房里将婴儿偷走，理由是太喜欢孩子却不能生育……

一个坏的时代，在人性、伦理、规则、逻辑上，默认或怂恿如下做法——

宠爱自己的孩子却漠视别人的孩子，孝敬自己的父母却欺凌别人的父母，善待自己的兄弟却盘剥别人的兄弟，荫护自己的眷属却虐待别人的眷属，爱惜自己的姐妹却侮辱别人的姐妹，扩充自己的钱包却压榨别人的钱包，造福自己的家乡却掠夺别人的家乡……

天使与魔鬼，两种人格，两个身份，两套本能。

而这，每天都发生在贪官、恶奴、街霸、骗子、奸商、盗贼身上。偶尔，也会若无其事地发生在普通人身上。

一个好的时代，应最大限度地消解以上荒谬和悖论。

一个好的时代，会让天下孩子都遇到呵护，所有父母都得到孝敬；会以政府的担当替代百姓的焦虑，会以政府的信用激励民间的诚实；会以完善的制度保障游戏的公正、分配的合理、权力的谦卑；会让富人失去骄横、学会仁爱，会让弱者得到帮助却不失尊严；会让每个做梦的人都有光明之感，会让美德和纯真不被嘲笑与辜负；会让命运不亏待那些劳苦，会像麦田那样承诺耕耘与收成、汗水和果实成正比……

一个好的时代，个人的幸福不以别人的痛苦为肥料，个人的满足不以别人的忧愁为成本，个人的衣冠楚楚不以别人的破衫褴褛为背景……甚至，人类"以人为本"的时候不再虐待别的物种，壮大人间的时候不再奴役大自然。

一个好的时代，空气中最大成分是氧和爱，大街上最流行的风景是笑容，是问候、礼让、牵手、携扶，非怨恨、牢骚、争抢和骂骂咧咧。

一个好的时代，应尽快到来！应尽快变成共识和承诺，变成效率和实践。应只争朝夕地去呼唤，夜以继日地去兑现。

一个好的时代，不会把它的任务让渡给下个时代，它会对公民此生的幸福负责。

因为人只有一辈子，未来可消费历史上的我们，而我们无法消费未来。

一个好的时代，不会因遇到苛求而恼羞成怒。

一个好的时代，不需要世人去感激，只期待爱与批评。

(2009年)

## 自然长大的猪

有位乡下友人,春节前总要做件事,将一头猪屠宰后分成若干份,驱车数百里赠与亲朋,叹:城里人吃不到好猪。

何谓好猪呢？想来想去,即那种自然而然、规规矩矩长大的猪罢。

朋友说,猪为亲戚所养,纯天然饲料,户外放牧,属运动健将型。那猪肉确实香,加上心理暗示,更觉意义非凡。

某天,网上遇一帖:《猪是怎样炼成的——一个饲料销售商的话》。大意如下:

唯专用饲料,才能让猪以最少时变出最多的肉,养户方赢薄利。那么,何等饲料最抢手？答:猪吃了长得快的饲料,加激素；猪吃了皮红毛亮的饲料,加砷制剂；猪吃了嗜睡成瘾的饲料,加镇静剂,如苯巴比妥；猪吃了多瘦肉的饲料,加"瘦肉精",如平喘药物盐酸克伦特罗。末了,作者坦言,饲料商和养殖户一般不吃肉,不仅猪肉,其他肉也少吃,因为家畜饲料的配方大同小异。

显然,较之祖辈,猪的一生正迎来最心惊肉跳的大变局。

从娘胎里一出来,它就进入了倒计时,可谓"向死而生"。

猪的生平简历，由主人持计算器按成本核算的方法来撰写。为降体耗，它几乎被取消了步履，虽有四蹄，却无路可走，其一生全部的移动加起来，也不及千米。猪的生涯简单至极，除夜以继日吃喝拉撒，就是服药。只惜，所服非灵丹妙草，所谋非得道成仙，而是为了催肥、速生，速生即速死。

一头猪，成了昏迷的药罐子，成了一间化学品仓库。

综观万年猪史，此变局旷古未有，堪称惨烈。在今人眼里，一头猪是没有尊严的，无任何关乎"生命"的属性，只剩下肉体印象和公斤概念。从小到大，人目睹的不过是一堆肉的发酵和膨胀。而添加剂，就是那酵母。

在一头现代猪身上，你已找不到天然的生物原理和成长逻辑，它不仅被剥夺了慢慢长大的机会，没有童年、少年和青春的变迁，没有岁月秩序和正常年轮，连生物钟都被篡改了。据说，被药催眠的猪昼夜恍惚，一生都在梦游，喂食时，要狠狠鞭抽才醒……

这已非自然意义的猪，亦非农业属性的猪，该叫"工业猪""生化猪""魔术猪"罢。

人眼里，已无"猪"这种生物，唯剩"猪肉"这种物质。

它的生命体征，眼神、心跳、血压……于人已毫无意义。

2006年，上海连爆"瘦肉精"中毒病例，殃及300人。

2009年，广州惊现"瘦肉精"中毒事件，70余人就医。

专家这样教人识别猪的良莠：用木板搭一小角度的斜面，若猪能爬上去，即达标。依据是"瘦肉精"等药会让猪肌肉震颤、呼吸急促、神经受损、肢体瘫软，连站立都痛苦，甭说上坡了。

如此手段的迫害，若发生在人类内部，早悲愤无语了，除"惨绝人寰""罄竹难书"，连控诉性语言都难找。人积攒起来的全部伦理和文明，似乎只在系统内才成立，在成员间才有效，一旦跳出了物种"边境"，一切契约和常识皆化乌有……再滔天之卑劣，再不齿之龌行，也干得雄起起气昂昂。

所以，像"瘦肉精""红心蛋"等事件，每每败露后，人们只狭私地定位于"食品质量安全"，从未朝"生物虐待"方向瞥一眼。即使正义之士，也只忧心猪给人造成了什么，或痛斥少数人对同胞做了什么，完全无视前个链条：人对猪做了什么。

若上帝主持一个超人间的审判庭，我想，起诉人类的罪名应叫"魔鬼物种"和"生物法西斯"。人干的不仅是谋杀性消费，还有残忍的酷刑。

其实，人在动物身上做出来的，在同类身上一样做得出来。只要文明和伦理不突破自身边界——不推向所有物种，像奥斯威辛集中营和日军"731"那样的梦魇就不会消亡。


2008 奥运前夕，为向全世界承诺运动员的餐桌安全，央视等媒体详解奥运食品的生产细节，尤提到"奥运猪"。一位供应商夸口：养猪基地远离城区、工矿和交通干线，大气、水质、土壤皆纯净无染；饲料乃欧盟认证的有机农作物，不含添加剂；生猪免疫求助天然中草药，不用抗生素，小猪每天须室外健身两小时。该公特别指出：非添加饲料养的猪，生长期比普通猪长 3 个月。

初看该新闻，我大吃一惊，不禁为央视尴尬：这不是"负面报道"吗？这不是刺激同胞的神经吗？记者的认识和领导把关皆有误啊！这等于告诉国人，我们平时消费的猪和一头国际认可的猪——多么悬殊！当然你可辩解：这是为贵客特设的高规格，以示礼遇，并不意味着低标产品危害多深，就像待客用茅台、自个儿喝二锅头。可疑问又来了：为何胳膊肘向外拐？为何内外有别呢？为何人家的高标准都是将自个儿设为消费者，而我们恰恰相反？事实上，人家从不设什么高低标准、什么生存层次和级别，甭说一届运动会，就连总统吃的东西，若和百姓在质量上有别，他就甭想干了。

所以，"奥运猪"之后果，与其说让老外对国货一百个放心，不如说让国人对国货一万个揪心。果然，马上就出现了这类声音：做人不如做头猪，做猪不如做头"奥运猪"。

突然，我又为央视庆幸，某种意义上，这是条优秀新闻啊！它披露了一个真相，即一头合格的国标猪是怎样炼成的——此猪在本土又是多么珍稀和伟大！虽按经验判断，这绝非央视初衷。

其实想想，"奥运猪"算什么呀？不就是一头规规矩矩长大的猪吗？

古代、近代，乃至20世纪90年代前，普天之下，不都跑着这样的猪吗？

这样的猪如今还有，必是野猪。

（2009年）

> 任一物种的消亡，都等于一位亲友去世，
> 人类的孤独都应加剧一分。
>
> ——题记

## 窦娥冤，果子狸

### 1

2003年，一名不见经传的小动物成了明星、灾星，成了世人心头一块病。

翻开动物辞典，对它的注解是：哺乳纲、灵猫科，头部7朵白斑，俗称"白鼻心"，喜食果类，又叫果子狸。

动物的不幸，皆因激发了人的某种欲望。不知何年何日起，果子狸成了食客垂涎的唐僧肉。"萨斯"前夕，广州市面上，一只果子狸售价逾千元。

时刻准备牺牲，成为一道菜，动物真够命苦。可倒霉到这份儿上还不够，2003年5月23日，深圳疾控中心和香港大学联合声称：果子狸标本中分离出的"萨斯"病毒，经基因分析证实为人类"萨斯"病毒前体。

谈狸色变开始了。但我想，说不定小东西因祸得福，躲过口腹之灾了？

最初还真是。据调查，"萨斯"期间，有两个好态势：一是吃野生动物的少了，一是公款吃喝骤减。不过，我还是幼稚了，据《天府早报》描绘：某日，成都某镇村民逮住了两只怪模怪样的小动物，开始还逗着玩，但很快验明正身，正是传说中的"萨斯"元凶——果子狸！咋办？挖了个深坑，活埋。

从重从快啊。恐惧已变成愤怒和仇恨，直透"人见狸皆可弑之"的架势。对其他野生乃至家饲动物，人的眼神也不对了，有心惊肉跳、神经兮兮者，竟把自家小狗从楼上抛出……

有人辩解了：总要先保人类安全吧？

不错，动物身藏寄生虫和病菌，但就像人体携带病菌一样，乃生命体的一部分，携带者未必是病人。而且，许多病菌在动物身上致病率很低，只有闯入人体才演变为灾，比如艾滋病毒，在猴体内安然无恙，至人身上才事发。比如，黑死病毒来自老鼠，埃博拉病毒源于猩猩……当饕族大嚼山珍野味时，往往就顺便开启了"潘多拉"盒子。再者，对人与动物的共患性疾病，你很难指认谁是元凶，谁殃及谁。一味指责动物于人之不利，从不考量人对动物之不义，太不公平了，有悖自然伦理。

就在世人磨刀霍霍，欲对果子狸及其亲属实施大清洗时，6月20日，中国农业大学宣布：七省市采集的76份果子狸样本及其他野生动物样本中，均未见"萨斯"病毒。

这消息，对已被押上法场的果子狸来说，不啻暂缓执行的大赦令。

可我又高兴早了。8月12日，国家林业局签发《林护发2003—121号通知》，54种陆地野生动物被正式批准可从事商业经营，果子狸榜上有名。

既喜又忧啊，喜的是它终获平反，甩掉了"萨斯"元凶的黑锅，忧的是它虽不再遭白眼，却招来了红眼和油锅。据闻，在广东，该通知刚下发，"红烧果子狸"的招牌就揭竿而起。

还是那个命，不活埋你，就该烹你了。

总之，你不下地狱谁下地狱。

## 2

由果子狸，想到了人的胃。

什么东西的胃最深不可测？鲨鱼？豺狼虎豹？可再怎么厉害，也逃不出人的胃囊——它堪称最大的动物坟墓。

"天上飞的除飞机不吃，水里游的除轮船不吃，四条腿的除桌凳不吃，长着毛的除掸子不吃……"再提两道菜名："龙虎斗"，啥意思？将蛇、猫一起烩，粤菜名吃；"三吱儿"，即活食白鼠仔，动筷第一声叫，蘸料第二声叫，入口第三声叫。资料显示，最大的野生动物消费地乃东亚，尤以港粤为盛。餐单上，你尽可指点猴、熊、鹿、鲨、鳄、孔雀、天鹅、蜥蜴、穿山甲……仅野生蛇，广东年消耗就数千吨。

每看《动物世界》，看蓝色海面上，那一尊尊伟岸的鲸躯、一柱柱美丽的喷泉……我都隐隐动容，对这幅壮阔的生命景象肃然起敬。那一刻，我觉得世界真美好，有这样伟大的身躯陪伴人类，多么温暖和庆幸。然而有一天，当看到那伟大被切成一个个小方块，一动不动躺在冰凉货架上，且贴有日文冻肉标签——你会目瞪口呆。

在日本，鲸肉一直被作为宴会和节日佳肴。20 世纪 80 年代，在国际压力下，日本曾宣布放弃捕鲸，但 1987 年后，打着"科学研究"幌子的捕鲸船再次起锚，年捕量 600 余头。如今的日本，鲸肉料理店随处可见。

从 100 年前开始，工业技术用以征服这种庞然大物，今天，99% 的蓝鲸已遭杀戮，北大西洋露脊鲸不足 300 头。虽然国际社会于 1986 年出台了《禁止捕鲸公约》，但仍有数万头鲸血染大海……

我想，当最后一头鲸沉没的那天，海洋的落日，会是怎样的凄凉和悲怆？

前几年，国人无不熟悉一句广告词：人人都为礼品愁，我送北极海狗油。海狗，海豹也。销售商宣称，海豹油有延年益寿之功。还有雄海豹下体炮制的"海豹鞭"，所谓"滋肾壮阳，好男人必需"……这小小礼品盒里，竟盛着海豹一条条命。

有位西方人描述了这样的情景——

"3 月，雌海豹分娩的季节。它们成群来到北大西洋的浮冰上。

在我 5 米开外，一对亲昵的母子正享受阳光的抚慰，它们不会想到，一场杀戮正在逼近，每年有数十万海豹被猎杀……猎人从正吃奶的小海豹嘴里夺走雌海豹，熟练地将之掀翻，抽出短刀，在惊呆了的小海豹面前，划开了妈妈的肚子……小海豹被丢在那儿，它很快会饿死。海豹被虐杀是因为亚洲有着巨大的市场，尤其在中国。"

## 3

"食不厌精，脍不厌细"，确乎国人口福。但医学证明，传统饮食文化有很多陋习：所谓"吃什么补什么"，纯属无稽之谈；飞禽走兽历来被视为美脍珍馐，"鸡鸭鱼肉赶下台，王八毒蛇爬上来。燕窝熊掌才够味，虎鞭飞鹰最气派"。可事实呢？这些野味于人体究竟何补？营养数据显示，一只鲍鱼相当于一个鸡蛋，一碗鱼翅汤约等于一碗粉丝汤。

除了猎奇和奢侈营造的生理幻觉，人什么也没得到。换言之，食客消费的并非成分，而是其身份——"稀有"之自然身份和"昂贵"之市场身份。其成分毫无意义，重要的是其角色，是获取的难度和竞价的激烈。说到底，一场彻头彻尾的虚幻消费，满足的不是胃，而是等级心理和地位、规格等社会附加值。

饮食主旨乃营养和健康。在蛋白质、碳水化合物、热量等指标上，家饲动物不仅不逊于野生，反远胜之。更要紧的是，多数野生肉类含有毒素和致病菌，尤其蟒蛇、穿山甲等爬行类。动物与人类共患性疾病有100多种，比如猕猴，大都携带B病毒，挠人一下，甚至朝人脸哼一口，皆可致感染；比如被誉为"山珍"的国家一级保护动物——巨蜥（别名"五爪金龙"），至少有4类寄生虫，在一条普通巨蜥身上，科研人员验出了近700个虫体。

真是无知者无畏啊。很多时候，是人类自个儿拉响了手榴弹。

一个多世纪前，恩格斯在《自然辩证法》中告诫同胞："不要过分陶醉于我们对自然界的胜利。每次这样的胜利，自然界都报复了我们。每次胜利，在第一步确实取得了我们预期的结果，但在第二步和第三步却有了完全不同的、出乎预料的影响，常常把第一个结果又取消了。"

## 4

不仅野生动物，连与人有着特殊情感关系的宠物，也掉进了人的胃囊。

前几年，《北京晚报》登了一篇调查：《广东寒冬日均吃猫一万只》。而这些猫，多是从外省收购或诱捕来的。有一网友，在帖子里写道："我养着一只可爱的小猫，它是我生活的一部分，看到竟有人残忍地吃它们，我觉得脊背发凉，觉得恶心……我已不愿或不敢再看这类报道，每次心里都难过，更难过自己做不了什么，只有默默祈祷那些动物变得聪明一些，躲过人类的捕杀，再诅咒那些坏人得到报应。"

被伤害的，不仅无辜的生灵，还有人类美好的情感和人际的印象。可以想象，一个养猫人和食猫客，一个养狗人与屠狗者，彼此的敌视和仇恨有多深。

海吃、黑吃、暴吃、通吃……如此下去，也许有一天，只剩人类自个了。

联合国环境署的资料表明：自地球出现生命以来，曾有过数亿种生物，至20世纪末已灭绝了99%，其一半是在近300年内消失的，这一半中的60%又是在近一百年内消失的。保守估计，地球动植物正以平均每小时一种的速率消失。

在德国一家环保主题的公园里，老师带孩子走到一木屋前："里面藏着世上最凶险又最濒危的动物，你们猜猜看是什么？"童声喧哗，有说狮子，有说恐龙，最后，门开了，迎面扑来一面镜子，孩子们看到了最悲剧的动物：自己。

比尔·麦克基本在《自然的终结》中写道："我们没有创造这个世界，而是正忙于削弱它。我们要找到如何使自己变小一些，不再是世界中心的办法。"

中国学者唐锡阳也说："人类要谦虚一些、慎重一些、节制一些……倡导生态文明的关键，是要摆正人在大自然中的位置，'人'字原本多大就写多大。现在写得太大了，应该写小些，更小些，写在原来的位置上。"

(2005年)

# 那些消逝的歌

1

很多歌消失了。有些歌只有极少人唱，别人都不知道。比如一些学校的校歌。

这是汪曾祺《徙》的开头。接下来，他提到了一首家乡校歌，很感人。当时我就想，后人再写不出这样的歌了。

县立第五小学历年毕业了不少学生。他们多数已是过六十的人了。他们中不少人还记得母校的校歌，有人能一字不差地唱出来。
西挹神山爽气，东来邻寺疏钟。
看吾校巍巍峻宇，连云栉比列其中。
半城半郭尘嚣远，无女无男教育同。
桃红李白，芬芳馥郁，
一堂济济坐春风。
愿少年，乘风破浪，

他日毋忘化雨功!

每天上课前的"朝会",放学前的"晚会",开头照例是唱"党歌",然后唱校歌。一个任司仪的高年级同学高声喊:"唱——校——歌!"三百来个孩子,就用玻璃一样脆亮的童音,拼足了力气,高唱起来。好像屋上的瓦片、树上的叶子都在唱……

小孩子很为自己的学校骄傲,觉得它很了不起,并相信别的学校一定没有这样一首歌。到了六年级,他们才真正理解了这首歌。毕业典礼上,老师讲过了话,司仪高声喊:"唱——校——歌!"这是他们最后一次聚在一起唱这支歌了。他们唱得异常庄重、异常激动。唱到"愿少年,乘风破浪,他日毋忘化雨功",大家的心里都是酸酸的。眼泪在乌黑的眼睛里发光。

## 2

这是首了不起的歌,区区几十字,竟把学校地理、风物美景、男女平等的新潮、传统师道、成长励志和抒情——全收进去了。用今话说,即是爱本校、爱故里、爱国家、爱传统、爱时代……远近虚实,一首校歌应有的精神之义,尽在其中。

我尤看重两点:

这是真正的校歌——本土本校之歌。它说的全是自家那点事,不越位,不空泛。我甚至想,一个外国人若懂汉语,单凭此歌在中国找到这家小学是可能的,汪先生说:"学校东边紧挨一个寺,叫承天寺。'神山爽气'是该县'八景'之一……'爽气'是什么样的气,小学生不知道,只是无端地觉得很美。"

不懂词没什么,重要的是唱,唱它时的那股劲——那股昂首挺胸、热血沸腾的劲,那种亢奋和鲜美的精神状态。我想,那个叫汪曾祺的孩子在大幅度张合嘴巴时,或许常抬望天边的云,想象在很远很远之外、很久很久之后,自己和世界会是什么样子……总有一天,你会明白那词儿。你会怀念它,感激它。

再者,乃其升旗一样的仪式感。它天天唱、人人唱,春夏秋冬,风雨无阻。这种秉持,就是熏陶和浸染,就是隆重地、一遍遍告诉你——你是谁、从哪里来、到哪里去……

一首天天住在嘴边、响在耳畔的歌,终究是一粒种子,会在幼小的心里长出什么来的。就像江苏高邮的县立第五小学,孵出了汪曾祺。

歌作者是谁呢?汪先生说,乃该校一国文教员,早年中过举人。

## 3

你是哪个小学毕业的?

这问题有意义吗?从前有,现在几乎没了。不光小学,就连拿中学试问,意义也不大,因为校校皆同,你只需说是中国小学或中学就行了。

我是从汪先生文中,才知中国小学曾有校歌。最重要的,那是真正自己的歌，有个性标榜，有独特的精神气象，内容、曲调都不同于别家。只要你一唱，人家即知你读的是哪所学校，你大概能学到些什么。

《徙》作于1981年，讲的是1925年的事。我读小学是1976年，没唱过校歌；念中学是1981年，没听过校歌；上大学是1987年，也未遇校歌。我问过很多人，大部分摇头，偶有大学校歌者，也不怎么唱，或不会唱。

歌声走远了，替它的是校徽、校服、校铭。

这些后来的东西都差不多，似乎没人在上面动脑子。比如校铭，不外乎"学高为师，身正为范""积极、奋发、进取"之类。没有人想和这些词语发生关系，也发生不了关系，它们矗在那儿，像木桩。

走遍全国都一样，所有校园都是一个校园。面孔一样，气质一样，课程、考试、标准、任务都一样。像是彼此抄袭的结果。

我想，我的孩子再也遇不到汪曾祺儿时那样的歌了，再也使不出吃奶的劲唱什么了。

心变了，人也懒了。大人成了乏味的大人，孩子成了无趣的孩子。

这个时代，虽不乏伟大的创意，但唯独少了一些伟大而幼小的灵感。

少了为孩子服务的才华。

# 4

偶遇一首民国初的中学校歌。

如果说汪先生的歌透着稚气葱茏，那这首歌则壮志凌云、激情浩荡了。犹如前者，它也重本土的风物和典故，只是更凸显了大时代的讯号和本校学业理念，并援引乡贤为激励。

明山佳气郁葱葱，甬江如带水流东。
跨西城一角，楼观凌空。
海内共和伊始，看多少担簦人士读书谈道其中。
是社会中坚分子，是国家健儿身手，正宜及时用功。
深宁考据，谢山掌故，足启我童蒙。
愿共守先正遗训；
言忠信，行笃敬，
效实储能齐努力，破壁出飞龙。

此歌隶属浙江一所私立学校——宁波效实中学。词者魏友枋，清举人，曾任北大教授。曲者张谱六，该校音乐教师，后任上海美专校长。

"明山""甬江"，说的是本土地理；"深宁""谢山"，代指王应麟和全祖望。前者号深宁，宋元学人，《三字经》作者。后者号谢山，清代史学家，以著述乡邦文献闻名。该校创于1912

年，正值共和初始，此先，当地名流办"效实学会"，旨在"以私力之经营，施实用之教育，为民治导先路"。"效实"二字，出自严复所译的赫胥黎《天演论》，其中有"物竞天择，效实储能"之语。

正像名字所标榜的，该校推崇实学之风，尤重数理化和外语，教材多用外语原版。据说，从1917年起，该校毕业生即免试升入复旦大学、圣约翰大学。当代科学家童第周等13名院士即出身该校。

可以想象，无数少年便是在这歌声的沐浴中完成了身心发育，交上了立志答卷。

## 5

某天，读一网帖，里面抄录了60多年前四川两所中学的校歌。提供者为一位叫邹顺田的老先生，邹老1926年生于犍为县，先后在老家犍为中学和成都甫澄中学念书。歌词如下——

山苍水碧拥犍阳，喜有群英共一堂。

涵我以学业，华我以文章，健我身手好腾骧。

向前途，进取共将相。

各敬业，仁不让，努力！任重致远唯吾傥。

（《犍为中学校歌》）

昭烈跸宫丞相祠，翳翳郁郁庐舍傍屋脊。

劝学从仕，学季堪追；例比十二儒行，会此五百昌期。

文翁邈矣，高振继之；均平既如，相如为师。

望古承昨，养气随时。

大业能经国，危瞻赖扶持。

（《甫澄中学校歌》）

以邹老生年算，今已逾八十鹤寿，想必不会亲自发帖，但其中录入了老人一段心语："尽管时光已过去60余载，耄耋之年的我，迄今犹记当年唱过的两首校歌……犍为中学的校歌作者不知何许人也，甫澄中学是由军阀刘湘所办，甫澄即刘湘的字，校歌是一个叫周虚伯的老先生创作的。而今看来，两首歌虽显古奥，但以乡贤为号召、激励后生奋发向上、报效社会的精神仍值得嘉许。"

恐怕没有一个民族发生过这样的事：100年前的语言，现今竟需要翻译（语文课里不是专门有"文言翻译"一项吗）！

上述歌词以今人的国语水平而论，确显晦涩，但我想，若这两所学校至今尚在，倒不妨沿袭这两首歌。单就领略词语之美、家乡典故，也是好的。

我向邹先生默默致意并祝福。从其滴言片语间，我已感受到了那歌声留下的儒古之秀、清风之熏。

一栋学庐，一乡子弟。

一阕校歌，一部青春。

岁月如歌，这话总不错。"愿少年，乘风破浪，他日毋忘化雨功！"这些徘徊在简陋操场上的歌声，皆让我想起了梁启超说的"少年中国"。

那时的儿郎，真是闻鸡起舞，意气风雷。

那时的中国，竟有那么多的精神美少年。

## 6

邂逅汪曾祺的歌后，我即有个心愿，能否再遇几首老的小学校歌，从而让汪先生"玻璃般的童音"不那么孤单？我想给它配上几位"发小"。

我不刻意寻访。我喜欢某种东西突然跳至眼前的感觉，就像蟋蟀从草丛里跃起。

不久前，去江苏海门，此地是鼎鼎大名的张謇故里。

张謇，何许人也？清末最后一位状元；晚清立宪运动的骨干；民国政府的实业总长及农商总长；农工商俱全的大生资本集团之老板；大量慈善公益机构和数百家学校的捐资人……

此次海门行，我最大的惊喜是与几首校歌不期而遇。当地名士袁蕴豪先生赠我一册他的大书：《潮流——张謇在海门》，其中竟藏有张謇撰写的部分校歌。

大江东下海潮上，潮潮涌进青龙港。
港中有三镇，常乐居中央。

二十八圩同社仓，小学校开兼教养。

父老不愁荒，儿童勿忧伧。

大家爱国先爱乡，常乐之校真堂堂。

该词作于光绪三十年（1904）。张謇家住海门常乐镇，1903年，张謇东游日本，归来后深感教育之重大，即在家门口辟出几十间房，创办了"常乐公立初等小学"，设修身课、国文课、算术课、图画课、手工课、体育课等。

该词通俗易懂、朗朗上口，和上述诸歌一样，它先要传递一个信息：你的家在哪里？咱们学堂位于华夏何处？试想一下，百年前的中国乡下，对不识一字、未出村口的穷娃子来说，明确自己身在何处是件多么伟大和激动的事！歌词开头，关于常乐面江眺海的描绘，让小学堂平添一股雄阔之魄和潮头之势。歌词最后，是安慰孩子安心读书，对家乡有信心，对本校有信心。

# 7

张謇的实业之举，最艰辛的属围堤造田。南通一带多不毛盐碱，为争取粮棉，1901年，张謇组建了中国首家股份制管理、资本化经营的大农业拓荒集团——"通海垦牧公司"。眷念佣工子弟的成长，张謇不惜重金，于荒滩上创办"垦牧乡高等小学"，在袁先生的赠书中，我读到了该校校歌——

噫艰哉垦牧乡，

苇蒿螺蛤今粢粱，

……

崛兴兮千辛而万苦，

相劝兮日就而月将。

耕田读书兮百世良，

海有旭兮校有光。

这首词很美，既有沧海桑田的今昔对照，又有"梅花香自苦寒来"的劝学励志；既激越明亮，又不失忧患和督导。可谓贫贱之上的高贵、荒野之上的雅风。

"教育为母，实业为父"，乃张謇一生的精神向导。他曾计划：南通每方圆25里内必见一所小学，如此，一个孩子每天最多走10里路。后来，一次雨汀跋涉使其深感学童之苦，于是将目标改为：方圆16里内设一所小学。他一生为家乡地图留下了多少校址呢？300多处。

狼之山，青迢迢，江淮之水朝宗遥。

风云开张师范校，兴我国民此其兆。

民智兮国牢，民智兮国牢，

校有誉兮千龄始朝。

这首在南通传唱了百年的歌，隶属于我国第一所民立师范学校——诞生于1903年的通州师范学校，作者即张謇。南通位于江淮之畔，狼山则于城南，显然，此歌也是先回答"身在何处"，但和前面的歌相比，除"少年中国"的使命感，它更强调了"师范"与启智的关系。

百年来的南通教育，直接受益于这栋孕育师资的母体。王国维曾在此授国文，陈师曾、欧阳予倩曾来此教绘画和曲艺。杨乐、李大潜、巢纪平、吴慰祖、施雅风等数十名院士，王个簃、赵无极、袁运甫、袁运生等艺术家……便是在这歌声的熏风中成长起来的。

8

再说张謇的宏业。

他不仅重视基础教育，还倡导职业技术培训，先后办了大生纱厂职工专科学校、纺织专科学校、铁路学校、吴淞商船学校，此外，还设女子学校、幼稚园、盲哑学校。其实，张謇还有着更大的乌托邦梦想，即把南通建成一个理想社会的试验区，用其自己的话说："新新世界的雏形"。为此，他筑桥清淤，完善城市水利系统和交通设施，创办博物苑、图书馆、气象台、幼儿园、公园、医院、慈善堂……他不仅成了南通的精神领袖，还扮演起了最高公务员一职。梁启超曾赞叹："南通是全国公认第一个先进的城市，其教育之先进、价值之高、影响之大，国人共知。"

这么大的开支从哪儿来呢？自然是实业。1922年，张謇70岁时，大生集团有4个纺织厂，资产达900万两白银、纱锭16万枚，同时还拥有近20家盐垦公司，这些都充当了他那些伟大构想、高尚事业的提款机和孵化器。

在接受海门电视台采访时，我忍不住感慨："就生命能量、精神魅力和社会担当而言，张謇太让人惊叹，那简直不像一个人做的事，而该由一群人、由时代最优秀的精英群体来实施，可又的的确确发生在一个人身上，太不可思议了！自古以来，中国人往往不是太实就是太虚，要么只顾坐而论道，要么忙于低头走路。文人往往思想力很强，行动力太弱……而张謇不，他知道怎么赚钱，知道为什么赚钱，知道怎样把钱花得精彩……他是穷人的榜样，是富人的榜样；他是文人的榜样，是商人的榜样，更是理想主义者的榜样！"

有人说过，一个伟大时代的到来，最需要三种人：改革派、实干家、梦幻者。这几种生命身份，竟一并在张謇身上汇合了，他兼任并出色完成了所有角色。

可惜，只有一个张謇。

9

那晚，当地朋友陪我乘船夜游南通城，一路桨声，导游不断指指点点，每过一个桥孔，每逢一处旧式建筑，她都会轻轻说出那个人的名字……

不错，这座城市，是一个人的作品。

深夜，回到下榻的宾馆，打开央视新闻频道，看我工作的栏目《24小时》，看时代的今天又上演了什么，不出所料，依然是诡异的股市、疯长的房价、城市拆迁和钉子户、城管商贩冲突、民工讨薪跳楼秀、和高考有关的争吵……

关掉电视，当世界的喧哗变回一面安静的黑屏，我突然特别怀念那个人，张謇。

有些人不该在光阴中消逝，有些歌不该在空气里失踪。

打开窗，海风特有的清凉袭来，楼下是万家灯火，是被张謇叫作"新新世界的雏形"的后来。

离开海门前，当地报纸采访：您对海门有什么建议？

我笑笑说，希望海门的每栋中小学都有一支自己的校歌，好一点的校歌。那种在风雨操场上天天唱的校歌，那种当成精神功课、晨钟暮鼓的校歌……

(2009年)

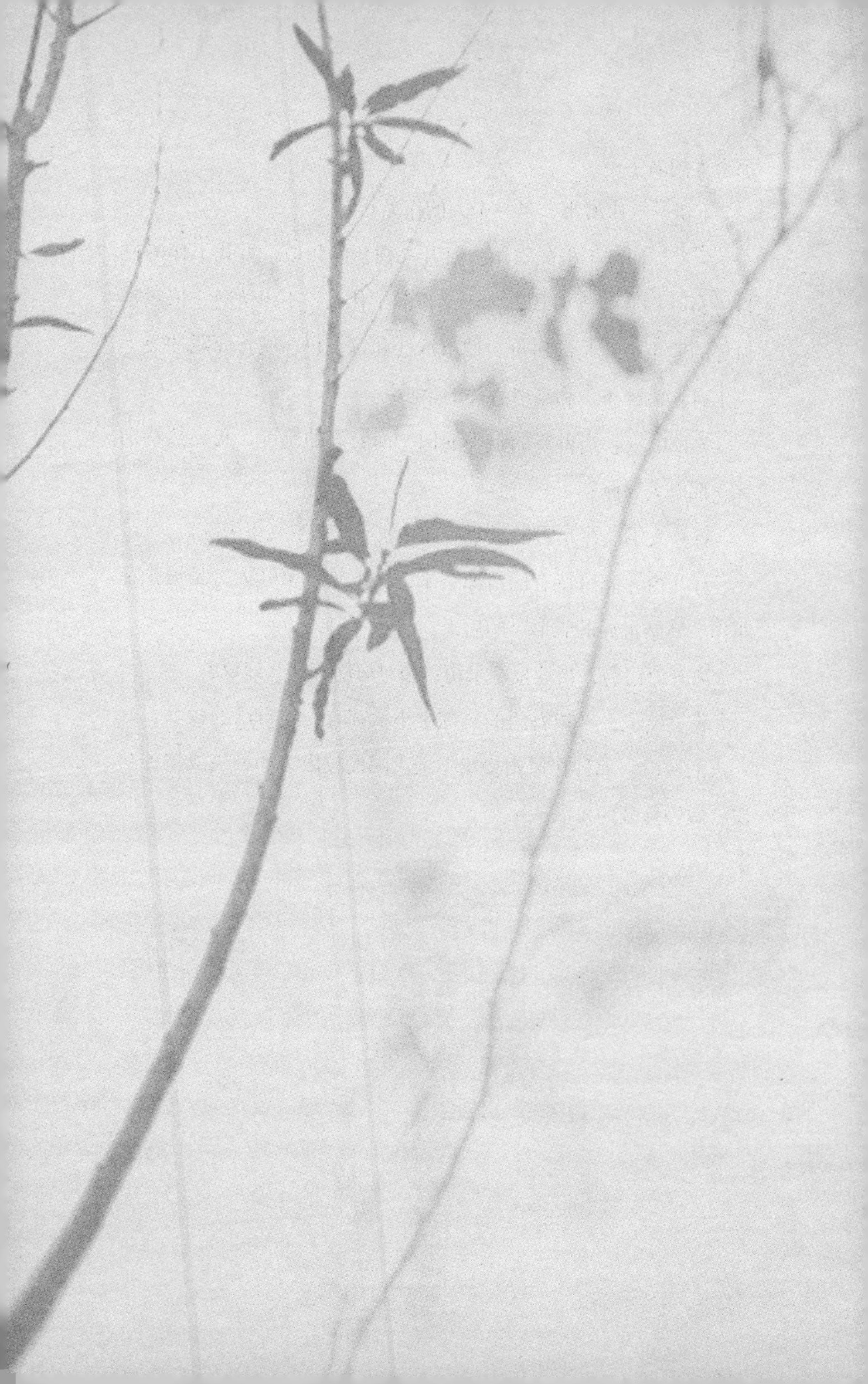

# 第四辑 时代的疾病

——精神访谈录

时间：2009 年 12 月 18 日。
地点：北京崇文门咖啡馆。

## 时代的疾病
——精神访谈录

缘起：应杨伟东先生之邀，接受其纪录片《需要》的采访。该片拟访问当代中国诸领域的一批学者和艺术家，就文学、道德、人性、信仰、法律、科学、文化、秩序、精神家园、知识分子、世界观等传统概念和话题作答，旨在扫描几十年来国人思想的激荡与变迁。本篇在现场基础上作了梳理。

问：首先感谢王老师能接受我们的邀请。此前您已收到了采访提纲，那些概念是非常普通而常规的，甚至颇显过时，也许我们正是想通过这些"过时"的概念，来激发并观察您的情绪，进而触摸时代的变化和价值趋势。我的提问将非常简化，以您发言为主，您随意回答，也可以跳过。

答：首先，我得表达一个意思：那就是试图对一个概念作出肯定性回答，不太符合我现在的习惯，尤其这类涉及事物内涵和命名的解释。因为面对这些问题时，每个人潜意识里都有去追求"真理"的冲动，都不自觉地修饰个人的观点，美化自己的智力，从而损失掉一些真实——也破坏了你的初衷。另外，确如你刚才讲的那样，有些概念和设问，太刻板、太辞典化，除非面对审讯，我自己不会主动追求它们的。有些本身就是30年前教条主义、模具文化的产物，这些年来，没人再执着于此，或者说，抛弃了它们。

但从另一角度讲，我觉得你设计这些问题，也许有某种象征或隐喻，说白一点，就是有"陷阱"的意思，即把被遗忘或不屑的问题重新抛出来，逼你面对，希望有意外发生。不出所料，你刚才已亮了底牌。总之吧，我尽量不闪躲，但不求完整，不压抑冲动，争取说得飞快一点，这样更自由。

## 文学，其实是被解放了

**问**：您有作家身份，那就先从文学聊起吧。什么是文学？文学的社会位置在哪儿？

**答**：文学？先抛掉定义。在我看来，世界上的表达不外乎两种：一是新闻性表达，一是修饰性表达。前者好理解，无论报道还是评论，都要求客观、理性、逻辑严密、推论合理，对现场和真相负责，其最大特点就是"去修饰"。而后者相反，它推崇修饰性，追求想象力、生产力和虚构成分，它创作的前提是认为仅有现实是不够的，它要介入，要精神干预并创造一个"新事实"。蒙田说："强劲的想象产生事实。"文学非常信任这句话。艺术也如此。

我自己的感受是：30年来，文学的"意义"负担在减轻。减轻的原因并非它放弃、逃避或推卸掉了什么，是因为它的这部分功能被分担了，被更好地承担了，尤其被媒体分担了。仔细看你会发现，几千年里，尤其20世纪大部分时间里，中国语境下的文学很大程度上扮演着媒体的角色和功能，背景是我们没有媒体，缺少真正的媒体，所以就由文学兼职了。那时，主要的社会信息（政治、民生、历史、文化、舆论）都搭乘"文学"这只船来运输。古代，历史在某种意义上也是文学史，在大的政治筋骨和朝代框架下，往里填的血肉和细节多是文学作品提供的，多为文学性描述。古代官僚系统和言说的主角全部是文人，政治家都是诗人、画家、书法家和鉴藏家，皇帝也是，他们不仅负责描叙历史，还直接变革历史。所以在古代，文学真是太显赫、太风光了。

晚清至大陆民国时期，虽有《申报》《大公报》《观察》等知识人报刊，但整体上重言论、偏文艺，突出"声音"功能（早期媒体偏于"喉结"特征，重发声；当代媒体倾向"眼睛"特征，重事实），新闻事实的涉面和体量并不大，这是由交通联络等工具条件决定的。文学的媒体属性直到20世纪80年代前还未根本改变。比如说，过去要想听针砭时弊的言论和政见，马上会想到杂文，尤其鲁迅式的杂文，匕首型投枪式的杂文；想了解民生世相、风土人情,就去看小说和见闻随笔。民国时期的报纸推崇"文学副刊""文艺副刊",即反映了这点,作家某种程度上扮演了记者和舆论家的角色。后来有个术语,叫"批判现实文学",所指即有媒体属性的文人作品。现在情势大不同了,在信息和舆论流通上,已彻底摆脱对传统文学的依赖,比如,你可能浏览各网站的新闻时讯,看《南方周末》《南都周刊》《新京报》等的采访和时评,看《三联生活周刊》《财经》等的深度专题,看凤凰卫视的即兴言论,看各种网络论坛和批评家博客,包括央视的《新闻调查》《社会记录》《经济半小时》《新闻1+1》节目,甚至百姓曾信任的《焦点访谈》。还有电视政论片,早年的《河殇》、后来的《大国崛起》等。

甚至到80年代初,即我念中学的时候,一个人若想了解这个社会是怎么回事、已发生和正发生什么,从大的体制变革到小的家庭生活,主要途径也是文学作品。像"伤痕文学"和"改革小说",如《班主任》《第二次握手》《乔厂长上任记》《人生》《故土》《平凡的世界》《便衣警察》及张贤亮和柯云路的系列小说等。现在完全不同啊,除文字小说,你尽可以看影视剧、纪录片、生活杂志、电视节目、舞台剧等。实际上,这些新路径已悄悄转移和释放了大部分的传统文学能量。像最近很火的电视剧《蜗居》,我看了,真不错,它扣住了当代最大的民生话题和社会情绪,即使它以纯小说面孔出现,仍不失为好小说,这就是典型的文学能量在传媒时代的"变脸"。像过去央视的《百姓故事》

《纪事》《社会记录》(因为我熟悉,故顺便举例),都是故事体、人生感很强的社会类新闻,"大时代、小人物"的立意很明显,都在积极寻找个体在大格局大空间中的位置。还有《见证》栏目,史料性和进程感很强,我很喜欢,不仅仅是记忆,它在反向地拉动这个时代,位置在后,但姿态向前。从前的文字——尤其文学,成绩确实好,也堪称时代的指南针和晴雨表,因为全社会的人文力量和精神愿望都压在了上面、齐涌了过去、挤在了一起啊,人多力量大啊,只有一个出口嘛。而现在,该局面消失了,职业媒体凸现了,尤其网络的登场,让传媒的意义和能量有了质的飞跃,无论工具上还是实体上,都获得了空前的解放和松绑。

文学与媒体角色的揖别,这中间有个过渡,那就是 80 年代的报告文学,由《人妖之间》等掀起的报告文学潮。这是文学与其"媒体"角色的最后一次拥抱,冲刺式的,狂欢式的,是高潮,也是诀别。此后,报告文学这种文体便销声匿迹了,不是说它的任务被放弃了,而是媒体出场了,作家对事件做深度调查的使命让位于了真正的报刊和电视。比如,你若仔细看《新闻调查》节目,即发现它的追求类似当年最优秀的报告文学的理想,只不过它更重事实、轻议论。所以,我认为报告文学是涅槃了,圆满了。

**问**:有人说当代文学很落魄、很无力,也很尴尬,您怎么看?

**答**:我认为,新闻和文学、媒体和作家做的事,都是一个时代的精神成绩。不必为文学地盘和产量的萎缩而焦虑,你把媒体的成绩加进去,你把网络和博客的成绩加进去,即发现时代的精神业绩在总量上大大提高了。所以，我觉得要换一种眼光，换一个角度，不要老用个人署名的方式看时代的精神成就和能量释放，要学会看总和，看集体创造力，看千万个人共同署名下的精神业绩。过去，我们习惯了被代言，习惯让几个人的大脑整合或代表整个时代的智慧和思考力，而一旦没找到这些大脑或数量不够或有瑕疵，我们就会感到焦虑和不安。像20世纪上半叶，我们似乎只要有了鲁迅和胡适两个柱子，精神帐篷就搭起来了，现在这种依赖不会再有了。前几年，我不急于写自己的东西，也和这想法有关，我看到那么多人写得都不错，在他们的声音中，我找到了自己的大部分声音，我就安心当起了读者。即使偶尔写点什么，也注意甄别，尽量表达别人之未表达，如此也不辜负读者。总之我想，若我们不计较个人署名的话，会对这个时代的集体创造力和精神业绩得出一份公正而宽容的评价的。

同时，文学表达在某些领域的退出，我觉得也是明智和理性的。对一个时代的大幅思考和介入深度，纯粹的作家未必比一个记者、学者、律师，甚至知识型官员掌握的信息更全面、思考更透彻，重要的还有理念、方法、阅历和知识结构等问题。比如让王蒙、刘心武等再直面当今民生中最重要的"三农"、房地产、金融股市、税赋和物权、城市拆迁、医疗教育和分配改革等题材，他就很吃力，至少像过去那种深刻而全景式的表达，他很难再做起来。时代信息和社会矛盾是非常浩瀚与复杂的，传统的书斋型作家很难完成贴身的思考，尤其经济学、金融、法律、市场等问题，以他们的储备和角色,既没有体验机会,也没有思考能力。相比新闻媒体和网络表达,主流文学对时代的追击速度太慢了,反应太迟钝,这不是它的强项,相反,表达个人体验和时代对人性的新注入,表达文化和新的人生纠葛,反而乃其优势。小说家冯骥才如今对民间文化、传统习俗感兴趣并做了大量保护和整理工作,就是很好的启示。尤其作协身份的体制内作家,连一个真实的社会角色都没有,这样即失去了一个从职业领域和专业出发观察和研究时代的平台,于是很难表达社会性强的东西,经典的文学命题还是他们的注意力所在。其实,这没什么不好,不好的是文学身世引发的焦虑。你不焦虑、不过度自恋就好了。

这些年,我做新闻有个感受,媒体仓促释放的一些信息匆匆被一些书斋杂文家拿去做了写作起点,而很多时候,公开的信息部分仅是一个侧面,事实的复杂和纠葛远大于既有的新闻描述,所以我们做节目时恪守一个方法:大事实小评论或不评论,开放式而非闭合式收尾。而很多杂文往往循了一条从简单事实到简单结论的公式:随便截取一点素材,然后对号入座,能支持自己的某种价值预判即可。其实,这是让事实服务主观的做法,看多了,会发现他所有的文章都是一篇文章,逻辑一样,结论一样,构造一样。

文学的魅力和意义在于艺术性,在于它的精致和张力,在于作者强大的精神介入。打个比方,作家做的是将一个东西表达得更好,设计得更好看,更有品质和美感,它把出苦力变成了艺术体操，而新闻就有点像干农活和出苦力，很朴素，但苦力的价值在于基础性，它是安身立命用的，解决衣食住行，服务于社会问题，它是用世之道。

总之，我觉得对文学的评价，不要过分看重个体署名，不要过分依赖个人的创造力和成就，这是个陈旧的习惯。要重视一个时代集体的精神成就，要养成阅读集体作品和衡量总值的习惯，如此，就没太多焦虑了。像大众对余秋雨、于丹们的常年依赖就是个误会，无论其粉丝还是批评者，都太缠绕了，总难分难解、不愿分手。其实，在某次讲课和某本书后，他最大和最好的能量已释放完了，可你还在向他要这要那，试图让他对天下事发言，结果，接下来他所有活动都涉嫌应酬了，是大众的消费习惯和惰性逼其当起了精神交际花和文化艺人。他可能是很会讲课并有镜头感的老师，也是某个文化单元备课较好的人，但远非优秀的思想者和著作者，听其课无妨，读其书则不必了。但即便如此，需要生气吗？需要就时代精神消费的盲目性和快餐时尚而生气吗？似乎也没必要。过度批评生成的也是娱乐，看这世上每天发生的事，比这需要生气和干预的，太多太多了。

文学和媒体，同属对时代的刻画，都有思想和立场在里面。但文学版本的描述往往更诱人，岁月和民间最喜欢收藏的，很可能是文学版本。在我眼里，文学是让人迷恋的东西，而新闻是可敬的事业，提供最有用的服务。打个比方，新闻像白天，文学（艺术）像夜晚。我常让自己在回家路上将今日的新闻忘净，且把一些和职业无关的书放置床头，比如小说、诗歌、哲学和民俗的书，我要为自己建一种平衡，像昼与夜、实与虚、现实与梦幻……生活始终诱惑我做一个丰富的人。新闻表达的是当代截面上的事，是眼前事务，我想成为一个立体的人，一个有内心时空和自由旅行的人。

我不为文学焦虑，人类的优秀作品足够一个人夜以继日读几百年了。不用担心匮乏。真的不用。

### 做新闻，就是和时代的疾病打交道

**问**：那么，据您观察，新闻的这份"苦力"做得怎么样？是否尽职尽责了呢？我很多朋友都说他们几乎不看电视新闻，尤其央视。不喜欢，也不信任。

**答**：我理解这种反应。作为新闻意义的媒体，中国电视太不尽人意，比纸媒逊色不少。若没有电视剧和娱乐撑着，恐怕中国电视机卖不过收音机，更不用比电脑。

前几天，在给《新闻调查》节目评片时，我说我们不应忘记一个常识："新闻是有用的！要清楚每一个选题在当代生活中的位置，要清楚它的敌人是谁，它要改变什么。"我的意思是，媒体的使命即推进社会进程（亦即其原制片人张洁说的那种"厘米推进"），不要只顾凑热闹、赶场子，它要有自己的"注意力"，且媒体间应有缔结共识的默契和愿望，形成规模效应和追击力，进而实现"公共视线"和"时代注意力"，最最重要的，要追求效果，追求社会细节的实质性改变。我提到了三鹿奶粉事件，它虽轰动一时，但并没因此而推动全社会的食品安全治理、权力问责和制度完善，这是非常遗憾的。一起如此恶性的事件，其生命代价和社会成本之高，若不换来更大的时代收益，实在愧对它的发生。新闻就像种庄稼，它不能颗粒无收。中国太需要一场食品保护战了，中国人是怎么死的？大多是毒死的，超标农药、工业废水、激素、瘦肉精、硫酸、甲醛、添加剂、地沟油、增白剂……凡是化学上有的，食物中全有，中国人的化学知识全用在了养殖和食品加工上，大家活得实在太顽强太不可思议了。每个人都是受害者，无人有豁免权，你害我我害你，同归于尽。前几天我还和同事说，我们现在天天关注医疗改革，觉得这很重要，是很重要，但还有比这更重要的，就是食品安全，因为中国人的患病几率太高了，抛开个人的生命和健康损失不说，今后的就医成本将吞噬掉多少社会财富？这是给自己挖了个多大的坑啊？国民的生命、健康、财富和伦理全都将填进去。就算你的医疗福利全世界一流，像陕西神木县那样全民免费医疗了，又能怎么样呢？所以我写了一篇文章《我们生活在险境中》，太危险、太悲哀了。而现在很奇怪，治病似乎比不得病、少得病还重要！医疗制度改革可全民大讨论，媒体可批评，学者可建议，代表可提案，但食品安全却浅尝辄止、讳莫如深，民间注意力和政府注意力都太涣散，甚至捂着、掖着、装聋作哑,怕什么呢?怕影响经济秩序和地方利益、增添不稳定因素?怕有损国际形象吗?人家批评你一下怎么啦?你才是你的受害者啊,你才是你的掘墓人啊!

灾难可以"兴邦",也可以打水漂。而媒体注意力转移太快,这样就孤立了该事件,它被快餐式地迅速消费掉了,甚至被娱乐化了。当然有新闻环境和权力干预的困扰,但根源还在于自身,我常感到现在的媒体往往情不自禁就往娱乐路线上靠,喜欢花哨和离奇,喜欢扑蝴蝶——重事件的表象和形式,轻其内在矛盾和价值重心,主动性和发现性不足,对"新闻"的理解有问题,对选题的价值判断和评估有问题。记得那天我还说了一段话:"做新闻,就是和这个时代的疾病打交道……我们采访,多数情况下,并非一个健康人对患者的考察,很大程度上即病友之间的探访。我们都是时代的患者,都是病菌携带者,只不过发作与否、病情的进程和严重度不同。"我是针对孙伟铭酒驾肇事案说这番话的,《新闻调查》恰好有这样一期节目,柴静的采访。我的意思是说:从事件链条的终端看,孙近乎一个不可理喻的恶魔,但如果把他送回去,送回链条的起点,回到他饮酒的那个晚上——那个拉开车门的动作之前,他却是个再普通不过的"我们",我们的邻居,我们的同事,我们中的任何一员。他的道德、习惯、优缺点、生活方式都很正常(工作信誉不错、同事口碑很好、孝敬父母等等),都不低于这个时代的大众"平均值"。所以我说,某种意义上,对他的判决也是时代对每个人的判决。特别柴静在采访中有个很好的"加班"环节：她反问受害者家属有无醉酒驾车的经历，对方坦言有。（柴静是个习惯在采访中做"精神加班"的记者，这就拓展了事实空间和思考空间，也找到了这个主题的时代位置。而一个记者光背驮纯粹的新闻任务、靠专业理性走不出这么远，他会早早结束掉自己的工作。是综合的人文素质帮助了柴静，面对时代疾病，她的诊断包含"中医"的方法，呈现出一种系统的、通体的、表里的关切。或者说她是一个学过中医的西医罢，因为她的知识结构和价值观系统，基本还是自由知识分子的属性。）新闻的职能是批评，而批评的前提是承认这个环境就是我们的家园，既爱又恨的家园，我们都是这个生存共同体的构件和元素，都参与了它的缔造和运转，我们不要给自己太多豁免权和审判权，要承认彼此间并不那么远。只有把一个人"送回去"，送回他的生活位置和肇事起点，我们才能谈了解和理解；只有不把这个人孤立和开除出去，才能看清该事件于时代生活的意义，于每个人的意义，我们才能在和别人交流的同时完成与自己的对话。

## 别忘了，时间是带利息的

问：能谈谈反思和忏悔的区别吗？

答：我个人觉得，"反思"是一种积极的理性，主体可以是个人，也可以是集体，其发生带有必然性，甚至日常性，像一门精神必修课。上到民族下至个人，对历史的追溯和检省，都是有益且时时必要的。

"忏悔"，有浓重的感情和伦理色彩，主体是个人，集体无法干这事。即使借集体名义，也显矫情，未必诚实。像当年德国总理勃兰特面对犹太人纪念碑的下跪，我觉得那是一个道歉意味的身体语言，也象征反思，你不能说那是一个民族在忏悔，除非你理解成总理个人的忏悔。

另外，反思更多的是从理性和技术层面上展开，因为它"要求进步"，它要从过往中汲取养分。忏悔更多地涉及伦理，是一种道德救赎行为，它不能被要求和强迫，也不能被代理。反思有公共性，有声音和舆论特征，鼓励传播；而忏悔几乎没有，它可以是一种很安静很隐蔽的内心行为，就像在教堂里发生的那样。你可以说我们每个人都应反思，甚至可帮别人思考，但你不能勒令或帮助别人去忏悔。否则，你就该反思自己了。

**问**：您如何看待知识界提出的"忏悔"话题？比如以前的余秋雨。

**答**：对余秋雨的批评我是知道的。你说的近来的事，有耳闻，但不知细节。我从前写过一篇文章，《谁在批判，批判什么》，文章写得早，主角也不是后来涌现的这些新人，而是"胡风事件"的揭发者之一——舒芜先生。我庄重地称先生，就是不想带有责贬。文中有个观点就是：时间是有利息的，我们今天所有的"清醒""洞见""正解",我们所有的立场和价值观,都是享受时间利息的结果,都是以前人的错误和糊涂为成本,我们只有把一个历史人物真正"送"回去,送回当时严酷的政治空间和生存情势——去定位和认识,判断才准确,思考才有意义。若直接把对方拎到在今天匆匆扎建的审判台上,既不公平,也失理性与宽容,是一种粗暴的道德审判。我主张反思,主张挖掘和清理历史遗产,主张不遗忘,但不主张对个人清算,尤其道德清算。个人承受不了历史的力,他没有承接面,也不应承受。也就是说,他只能当历史的"污点证人",而不能被列为被告。我尊重个人的检省,欣赏那些有勇气吐露真相的人,但人性不同,意志、性格和生存状况不同,得给人选择的空间和权利。经过那么多年严酷的政治斗争,我觉得我们今天有机会、有条件选择"宽容"与"温和"很不容易,要珍惜,我们不要在反对一个东西的时候,使用的竟是和对手一样的工具和方法。严肃和严酷有很大不同。我这样说,如果在网上,也许会挨不少拍砖。骂文化,和斗争文化一样,是我厌恶的。在我以往的写作中,没骂过一个人,我争取一辈子不用脏字。

很多时候,批判的姿态、方法和工具,本身就构成了批判的实质,就有本体的意义。我不会勒令,哪怕动员或游说谁去忏悔,前面我说过,忏悔与否是个人的事,是个人的选择和机遇。重视历史公案的研究价值,也要尊重其中的个体,尤其还在世的个体,你可以剖析光阴深处一个人的内心,试着接近、洞悉,进而理解他——理解人性的腐烂和闪光，只有理解了才能谈反思，且反思的是这个民族、整个生存共同体的责任和缺陷。我们没有督导个体忏悔的权利，那等于剥夺了他的自由和选择，剥夺了他爱面子乃至虚荣的权利，等于精神上的专制。尤其当事人到了晚年，有些过于严厉的话不妨推迟一点，待其百年后再说。批评时，别剥衣服，别体无完肤，那样有牺牲自己道德的危险，这对批评者自身也是损失，这是我的道德观。

我建议尽量不用"批判""揭露"等凌厉的字眼，难道他不值得怜悯吗？用同情心待对方更好。10年前，我曾写过《语言可以杀人》和《保卫语言》等文章，主题即语言自身的健康和清洁很重要，因为它能召唤来行动，甚至本身就是行动，比如当年朗朗上口的"打倒在地，再踏上亿万只脚""对敌人要像秋风扫落叶一样冷酷无情"等，都是一种暴力语言，瞬间即会招来行动上的暴力。你看过去的阶级斗争影片或舞台剧，在做社会动员时，对"地富资修"等斗争对象（理论上的"生存对手"而已）骂得多凶，语言上骂得狠，行动上就出击得重。所以，保卫我们的世界和生活，要从保护语言不受污染、逻辑不被篡改开始，要从维护语言内核的健康和逻辑的合理性开始。南京教育家王栋生先生还把《保卫语言》收进了中学语文读本，他大概是想让孩子从小用健康的语言说话吧，用心良苦。学习说话，练习说话，对孩子太重要了，语言是文化的基石。

文明的进步，人的进步，首先表现在语言上。我看现在一些网帖，很多语言的暴力程度让人震惊。包括一些思想论坛的帖子，表面上阐述一个民主自由的话题，语言上却极度专制、粗暴、夹杂诅咒，这样你和你的敌人、和你的反对面，实际上没多大区别的，你只是脚站在了这边，大脑仍在那边。我觉得这样的社会情绪是有毒的，很多唇枪舌剑的斗殴、大字报式的群架，其实都是误解力大于理解力所致，都像闹剧，除非你把它看作娱乐、视为狂欢的需要。

我觉得要做一个真正的理想主义者，真的要把鲁迅和胡适都读好，好好理解加缪的哲学，好好学习圣雄甘地和马丁·路德·金的信仰。

**问**：您怎么评价这个时代以及您和时代的关系？

**答**：简单说吧。借用狄更斯在《双城记》开头的话，大意是：这是个最好的时代，也是个最坏的时代……

尽管我们有不满，但没有理由不热爱它。因为我们要度过它，我们只有它，我们住在它里面，我们把一辈子——仅有的一辈子都抵押给了它，都献给了它。

但除了这话，我还想说海明威那句："这世界很美好，值得我们去奋斗！"

奋斗，不仅仅是寻找敌人，不仅仅是反对什么，更意味着修复、缝补、植树。我永远不会辱骂和诅咒自己的时代，辱骂会弄脏空气，弄脏衣服和灵魂。我爱干净，有洁癖。就像我每次出书，对设计的要求只有两个字：干净。

## 没有爱,世界会冻僵

**问:** 您怎样看待中国人的精神家园?您认为应如何建设?

**答:** 你用了"建设"一词,很好,这词很少用了,大概因曾被用到很刺耳的地步吧,敏感的人不好意思再用,须换个词,如"构建"什么的。近一个世纪来,批判文化、斗争哲学占上风,以"破"为主,"立"一直没提上日程。这和中国是个苦难型国家有关,每天叫人激愤、焦虑和拍案的事太多了,在一个危机四伏、暴风骤雨的空间里,怎么能平心静气地建文化呢?搞经济未必依赖好心情,搞得激情四射、如火如荼也无妨,但文化不行,须有好心性、好心境和好心态,否则搞出来的东西不健康。

我个人就是个例子,每轮好心情的周期都很短,一上网、一看天下事就糟了,而工作又恰恰是新闻,在劫难逃啊。所以我接触的影视和音乐什么的,多是那种舒缓、温暖、明亮点的,否则日子没法过,要得抑郁症。我特羡慕那些无须理由就乐呵呵的人。我身边常备红茶和巧克力,有人说它们能从生理上制造"幸福感"。这几年,我写文章很少,尤其批评性文章,因为工作已让我面对那么多阴暗的东西,那种状态是浸泡和腌制式的,很咸很辣,我的坏心情不写在脸上,但会沉淀。我不知别人怎样做这行,也许仅仅当职业和生计,保持一种游戏精神,我不行。办公室离玉渊潭很近,我有个习惯,屋里憋几小时,就去湖边透透气,看老人们钓鱼放风筝……我是缺乏娱乐精神的人，有次和主持人吃饭，中间又来了他的朋友，对方一落座就扑哧笑了：你们怎么吃饭都板着脸啊，一点娱乐精神没有！我们面面相觑，其实人家是正常的，我们有点不正常。

所以，工作之外就不想再碰这种"黑"和"重"，我从不写杂文或时评，原因也在此。一个人老盯着一样东西，它就会变成钉子，嵌入你的灵魂，生锈，取不出来。黑色情绪会让你自伤，我知道这个原理，但化解得并不好。好好活着，活长一点，争取看到很远以后的未来，我们都要有未来感。最近，痴迷草木有点疯狂，家里像个农业技术员的家，种兰草、尖椒、地雷花、马蜂菜、波斯菊、喇叭花、金银花，开个玩笑，我最近特不想见人，很多活动都躲掉，怕吵，包括来你这儿。我见植物比见人要亲，安静是它的美德，前日写一短文，叫《多闻草木少识人》。你知道，这个时代健康的人很少，思想强大，不意味着心性健康，偶尔还相反。

总之，我有两个系统，一个是社会系统，一个是自我系统。前者是白天，后者在夜晚。后一个系统的能量和营养，我尽力往前者输送，但争取不让前者熏染后者。我回家第一件事就是换衣服和洗脸，把大街的气味脱掉。

抱歉，回到你的话题，我觉得不好直接回答，有点大。

前面我说了，中国是个苦难型国家，让人生气的事太多，所以鲁迅的号召力和笼罩力，远大于胡适。就我个人而言，对鲁迅是热爱，对胡适是钦敬。当"胡适"太多时，我喜欢提鲁迅；当"鲁迅"太盛时，我愿意谈胡适。当然，真正的他们（这个）时代都没有，只有学徒和随从。

一个大变革时代，最需要这样几款人：改革派、保守派、理想家、实业家。其比例和组合，决定着一个时代的精神格局和走势。自古以来，中国人往往不是太实就是太虚，要么只顾坐而论道，缥缈得走了形；要么只顾低头觅食，极端物质化。我们缺少真正的理想主义实践。文人往往思想力很强，而行动力太弱。有次我去江苏海门，离南通不远，百年前那儿出过一位名人，叫张謇，清末最后一个状元，立宪党人，工商业巨子，教育家，慈善家，地方公共事务领袖，这是个让我激赏的人物，在当地媒体采访时我说他是"穷人的榜样、富人的榜样、文人的榜样、理想主义者的榜样"。谈现代中国的社会乌托邦，绕不过他。

从国民精神上讲，现在到了太实的时期，很物质很物理很生理的"实"。尤其当下，收益分配不合理、贫富悬殊、道德失陷、公信力降低、人的生存成本和压力空前大，像《蜗居》刻画的那样，一个住房就让你人生透支，一辈子没别的心思了，人人都焦虑，都有饥饿感，注意力被牢牢绑架在"物质"大风车上。不仅百姓，连精英知识分子，也把心智全浇灌在硬话题上，诸如经济战略、制度设计、权力问责、数据分析、技术和学术建议，你说的精神家园，这类软话题似乎大家都顾不上。虽然我有务虚的习惯，但不研究这么宏大的问题，我只说感受，甚至直觉。

我个人以为，中国人的精神家园最缺的几样元素是：爱的意志、法的精神、现代理性、宗教心灵、生命美学、形而上哲学、不利己的自然观。法的精神，尤其宪政精神和法律实践，我觉得是当务之急，应成为上下共识和改革的基础。宗教心灵，未必是信徒式的，我更倾向于那种有"宗教感"、有宗教意绪的心灵状态。但宗教力量也有缺点，它主要通过让人敬畏（"惧"）来督导善良，所以我希望有一种更普泛和主动的爱的意志，通过愉悦的"爱"来让人上升，就像史怀哲医生的那种爱，它超越狭隘伦理和世俗神学，是从里向外散发的一种体息、一种温度、一种没有外力逼视的内心秩序，从而让灵魂更舒适，也更容易秉持和传导。

一切还不能照搬西方的，尤其心灵方面，要建立适合东方人精神体质的生命哲学，东方的形而上，单靠几本圣贤书不行，搬西方著作也不行。而且，我们最大的麻烦还不是学说，而是日常的秉持精神，是听从内心召唤的那种执行力，是基因和细胞意义的随身携带、终生服役。这些问题我一般不多想，想多了就有"天色已晚"的感觉，我们缺得太多了。前几天的哥本哈根世界气候大会，我每天去办公室拿起新闻串联单都看到好几条，坦白说，心情极糟糕，那么多政府扯皮、争吵、推卸责任、拉帮结伙，大搞政治厚黑，殊不知天快塌了，这就是人类的极端利己主义，每个人都在乘坐的船上凿洞，这可是唯一的船啊。每个人都声称爱自己的孩子，可谁打算给后代留下一点可怜的资源呢？莫非每个人都指望自己的孩子打败别人的孩子，从而占有那最后一滴水、一点空气、一寸立足之地吗？

一个"爱"字，鼓吹容易，秉持难矣。尤其社会矛盾激化，公平和正义羸弱之时，你一味地讲"爱"，连自己都觉脸红。但你看当下的精神空气，除了腐烂、虚无和颓败像灰尘飘来飘去，还充满戾气和刀具的影子。所以，在条件成熟时，消解斗争哲学的任务非常必要，去仇恨化，去敌视性，中国人缺乏微笑，缺乏信任，缺少谅解……而且，我希望中国的文学、艺术、媒介，多重视一下爱，多一点温暖和光，尤其多一点"无条件的爱"，这不是粉饰太平，因为我们要活下去，没有爱，世界就是冰冷的，人会被冻僵。

过多的奢谈意义不大，若选择起步点，那就从"法"和"爱"开始吧。中国民间正出现越来越多的公益团队和爱心组织，这是最让我欣慰的一个迹象。它们是这个时代的维生素。

## 需要和猎物商量的猎人

问：换个贴身的话题吧，您现在做媒体，但身份和事务又多元化，包含作家、电视新闻人、公共知识分子等，您最看重哪个角色？另外我还有个疑问，以您的精神背景和价值立场，似乎很难和央视发生关系，能说说这方面的感受吗？

**答**：你言重了。其实，我唯一的身份就是个喜欢胡思乱想，且信手涂鸦的人。涂鸦在家里就是作家，涂鸦在屏幕上就是电视人，涂鸦在大街上就是公共知识分子。随人家怎么看吧。

央视频道和单元众多，自主性差，影响它的气候因素多，变数很大，谈它有不靠谱的感觉。正像你前面提到的，它的民间名声搁在那，谈它弄不好要挨骂。若真那样，我请求被骂轻一点，我的写作从未挨过民间的骂，没这方面历练，脸皮和内心承受力都差。

我下面说的央视不是全台资源，那就鱼龙混杂了，仅指我了解的新闻频道，特指它未改直播前的状态，即由《新闻调查》《东方时空》《社会记录》《新闻会客厅》《新闻1+1》《新闻周刊》《世界周刊》《高端访问》《纪事》等组合起的那个晚间状态，差不多 6 年吧。现在许多栏目消失了，才觉得是一段很值得纪念和收藏的时光。

先说我，近年来较少攒下文字，因为已在节目中通过各种出口，基本把能量释放掉了，把要说的话给送出去了。中国的主流媒体，其话语系统有个特点，即语言的雕饰功夫和装修能力极强，当然属于无奈。它们不乏睿智、良知和勇敢之人，可惜的是，其大量光阴、智力和才华被"修饰""拿捏""分寸""火候"这些工序给消耗掉了，这是个悲剧，但值得尊重。其实你若用心看的话，它呼之欲出的东西，和那些最尖锐的报刊声音差不多同质，但粗一搭眼，你就会骂它，骂它为何糖衣？为何吞吞吐吐、欲言又止？为何不将军只拱卒？其实它尽力了，甚至是拉了满弓的，但瞄准时间过长而泄了力，它要瞄了再瞄才行。若把批评型报道比作打猎，央视是为数不多的需要与猎物商量和谈判的猎人，而民间猎手几乎想射哪射哪。虽然它的战利品中以小动物居多，但你若见一只滴血的老虎，仔细勘察，其身上多有CCTV的箭头，但并非要害部位。我告诉你，那就是它心目中的10环，其目标就是使之负伤而非致命。难道负伤没意义吗？

遗憾虽有，但从传播角度说，它的受众广啊，承接面和受力面大啊，而且它影响的是最普泛的大众和基层权力领域，并非知识精英——这个层面的人几乎不看电视了。一个农民或乡镇长或某局长，他可能不看《南方周末》，但他会消费央视或《人民日报》，习惯了啊，公费订的啊，公家言论啊，看了他就会想，原来这个事央视是这么认为的，无形中即接受了一份价值观。这个作用力非常大，因为来自他依赖、信任或者说习惯于服从的媒体，双方是对称和衔接的，型号匹配，渊源深厚。众所周知，央视、《人民日报》等角色常被习惯认为其观点是权力支持的，是政策的助手，所以体制内的受众接受起来，即会少许多犹疑和顾虑，就像从前人们惯于从"两报一刊"获取权威信息一样，从传播学上讲，这种功效非常大。所以我一直认为体制内媒体的进步很重要，它具有标志意义，不要嫌弃它，毕竟不是"出身论"的时代了，至于特殊气候下某些栏目、某期节目的糟糕表现，你完全可视为无效传播、逆向传播或信息垃圾就是了。体制内的主流媒体不进步,网络再怎么自由,南方报业再怎么勇往直前,我都乐观不起来,都不能说媒体成绩有多好,共识和卓见不能圈在沙龙里,不能只搞自我复制和近亲繁殖,或像发展预备党员似的,太低效了。总之,我的意思是社会要进步,必须推动体制进步,要打交道,要对话和协商,搀扶也好,安轮子也好,肩挑背扛轿抬都行。而泾渭分明和老死不相往来,或搞空谷足音,立场上很决绝,道德上很清白,但失去了实际效力和作用于对方的机会,是决裂的意义大还是合作的意义大?你要改变一个人,总不能连理都不理对方吧?除非你不想改变,只盼这个人迅速消失。社会进程是合力的结果,是四面八方交汇和平衡的结果,是"左"派、右派、保守派、激进派、自由派、中间派共同化合反应的结果,当然更取决于它们的比例。我推崇并尊重这种合力的阵容,希望它比例合理,希望少些内讧和不理性的敌意。说实话,我有时纳闷为何连我欣赏的一些节目都遭遇民间那么多排斥,是标准和期待值太悬殊?抑或怒其鲍肆出身,恶屋及乌?像曾经的《新闻调查》《社会记录》《新闻1+1》等栏目,我觉得多数时候是配不上这些憎恶的。它们已呈现较纯粹的媒体特征了,自选动作远大于规定动作,且以批评性报道为主,其宣传功能已被最大程度弱化了——被媒体本能、职业理想和荣誉感,被内外部的专业化竞争。当然,和一些纸媒相比,它的选题空间和话语权还是拘谨的,无论改革派对"稳健"的谨慎需要,还是保守派对"秩序"的过度担心,都会造成它的紧缩和动作僵硬,这也是常被民间诟为"失明""噤声"的原因。尽管如此,近年来的重大焦点和热点,比如黑煤窑和矿难、汶川大地震、周老虎事件、许霆案、三鹿奶粉事件、楼歪歪事件、开胸验肺事件、王帅事件、孙伟铭事件、上海钓鱼执法事件、邓玉娇事件,包括刚发生的唐福珍事件、李庄事件……它都没有缺席,甚至贡献了较扎实和有深度的事实部分,从而给民议、网评和政策思考提供了素材和起点。

无疑,这个时代对"声音"符号的渴望和消费需求是非常旺盛的,总希望你能把意见以最清晰、饱满、露骨甚至刺激性的语言方式抛出来——并以此去定性一个媒体的红与黑,去衡量其良心尺寸,我理解这种渴望,也深以为声音的重要和珍贵,但它更适用于有条件的媒体。因为角色和场地不一样,荒原上说话和广场上说话、客厅里说话和舞台上说话不一样。我一直有个观点,即"大事实小言论",电视不同于纸媒,文章是靠言论取胜的,而影像媒体的重心不在观点和发声,而在于现场部分,你给观众提供充裕的素材、搭建好思考平台和起点就够了,你的"喉结"特征要让位于"眼睛"功能。

我想,之所以招来民间那么多责怨,也许醉翁之意不在酒吧,你只是精神靶子,民间需要这么一面可以吐痰和掷物的墙,选择你当这个情绪垃圾桶,肯定是有原因的,也许你当之无愧,也许你有点冤,也许个体冤而整体不冤,也许昨天冤而今天不冤,也许初衷冤而事实不冤,但在现有环境下,你必须为自己的出身埋单,再说对一个占有最大国家资源的媒体来说,再高的要求,情理上也不过分。

问:您觉得它距离真正意义的媒体还有多远?您刚才说的那些不错的栏目,它们的比例大吗?您这样评价,是否和您的参与有关?

答:严格讲,媒体就是媒体,只对新闻事实和真相负责,而非为谁、为哪个群体服务或代言,但在没有独立的《新闻法》前提下,纯正意义的媒体是不存在的,我们只是为了言说方便,临时借用罢了。其实,喉舌也未必是个多么贬义的词,朱镕基总理视察《焦点访谈》时,不是有过"做人民喉舌"的题词吗?这个定位不低啊,也不过时啊。就像"为人民服务",能做到很了不起啊。

我不知道你看过它哪些节目,如果你看的是时政部分,我会无语的,因为我看的时候就会无语。这些年,时政报道的话语系统改进很小,抛开内容不说,叙事逻辑非常落后,基本还停留在小学作文的阶段,很笨拙,我不知道为什么……即便从宣传功能上讲,也是效率极低的。在这样的框架下,连"先进事迹"表彰也报废了,基本属无效传播,甚至招来逆向传播或反向解读。其实,有些"好人好事"作为社会的精神事件和人性闪光,是很珍贵的,尤其道德荒芜的时代,这些萤火虫般的人和事,若得到更自然更本色的解读,换一种目光来注视,很有意义。

至于你刚才说的比例，我不掌握信息。但有一点，那就是在任何一个职业环境中，良币和劣币总是此起彼伏，互为消长，而且，该比例掌握在管理层手中，就像攥了一副扑克牌，怎么组合、怎么出牌，考验管理者的判断和魄力。是良币驱除劣币还是相反，看气候吧。但每次阵痛，都会上演个别良币被淘汰的游戏，这是无疑的。有时，良币多了会被视为"问题"，因为它改变了构成。当然，劣币多了也不行，因为一个媒体，它在民间的那点信用、口碑和收视率，要靠良币去积攒，否则连广告都会流失。过去有个说法：良币是给下面消费的，劣币是给上面消费的。但我认为是个过时的管理策略。因为即便站在上面的角度，若不能保证良币的繁衍和足够份额，劣币是花不出去、消费不掉的，也就是说，这是个捆绑式的销售游戏，劣币是沾良币的光，吃的是良币利息，而央视在民间最大的，甚至唯一本金、唯一储蓄就是历史上的那些良币，比如曾经的《焦点访谈》。若你开始往里大量掺劣币，掺过了头，那性质就变了，会被市场视为假钞，老百姓拒收。

我这样评说央视部分节目，当然和我对它的参与有关，否则我不了解它，而且我相信这是很理性、很职业的认识。但它的问题在于变数太大，它自持力很差，像冰山，表面很大，但浮着，很脆弱，下面全是水。所以，我的任何评说也只限于阶段性，我说的是它的上一个周期，已经结束了。

**问：**我看网上很多人不喜欢白岩松，说他"装腔作势"，您怎么看？

**答**：我和他没有私交，但他的节目我关注，有时还研究一下，作为我们节目的参考。我不知你说的那种印象是针对人还是其言论，是他略显自负和强势的语态还是什么，能举个他的例子就好了。

白岩松无疑是央视新闻这块说话最多的人，因为其节目是日播和评论态。我很纳闷这个现象，为何网上那么多人骂他？感情上好恶一个人很正常，但从专业和理性的角度，我尊重这个人，我跟很多同事说，他做得很不容易。他有自己成熟而系统的价值观，有自己的语言系统，这很重要。独立的价值观和语言系统，是一个新闻主播最重要的装备，央视乃至全国大部分主持人都不持有。我觉得在和体制寻找接口与组织有效对话方面，他努力了，也尽力了，多数情况下，已把允许的话语能量调到了最大值。他的语言很体现"糖衣"设计，圆润中有尖锐，防守中有侵略，有时甚至已脱了"衣"，基本裸了，很骨感。正因为这种分寸把握、建设的诚意、口型口吻的稳健和关键词的牢固，使得他的话——不带敌意但也不怎么动听的话，体制和被批评者都能听进去，也给他争取了较大空间。没有空间，对方捂起耳朵不听，甚至拿走你的话筒，你就白忙活了，能量就白费了，也没有未来了。我觉得中国需要这样的角色，这种略显克制的角色，这种圆润而不失锐度的声音。再过些年，等我们走出了很远之后，回过头，我们会清楚这种角色的意义，会把给予先锋和勇士之后剩下的掌声给予他，感谢他的迂回和断后。

但岩松确实有个问题,他和观众间似乎总缺少一种默契或叫灵犀的东西,很多误解可能由此而生,他的信息在传播中并未被受众准确吸收。而游离于新闻边缘、靠近娱乐的崔永元,反而举手投足都暗示着和观众的默契与相熟,结果,他的信息很少损失,甚至被放大。

这样说有为我的同事和位置辩护的嫌疑,但确乎事实。他们很难,只有身在其中才深知这种难。他们身怀良知和理想,三三两两、稀稀拉拉、物以类聚,有时靠个人之力争取一个选题,挽救一段影像、一节同期、一两句自以为关键的话……从我个人的精神角度,我给了这些同事很高的评价和尊重,我理解他们的忍辱负重和卧薪尝胆。要做事,哪怕是有限和极有限的事,否则,这么大的一个平台就浪费了,国家资源和纳税人的钱就浪费了。

有一次,我半玩笑地问原《新闻调查》的制片人张洁:"有时候你是不是觉得委屈和悲凉,当你把用尽全力的作品拿到圈外,尤其知识同人那里,却换来满脸不屑的时候?"他明白我的意思,面露苦涩:"是,人家在体制外的表达,已走了十步,你才踩着雷挪了两步,这是怎样的龟兔赛跑啊!"我和他在朋友上有交叉,能想象那种龟兔聚会的情景。龟是永远赛不过兔的,但这个时代,龟占基数,这个庞大的队伍需要导航。所以,兔子率领兔子,乌龟引导乌龟,龟要胜出的不是兔,而是趴着不动或跑得更慢的龟,兔也一样,各在自己的系统里。

要谈理想,更要做阶段性的事情,否则什么事也干不成。季羡林有句流传很广的话:"要说真话,不讲假话。假话全不讲,真话不全讲。"学者如此，体制内的良币若做到这一点，就不简单了。总之，既然放足时代尚未到来，那就先裹着小脚赶路吧。别放弃，别抛弃，别强迫它和别人比，要鼓励它和自己比。

## 不要改造体内的人性，要帮助体外的人性

**问**：我在2009年第5版《现代汉语词典》里查到对人性的解释：人性是人所具有的正常情感和理性。您是怎样理解人性的？您如何评价中国文学对人性的表达和认知？

**答**：对人性，每人都有深刻而权威的感受，完全不需要知识和才能帮忙。每个人都是它的载体，分配也最公平，谁都不比谁多一点，也不会少一点。人的品格和修养有不同，但人性没差异，它是人的起步点，而修养是后来的。单就感受而言，人性是不掺假的，像内分泌，本能而有规律。但人性又常被主观请去露脸，即用语言来外化，一外化就挑起了事端和争议，比如你的提问就怂恿我去外化它，这注定是一场吃力而混乱的表达。

我难说人性是什么，但我知道人性不是什么，它既非神性，亦非兽性。人在人性面前不是无动于衷的，人会干预它，会劝诱它，会动员它如何如何，就像哄孩子"好好学习，天天向上"。老百姓口语中，人性有个对立面——"没人性"，这说明大家是乐观的，是肯定人性的，这就是文明。

我觉得人性分两类：一是纯婴儿人性，即天然的完整的未修饰的本性；一是被抚养的人性，即文明规范和理性引领下的性情。每个时代的人性现状，都是两者搅拌的结果，混合物。

孔子说："吾未见好德如好色者也。"孔子的挣扎正是人类的挣扎。当然，这种挣扎一点不痛苦，用不着担心。不挣扎就没意思了。

显然，人类对人性的态度是矛盾的，既甘为奴婢又想反抗，既高度服帖又不愿放纵，既想不作为又想大有作为，总是"阶段性需要"。像鞋带一会儿盼紧一会儿盼松，被压制久了，便要反抗，便向往绝对自由；待松弛得一塌糊涂，自由得没了边，又怀念起礼数和旧章程。这是一场难分伯仲的拉锯，又总矫枉过正，很少能在均衡点上停留。比如20世纪初新文化麾下"解放人性""打倒孔家店"的浪潮，不仅流行起无政府主义，连张竞生这样的"性博士"都很迷人，在每个领域，政治、文化、习俗、生理，绝对自由观都大有人缘和号召力，都让听众热血沸腾。过了百年，忽又兴起了"儒家热""国学热""禅机热"（相伴还有"中医热""养生热"），这不是偶然的，大家似乎猛然意识到，"克己复礼"自有其深意：己代表的是纯婴儿天性，即私欲和冲动，如今不正是私欲混战的年代吗？而复礼就是规划集体人格、完善社会伦理，就是对秩序和格局的吁求。尤其当人们痛感人心不古、礼崩乐坏时，当道德、情感、信仰遭遇大危机时，最渴望的就是不折腾，就是宁静感、回归感和复位感。再比如，20世纪六七十年代，中国"文化大革命"、法国"红五月"、美国的"性解放"轰然而鸣,抛开政治动员令不讲,在这些狂飙运动中,暴力本能、破坏欲、性宣泄、无政府快感——人性的天然能量都从潘多拉盒子里越狱成功,政治和身体一起手舞足蹈,昏天黑地。而在其背后,都有"人性大解放"(把本能当正义,把人性当神性)的强大逻辑在支持,否则是没底气的。所谓"斗争""革命""批判""造反",有时也是一种性欲,或叫政治性欲。

这样的循环能避免吗?难,也无必要。就像潮汐、洋流、台风,如何避?人能做的,就是风潮来时,降低它的社会损耗和破坏力。但该发生的终要发生,凡事物都有周期率,"其兴也勃焉,其亡也忽焉"。社会变迁如此,人性风尚如此,思想运动如此,皆为候鸟式的来去。比如有时我们更需要鲁迅,有时更需要胡适,有时觉得他们真该好好打一架,有时又觉打不到一块去。无论他们是敌是友还是陌路,都不重要,重要的是我们需要和自己打架。我们在成长,时代在变化,我们的敌人在变,对立面在变,都是移动靶,是游击战。

再兜回人性吧。

对人性的表达,我觉得也有两种:体内表达和体外表达。

体内表达即我们的欲望隐私,这根本用不着语言表达,让身体自行表达就够了,它想分泌什么就分泌什么。体外表达,就像一个人出门前要穿戴好,照照镜子,像我坐在这儿说的所有话,都属思量之后的发言,是一个负责的发言。人性的体外表达,并非对人性本身负责,而是对人性的交流负责,对暗暗追求的"真理"负责。其实,表达有时候很虚伪,并非你清醒地选择了虚伪,而是每个言说者都情不自禁美化自己的智力,都追求话语成绩和服人的效果,都忍不住向"真理"献媚!所以,很多时候,我觉得有些"学术"显得不学无术,很多煞有介事的争鸣、商榷和研讨,意义多在于仪式,讨论之事多莫须有,属词语之争,没有核,为言说而言说,为蹊径而蹊径,为论文和职称而忙活,很多教授天天干这个。

比如,你要是问我"人性是善还是恶",我怎么回答?这是个伪问题,没法说,不知怎么说才真实,不知说多久才完整。正应了鲁迅的表白:"当我沉默着的时候,我觉得充实;我将开口,同时感到空虚。"说到这儿,你可能会反驳,古代圣贤不是就人性说过许多吗?是,只有天真时代的人才敢说,而且我承认,迄今为止,最优秀的话都是古人说的,比如孔孟墨庄诸子百家,都捐献了一笔诠释不尽的话语资源,精神上看去也是一望无际、蔚为大观。为什么?因为说得简、说得少、说得隐晦而曲折,有弹性有张力有潜力,一句顶一万句,任后人各取所需、各尽其用,全看你的生产力了。与其说那是真知,不如说是天书、仙书。后人是丧失了这种天赋的,只能高山仰止。

人性的内涵没法说,人性的外延和衍生话题倒可以说,也有的说。像我前面说的一堆,都是。若你非要问,我只能说抓阄吧,就像大学生辩论赛,抓到哪个就辩护哪个,没有立场只有屁股,靠辩论本身生成意义，演练口才和逻辑。所以，我的建议是，别把人性当学问和课题，把它当生活、当素材就可以了。别把它搞成政治、科学和硬道理，它面对的应是文学和艺术，是一些更有机、更活泼的表现方式。所以，你后面接的那个问题是对的，你打量文学中的人性，取的是它的外延部分。

前面我说人对人性有周期性诉求，一会儿想绝对解放它，一会儿又怀念礼法和规制，忽冷忽热，阴晴变幻。我觉得，中国现当代文学很顺拐地照应了这种气候：像当年郁达夫、张爱玲等人的小说，穆旦的诗，《青春之歌》《雷雨》等"进步文学"，都及时对应了新文化新政治下人性对"解放"的饥渴和迷茫的骚动。最明显的例子要属20世纪七八十年代，当年的地下文学、手抄本文学，甚至像《曼娜回忆录》这种生理手抄本，都是缺什么补什么的人性反弹。"文化大革命"结束后，人们从习惯了迷信和献身到开始说"我不相信"，在一堆伤痕文学背后，最值得注意的是张贤亮的人性小说，其《男人的一半是女人》《绿化树》等，用一种很悲壮的方式把中国人沉寂了几十年的肉欲重捡了回来，我觉得很了不起，有女娲补天之感，且没有假气。但中国当代文学少有专注的时候，也许为了补课和倒时差吧，接下来有点眼花缭乱了，但核心是大解放。再一个叛逆是王朔，改革带来的新理想、新浪漫和新崇高还立足未稳，王朔的"顽主"价值观即呈扫荡之势，收买了人心和市场，有人说这是典型的人性化胜利，我觉得不是，是"人性气候综合征"给的机会，是崇高后遗症和消极人性的扩张。

当"崇高"统治太久和"伪崇高"泛滥成灾，人就开始搜索人性中消极和负面的东西——甚至对露骨的私欲和粗鲁的邪恶也倍觉亲切，它们由于逼真、久违和陌生而让人敬畏，这时候，流氓都可能成偶像。黑格尔有句名言："当你说人性是善时，你说出了一种伟大思想；但当你说出人性是恶时，你说出了一种更伟大的思想。"这话非常有力量，但仅仅有力量而已，与真理无关，它代表了黑格尔的阶段意向和时代症状，属选择性发言。王朔小说也难逃"气候"的周期，几年下来，加上跟风者繁殖的空气，人们受不了那种"我是流氓我怕谁"的空虚、那种残酷的人性"真实"，人们必须逃走，投奔一些闪闪发光的东西，一些温暖积极的东西，于是连汪国真的甜点都被抢去果腹了。

中国现当代文学的每一波时尚，都是人性轮回的周期产物。人总试图表达人性，可最终表达的都是文化气候调控的人性，是政治季节熏染的人性，是自己选择或时代替你选择的人性。另外，我觉得在人性描绘上，中国文学"秀"的成分太多，刻意迎合"时尚"的东西太多，定力不够，坦白的勇气不够，像雨果《悲惨世界》、卢梭《忏悔录》里的人性，像托尔斯泰和陀思妥耶夫斯基小说中的人性，都在表达一种复杂的纠结和深刻的不确定性，也就是说，它表达的人性不是一个稳定的状态，是复合的、动荡的，但同时又显示了人性的救赎和积极。我非常重视并热爱这种积极，我认为文学和艺术的最高使命就是不让人绝望，这正是我喜爱加缪大于萨特、热爱尼采胜过凡·高的原因……优秀的文学和艺术，不单是刻画人性的成绩，更在于它帮助人性的愿望。它并不是要改造体内的人性，而是要帮助体外的人性！

总之，我认为"体内人性"属不动产，不好也不坏，有好也有坏。人和人的区别，不在于想的不同，而在于做的不同。一个好的时代，激发的通常是人性中健康而积极的元素，而坏的时代刚好相反。"文化大革命"即最典型的例子，一个通俗意义的好人遇到那种气候，也会摇身一变，面目狰狞，就像近来被抖落出的名人劣迹，一些著名的"历史受害者"，如今都被怀疑或证实有过人性的不光彩。其实很正常，若把我们投进那个时代容器里，未必不会从蝴蝶变成蟑螂。

汶川地震那几个月，灾难和痛苦让人性喷射出了最明亮的岩浆，那种全民一致的慷慨、善良、英勇、无私……呈现出一个完美的生存共同体特征，连犯罪率都大幅降低。可不久之后呢？该贪污还是贪污，该腐败还是腐败，该计较还是计较，怒目相向、睚眦必报，一如既往……一点没变，原路返回。就像什么事也没发生过，打扫得干干净净。

## 历史：近处失明和远视症

问：我在2009年第5版《现代汉语词典》里查到对历史的解释，"历史是自然界和人类社会的发展过程"。谈谈您对历史的理解。还有，您觉得历史对当代有什么用处？

**答：**自然史，先放一放。

按我的理解，历史就是我们的集体身世和生存记忆，它回答"我们从哪里来、我们是谁"这一问题。我看身边的年轻人，发现他们很少或从来不关心历史，我很遗憾，就告诉他们：一个人必须读点历史，你不能只生活在当代截面上，否则你就不立体，没有"根"，精神上很薄，薄薄一层纸。这些孩子都20多岁，一睁眼即20世纪90年代了，在他们的印象里，生活和世界从来都是这样的，一直如此且天经地义，唯一变化就是每年流行的东西不一样。当你告诉他30年前穿喇叭裤、唱邓丽君的歌、听国外电台弄不好会坐牢时，他大睁着眼以为你开玩笑……重大的时代拐点、社会变局、思潮争鸣，他们都没遇上，一路直行，没有跌宕和起伏，连个岔口都没有，甚至以为父母也这么过来的，只是更穷、更土一点，没有肯德基和麦当劳罢了。所以我就说：不要只活在当代截面上，不要老跟着时尚和流行走，要知道你的身世，个人和民族都要有身世感，一个人要知道自己从哪里来，才清楚自己是谁、将来会怎样。

现代医学在辅助诊断上越来越注重基因，过去也重视，但用的是另一个词——"家族病史"，人得什么病，很大程度上是基因悄悄决定的。那么，从人类生存来讲，历史就相当于基因图谱。今天的生存格局从何而来？今天的政治习性、文化人格和价值观，从何而来？就是从基因谱系里来。90年代一定是从80年代来的，80年代一定是从70年代来的。张志新在70年代因讲真话被割喉管,同样的话在 80 年代就无性命之忧了,或许会有警告或处分,而再往后,可能这些也没了。所以今天的父母用不着再叮嘱孩子"不要在日记里乱讲话"了。这就是进步,但进步是有成本的,若不牢记和珍惜成本,那利息就不可靠,不定哪天就缩水,大家又变回穷光蛋。我觉得每个时代都是这样,前人付出成本,后世享受利息。我们认为好的社会现况,每一点文明进步,都不是天上掉的馅饼,而是利息的结果,所以我们要感谢那些成本,要缅怀那些在成本中牺牲的人,比如当年的孙志刚事件(一个青年在广州街头因无暂住证被收容后遇殴身亡),它以最极致和惨烈的方式刺激了舆论,唤醒了法的良知和制度纠错,《城市流浪乞讨人员收容遣送办法》由此被废除。它潜在地改变了无数人的命运,至少你今天走在大街上,不会因没带身份证而被羁押。

不了解历史,即等于不清楚"成本"。犹如一个人花着钱却不知钱怎么来的,以为自己天生就有钱、就该有钱似的,这不是败家子吗?如此下去,离身无分文即不远了。所以,要了解历史,就像坐在一列车上,要清楚自己哪儿上的车、上一站是什么。不知上一站,就不知下一站。

历史关乎成本,关乎记忆,更关乎身份。一个没有历史感的人,是拿不到生命身份证的。还有,历史并不仅仅是"过去时",很大程度上,它可能还保留着"现在时"和"进行时"的姿态,比如几十年前的"极左""大批判""反资产阶级自由化""反精神污染",真的被连根拔起,不再打扰今天了吗?它往往一只脚留在过去,一只脚踩住当下。它只是新闻意义上的史,并非意识形态的史。

所有当下,都是历史分娩的,身体里住着历史的血脉、基因和染色体。当我们以为与某段历史永别时,它又冷不丁拦在了前面,顶多换个面具。尤其于中国这样一个变革不彻底、文化积习太深、体制更新太慢的环境,很多事都会一遍遍地改编后重演或拍续集。所以有人说:鲁迅不被遗忘是民族的悲哀。是啊,曾有那么一阵,觉得鲁迅过时了,可又过了一阵,发现鲁迅还站在前面,老人的话一点不老,他依然伟大,像个时代先锋。

我这些年做媒体有个感受:很多"新闻"都似曾相识,仔细一看,本质上都是旧闻——旧闻的内核和逻辑,除人物地点和相关数字变一下,事件性质、发生原理、进程和结局都大同小异,馅还是那个包了多年的馅。不说别的,单就一个矿难,别说做媒体的,哪个中国人还好意思把它当新闻?都一个模子出来的。谁铸了那个模子?谁有粉碎模子的决心和力量?

中国的问题往往就是模子问题。

**问:**我采访一个电影评论家时,他说真实的历史是相对的,历史往往由胜利者来写,如果这段历史对胜利者有利,往往会写得很清晰,反之往往很模糊。您怎么看?

**答:**中国历史有一个现象(他国也有,程度不同),越远的搞得越清楚(越被允许且鼓励搞清楚),越近的反而越糊涂。你问现在的孩子 80 年代发生了什么、70 年代发生了什么、"文化大革命"怎么回事、"反右"怎么回事、胡风是谁,他不知道。再问他"延安整风"怎么回事、"土改"怎么回事、瞿秋白和陈独秀怎么回事,更摇头。但你若问他唐宋明清的事儿、三国乃至秦汉的事儿,他或许如数家珍,娓娓道来。就像《百家讲坛》那些陈谷烂麻的事,你怎么忽悠都成。清朝人未必知道清朝那些事,明朝人未必知道明朝那些事,而那些事,今天的专家和孩子都门儿清。

我觉得这和权力对历史书写的极度重视有关。长期以来,历史一直是权力历史,权力亲自写,写的也是权力,即政治编年史。像古代,自司马迁《史记》和班固《汉书》后,只能写隔代史了,本朝的事不许说,想臧否人物、指点江山,你得冲前朝和上世去。为何这么做?显然,这涉及一个大利害:权力合法性!这是权力最敏感和担心的东西。所以就出现了"近处失明"现象,或叫"灯下黑""远视症"。越近的历史,越是一笔糊涂账,越愿意做成糊涂账。于史学家来说,是一种选择性失明。《百家讲坛》是这路数,古装影视剧也这路数。

在历史一事上,公众最担心什么?是被欺骗、被蒙蔽。所以从古到今,人们都把"真相"当成历史的最高价值标准。尤其中国人,"被失明""被聋哑"得太深太久了,该诉求更强烈。凡冠以"内幕""秘闻"的书,无论真假优劣,都畅销。

**问**:我采访的一位哲学家是这样理解历史的:一个国家、民族,如果没有历史的记忆,也不会有行动和辨别方向的能力,相反,若对于过去的记忆太仔细、太琐碎，同样也会使我们瘫痪。

**答**：我觉得前半句很对。历史关乎记忆，更关乎身份、坐标和走向。拒绝遗忘，做一个有记忆和身世感的人，非常非常重要。它打通了过去、现在和未来的关系，否则我们就是"横空出世"的一代，属无源之水、无本之木，视野里只有树叶、不见森林，只滞留在当代截面上，像时间的弃儿，像个白痴，也确有沦为白痴的危险。这是很可怜、很危险的。

而他的后半句，我认为是个假说，或者说反应过度。现在的历史是粗糙得要命，不存在太仔细引发的问题。

由于正史一直为权力掌控，禁区和天窗太多，所以，指桑骂槐、含沙射影的江湖野志、鬼怪小说才开始汹涌。通常提历史，我们马上想到史书，其实应加上民间所有的竹简和纸片才够。古人比今人有才情，有着旺盛而诡异的想象力和创造力，就是被"文字狱"给逼的，都使劲往旮旯里走，就有了极致。没这种逼迫，说不定没有《聊斋》《西游记》《红楼梦》。

如今，在记录和还原历史上，无论内容还是手段、工具都大大丰富了。

内容上，除了对官方档案一如既往的窥视，人们越来越意识到民间纪事、个体记忆的珍贵和重要，这是对的，历史不仅是政治史、斗争史、制度史，还是生活史、文化史、民俗史和心灵史。传统史书多用断代，以朝代和权力周期为单元，基本属政治编年史，这种史学价值观，政治资源比例过大，尤其用在教育上，我觉得值得商榷，它会让孩子的政治思维和权力性格过度发育，应有别的思路和线索加入进来，比如文化、自然、经济、民生、习俗、艺术等视角。我一直有个观点：政治功能太突出的时代，绝不是个好时代。我不希望未来社会仍由坚硬的政治来主导和引领，更不希望未来的孩子过分倚重政治、仰望政治，他们应有天真一点的生活理想和日常内容。政治是天真的最大敌人，中国人的政治肌肉已过于发达，斗争哲学严重过剩，消耗了这个民族太大的体力，浪费了太多感情和心智。当然，我指的不是现在这一代孩子，他们的任务其实很重，因为昨天的历史还没结束，要搬开和移走的东西还很多，过早和过度的天真反而无法实现天真。

除了内容开始丰富，在搜觅和储存历史的方式上，伴随网络、纪录片和"口述体"的兴起，人们对记忆的安置空间、传播途径和安全系数都充满信心。但最重要的一点别忽略：人。人是历史最重要的载体，是活的档案。早在20世纪末，学界就大声疾呼"抢救历史"，趁很多长者古稀之年抓紧留下一些东西。近年"口述学""口述回忆录""口述电视片"兴起，目标人群即重要事件的见证人和信息掌握者。呼声是发出了，可惜回音微弱，很多被期待者选择了缄默，然后无声地远去。

很多历史即这样被带走了。

## 知情权：没准备好就收到的上帝礼物

**问**：寻求真相和全貌不仅是史家的兴趣，它对时代进步、对人类文明如此重要，那么，除了民间探秘和机遇性的获得，有没有其他更好的方式？比如政府该做什么？西方是怎么做的？

**答**：公共信息的透明，历史真相的公开，不仅重要，而且神圣。

说它重要，因为人类要想纠错，须先知错，先清楚发生了什么，究竟怎么回事，某事件的来龙去脉，某政策的讨论、投票和出笼细节。称其神圣，是因为公开事实，这涉及人的一项神圣权利：知情权。既然人民是历史创造者，是历史主人，那主人总要了解自家的事吧，再隐私也不能回避主人啊。

"知情权"的提出和司法确认，我觉得是件很伟大的事。

"知情权"作为一个特定概念，最早提出者是美联社一位编辑，叫肯特·库珀，1945年初他在一篇文章中呼吁，公民应享有更广泛的知情权，原话是："不尊重公民的知情权，在一个国家乃至世界上便无政治自由可言。"其实，再往前追溯，"知情"的重要性早早就被留意到了，美国第4任总统、《权利法案》起草人詹姆斯·麦迪逊在1822年的一封信中写道："民治政府如不为大众洞开知情之门，或知情之途付诸阙如，终将以丑闻收场，或以悲剧告终。知情将永远支配不知情，当家做主之民众必须以知情赋予的力量武装自己。"

信息自由对于民主的意义,在欧洲被重视得更早。瑞典于1776年即颁布《信息自由法》,是第一个通过这类法律的国家。迄今,全世界有80多个国家有类似法律。近年中国也出台了《政府信息公开条例》。

所以我说,"知情权"是开启历史之门的一把最现代、最先进的钥匙,而且是一把法律钥匙,意义重大。

但在任何国家,知情权对政府信息的诉求,都对权力构成了挑战,两者堪称天敌。有个例子,英国实施《信息自由法》很晚,一直拖到了2000年,刚一问世,从事调查性报道的记者希瑟·布鲁克就获得了英国议员申报开支的信息,在媒体公开后,舆论哗然,导致下议院议长及一些议员辞职。即便在人权成就颇高的美国,信息公开的司法实践也不顺利,在肯特·库珀提出"知情权"概念后,经公众和新闻界十多年努力,美国的《信息自由法》才于1966年正式颁布,之后也走得磕磕绊绊,动辄会遇到"国家尊严""政务机密""公共安全"的搪塞和各种限制条例的阻挠,尤其"冷战"期间,美国政府对信息流通的戒备和防范尤为严重。在克林顿和小布什执政时期,多次以"国家安全"为由,拒绝公开含"冷战"档案在内的众多本该按期解密的文件,使其尘封至今。正鉴于这样的背景,奥巴马就职第二天即发布了一份备忘录,称"《信息自由法》应以一个明确的观念为前提:只要存在疑虑,即须公之于众"。政府信息公开化遂成了奥巴马的施政宣言之一,为此他承诺建立"国家解密中心",通过改变密级规则,使联邦政府的秘密大幅减少。但承诺归承诺，除情报部门的反对，奥巴马本人的态度也开始暧昧，不久前在美军虐俘照片一事上，他就趋于保守，甚至下令阻挠。

在所谓的"国家安全"和"知情权"之间找到平衡，不是件容易的事。知情权的司法确立只是起点，接下来的关键是由这部法你能获取什么，就像我们到图书馆去借资料，可对方告诉你这不能借那不能借，限制太多，一切形同虚设。这场博弈的艰难和耗时，一点不亚于最初的立法追求。而在我们这边，让权力妥协的难度就更大了，《政府信息公开条例》已颁布，从制度象征性上看，是个巨大进步，但就实体而言，它涉及的范围显小，文本有不少含混和模糊，限制较多，所以几年来，实践的主体多为地方政府部门，公民主动申请且成功的个案并不多。比如深圳、辽宁、河北等地都有公民申请公开地方政府的公务开支和招待费，多被以"没有先例"为由拒绝。

公众没那个信心，权力没那个习惯，都没准备好。

## 道德：一个最让人伤心的词

问：什么是道德？您怎么看当下的道德状况和道德环境？

答：在我看来，道德就是人们试图规避人性弱点的一种契约、一种共识、一种集体文化的选择，它是保障良好生活秩序、追求共同体利益的一种力量。

当代中国，道德恰恰是最让人伤心的一个词。中国迎来了道德最弱化、被怀疑程度最深的渊谷时期。道德不是无条件的，不像天性一样自行运转、须臾不离。它犹如蘑菇的繁殖，对空间、温度和壤情要求甚严。一般说来，道德的被调动、被激活，它的蓬蓬勃勃，需要两种酵母——

一种是消极的，即"怕"，即心灵敬畏。人由于敬畏而听从道德的暗示和指引，明显的即宗教禁忌，教义里告诉你不能这样那样，应如何如何。但中国没有本土宗教资源，外来者又面临水土不服、能量流失、实体异化、政治阻挠等问题，再加上唯物论的教唆，更铸就了中国人天不怕地不怕的性格。而民俗禁忌和乡村规约，权威性不够，统治力弱，一遇"移风易俗"即溃败了。

另一种是积极的，即"爱"。爱能滋养人的精神体质，让人内心有光，持有并依循道德。但爱在当代遇到了大麻烦，因为爱是滋生的，属于变量，心是爱的孵化器和子宫，它不像宗教那样借外界的精神权威予以辅佐，有人说爱是本能，但别忘了，人除了爱的本能，还有其他本能，包括自私和邪恶。那么，究竟哪种本能占上风且稳定地释放行为能量呢？取决于环境！爱需要饵料，需要召唤，需要外部空间与之呼应、彼此印证，爱不可能一直孤独而执着地存在，爱的敌人太多了，环境随时可动摇它、否决它。一个原本天真烂漫、性格活泼的孩子为何在大学校园里自杀了？在很多犯罪者陈述中，我们都可听到他对生存空间和游戏规则的否定，像马加爵，他曾经是有爱的，但环境不支持甚至伤害这种爱，于是他就放弃了，弃之若敝屣，毫无眷恋。

无疑，"爱"在当代遇到了空前危机。危机的特征之一，就是我们内心热爱世界、热爱生活、热爱人群的依据和理由正在减少。越来越多的自杀现象即说明这点。10年前，我写过一篇文章，《依据不足的热爱生活》，即表达了这种担忧，现在看，"依据"被削减得更严重了。爱，最初往往不需要理由，但后来就需要底气和薪柴了，需要逻辑的支持和理性的维系。我想，在这些"依据"中，重要的应有这么几项：社会肌体的健康（包括制度的完善、权力的清洁、法律的有效和公正），游戏规则和竞争机制的公正（包括社会资源和收入分配的合理、人生机会的平等、命运能量的均衡），人际的和谐与民间信任文化，乃至良好的自然生态等。如此，我们才有理由深爱这个时代。当环境一团糟：官商勾结，权力寻租，执法不公，投机者致富，骗子得逞，潜规则代替规则，恶霸横行，正义缺席，人人自危，到处是黑色和灰色……一个人还能在"热爱生活"的位置上挺立多久？除非他是个塑像，或被催眠了。

你看报纸电视广播天天提醒什么？如何防骗！我们的手机每天收到多少垃圾短信？造假证的小广告哪儿没有？这个时代谁在暴富？官员，骗子，投机者，黑心者！人人都是受害者或潜在受害者，怀疑大于信任，从恨贪官奸商到妒羡对方……当坚硬的事实和所有迹象联合起来，共同蚕食、粉碎你内心那点温柔、纯真和幻想——爱也就没空间了，体内没有，体外也没有，更无法实现循环和回收。在"爱"这一点上，你找不到伙伴和组织，找不到声援者和啦啦队，怎么办？

我做新闻，每逢个体悲剧发生，比如云南马加爵案、上海杨佳案、北科大学生抢银行案……我都不由自主想起一部电视剧的名字：《我本善良》。我都在想，一个人心中爱的能量是怎样一点点流失，然后向对立面恶性转化的？在善良出走之前，在爱的储蓄将尽、被宣布贬值前，我们这个生存共同体有多少事可做——应该做、必须做——而没做啊！

## 低效的道德动员

问：在很多国家，都没发生过诸如"感动德国""感动俄罗斯""感动美国"这样的道德评选，今天我看到《感动中国》又在投票了，您怎么看？

答：《感动中国》的理念和逻辑沿袭了传统的表彰文化，但它在技术上有突破和改进。它用了"感动"一词，这个词相对温和、平民化、人性化，不"左"；但后面的词又出了问题，"中国"，这么大的词，和960万平方公里一样大，又露出了"我代表人民"的政治自负和高端姿态，又"左"回去了。未经授权，你怎么能覆盖那么多人头呢？怎么能租用那么多同胞的感情呢？

这档节目我参与过，有一届曾邀我为人物短片写评语，所以我认真打量过它。从技术角度讲，这是个不错的栏目，尤其它的早期，还相对纯粹。但即便节目是成功的，于社会也是个悲哀，因为道德的收视率和知名度越高,越证明中国处于道德最贫困之时。弘扬道德即让道德陷入尴尬,当一个时代需要大张旗鼓地托举道德、把有限的道德个案视若民族瑰宝的时候,也就很可怜了,先不说对不对,而是可怜。许多很寻常的小事,比如伺候老人、勤工俭学照顾妹妹、欠债还钱,竟然惊动了国家……人物本身没错,值得尊重,但那个表彰错了,它把一件朴素的事诠释错了、注解错了,把正常给隆重地异常了。这说明什么?说明道德已成我们最稀缺、最紧俏的资源。在欧美和澳洲,每个人都会去做义工、做慈善,一生去做,没有谁悄悄统计你、拍摄你、事后表彰你,因为做好事是信仰驱动和自我选择,你本来就是心灵和精神的受益者,你已得到了该得到的。除了上帝留意你,没人留意,更何况也没有这种由国家宣传机器担纲的表彰系统。人家的做法是去榜样化,咱们相反,急需道德明星和偶像以刺激麻痹的社会心脏。比尔·盖茨和巴菲特几乎把家底都捐了,也没人表彰他,甚至议论都很少,因为他做的事每个人都在做,区别只是数目。为什么我们需要事迹教育呢?没别的东西,穷啊,就靠它了。一个中国人做好事,若这件事始终被埋没,甚至被误解的话,那他就会做价值重估,想这样做值不值当。记得我小时候,小学几年级吧,就干过一件事,先把一枚硬币偷偷扔地上,然后当伙伴的面捡起来,从而完成一次众目睽睽下的"拾金不昧",攒积分评三好学生啊。

另外,道德评奖本身也是滑稽的,对道德你怎么能评价它的量级呢？怎么能分出大小呢？纯粹的道德一定是朴素的、默默无闻的，是拒绝这样一个价值评估体系的。近年来，各地效仿央视，纷纷出台"感动城市"（城市有级别，推手有级别，事迹也随之有了级别），很多大中小学还搞起了"道德银行""道德档案""道德学历"……其实都在印证一个眼前的悲剧，即道德的大溃败、大缺失，情急之下，各种失态和变形的动作就出笼了。

假如你问我央视这台秀是不是完全错了、毫无意义，我觉得不是，它终究会被淘汰，但不是现在，时机不对。其实它算"应运而生"，它和中国现实是匹配的，除了符号意义，它也有部分积极的社会意义。在一个没有信仰和宗教传统的国家，怎么才能缔结道德资源呢？有限的道德资源又怎么流通？我们有个现成的工具：权力表彰！古代帝王用，乡绅社会用，1949年后用得更频繁更顺手。中国人的道德生活太依赖一种强大的社会示范和榜样力量了，比如拾金不昧、欠债还钱，除了表彰，我们没别的手段以证明你是对的、你这样做生活会答谢你、命运会回报你，当众人都在好奇地观望做好人的结果时，表彰的出场，尤其权力做推手的表彰就显得极重要，它既能回答和命运道路相关的疑问，更激励你的今后、策动周围的效仿……尤其实用主义的当下，这种演示更加有效，比如一个人入选了《感动中国》，按世俗游戏原理，这个人的生活将就此改变，作为道德明星，他会赢得很多社会回报：知名度、羡慕和尊重、职业机遇、地方政府的眷顾和优待，甚有委员代表之类的头衔……若不出意外，他可享受几十年有形无形的"不平凡"——这就给社会输送一个信息：好人不白做！好人有好报！好人一生平安！这些民间俚语和口头禅才真正显示了因果力量。别小看这些句子，几千年来，它们可是深受迷信的命运公式，若公式失灵、大面积不成立了，大家就会集体投靠另一方，沿反向逻辑滑下去。为德者申请一份殊遇，对"善恶有报"的国人心理来说，也算一种应验和抚慰吧。

作为道德动员方式，《感动中国》显然低效，不达标。作为一档电视节目，它包含价值误区，但并不构成价值灾害。你可以怜悯它，批评它，但也别欺负它，用不着讨伐。

中国式的表彰文化，实属无奈之举。从 1949 年到现在，整个社会的价值标榜和道德动员就是靠树典型、颂英雄、学模范来维系的，从王进喜、雷锋到朱伯儒、张海迪，这是体制的习惯动作，也显现了全部精神家当。你说起作用了吗，起了点，只是日渐虚弱和式微，而现在更多是药物性依赖，离不开了。所以，我同情它，甚至忍不住想替它想点办法。

私下，我也和相关朋友说：《感动中国》可以搞，民间那些人性的闪光，值得被描述和传播，尤其在这个道德冰河时代。但价值观上要改一改，名称、理念、逻辑、语境、姿态都要改，权力色彩和政治元素要退出，要纯净、平实、正常一些，去明星化、去榜样化，让事物恢复它的本来面目。

**问**：插一句，您觉得好的表彰，或者说正常的表彰应是个什么样子？

**答**：就是我刚才那句话：让事物恢复它的本来面目。

把它送回去，送到原来的位置上去。不要抬轿子，不要用"颂"体，老实一点，别浮飘，别用"中国"这样的大词。表彰本身没有原罪，尤其我们这样一个无神论国家，表彰有它的社会功能，关键看表彰什么、怎样表彰。好的表彰，应是在表彰一个人的时候，所有的生命同类都感到被表彰了，大家在分享，在传递这人性的光辉和美，像阳光静静照在每个人脸上……

其实，《感动中国》和大大小小的"事迹教育"，给我们的启示是：如何建立中国社会的信仰资源和深层的精神家园？也就是你前面问到的那个问题。这是值得几代中国人去思考和建设的，应借用传统文化、宗教伦理、道德哲学、心灵美学、现代理性等资源。其中，政府的表现尤为重要，它不要再去做道德动员这样的事，而是要把自己的事做好，法的精神、权力的清洁、制度和规则的完善，这对营造健康的社会空间最为关键。土壤改良了，才能长出好庄稼，其形体才端庄，爱和善的颗粒才饱满。

另外，从历史和世界范围看，道德危机，应负最大责任的是政治。一是它没有奠定好的制度和空间环境，引发了既有道德资源的流失；二是它没有起到好的示范，权力率先腐败并引发了民心腐败，制定规则却破坏规则——没有比这危害更大的了。

## 常识还活着，世间还有青春

**问**：前段时间我看又有一个榜样出来了，武汉长江上救人的大学生，那种救人方式引起了很大争议，很多人觉得是一种不理性，不该鼓励这种做法。同时，媒体还披露了见死不救的旁观者和利欲熏心、高价捞尸的船主。您怎么看？

**答**：这条新闻我们栏目做了，所以我清楚此事。我的个人立场很明确：这是让我感动的一群孩子，我心里向他们致敬，我看到了青春的美丽、未泯的常识。我很想赞美他们，但不会把他们当成英雄，他们是我心目中正常的青年，他们复活了一条"不能见死不救"的常识……这比英雄令我欣慰。

事后，有人挥舞着理性质疑，有人大声呼吁表彰。我愿意质疑，但我不质疑青春的"鲁莽"，我质疑的是前者的质疑，是这条江的安全防护和救助系统，是政府的职能。我同意表彰，但更关注表彰的内容和方向，是表彰他们的"非凡"还是"正常"？是召唤"常识"还是召唤"英雄"？是表彰"烈士"还是表彰"健康的生命"？是权力的表彰还是民意的表彰？我不仅同意表彰，我还支持隆重的表彰，因为在备受质疑和不公正评价后，再让它无声无息地过去，我觉得不妥，要追加一份荣誉，这样才公允。

他们很优秀，那份不假思索的"冲动"很优秀。他们不鲁莽，他们已显示了瞬间的机智，考虑到了救人的技术。

这群孩子，我特别留意其年龄和身份。他们是从校园来到江边的，接受的还是一种理想主义教育，身上还流淌着青春和青涩，之所以不犹豫地跳下去——这个动作的发生，我觉得就是那股青春和青涩在起作用，若再过10年我料想他做不会做，因为对此事的风险他做会做很多评估，评估到最后就是不做，别人去做我也会鼓掌，也会感动，也会流泪，但都是寄望于别人或更有力量的人，而自己不做。

当年全国上下反思"赖宁"并一致同意不支持未成年人"见义勇为"的时候，我也同意，我也加入了理性阵营。但过了些年，我突然觉得社会正从一个极端跳向另一极端，我们用聪明剥夺了常识，用理性掩埋冷漠和麻木，良心变成一碗坚硬的稀粥，我难以下咽。何况，此事在主体和细节上都远离"赖宁"。

我觉得这群孩子之所以去做，并非受了什么精神的驱动，很可能就是一股冲动、一种本能、一条从书本中得来尚未丢掉的常识：见危不能不救！不能袖手旁观！大凡危急下的勇敢，少有深思熟虑的，都是激情和血性使然，这恰是人身上最有希望的东西，若连这个都没了，人性就麻烦了。我前面话题中说人性是复杂的，充满多元成分和对立元素，有自私也有慷慨，有恐惧也有无畏，我希望这两样都有，配齐了才叫健全，若只剩下一项单极，那一定是恶性的。如今的知识人和批评家，往往思想力很强，但行动力太弱。包括我在内，都有这个问题。我们溺于思想，行为上很少付出，更不做"出格"和"危险"之事。

珍惜生命，反思救人失败的原因，很有必要，我一点不反对。但有个时机问题，有个技术问题。你要把两件事剥离开：一是奋不顾身地救人，一是如何降低风险和成本。若把两件事绑在一起评价，那就亵渎了高尚，误读了青春，辜负了常识。当理性用力过猛，或时机不对，就成了失明的理性。

需要理性，更要回到常识。尤其看到冷漠的捞尸队出现在同一条长江上时，我真觉得船上的才是僵尸，水下的才是生命。我也再次感受到那个跳下去的动作——它的分量和价值，它毋庸置疑的正确！

一群生命，用身体告诉了我一个事实：常识还活着，这世间还有青春。

## 我们的工具箱被盗了

问：您前面提到了，重建精神家园，除了爱和道德资源，生活空间和社会环境尤其重要，我们通常认为，法律是社会空间的支柱，您怎样看待法律和制度于当下的意义？

答：对于当代，每个人都有一副痛心疾首的表情。那是一种丢了贵重东西的表情。那么，我们究竟缺失什么？丢了什么？最想找回什么？

如果用一个词，我想说是"秩序"。生活的安定、精神的舒适、人际的暖意、世间和谐，都来自这个秩序。痛心，痛的正是失序。

在我看来，有两个秩序：一个是体内，一个是体外。体内秩序，就是心灵秩序，即精神家园的核心内容。体外秩序，即我们的生存空间和制度环境，法律乃其核心。如此，我们面前就摆着两样最醒目的东西：道德和法律。大家痛心疾首，一定是这两样都有麻烦。

法律的意义不必说，现代国家的旗帜就是法。而且，我们当下对法的饥饿感和急迫感都是空前的，像一个乞丐，饥肠辘辘，两眼发绿，恨不得一把全抓来、全吞下去。在民众乃至权力看来，法似乎是最大甚至唯一的稻草，似乎有了它，其他即源源而来。

在我看来，法其实不意味着粮食，它是扫帚，打扫庭院、清理垃圾、规整乱物，是建立和维系地面秩序用的。而道德，才是吃进去的粮食，才是作用于心、滋养身体的能量。若一个人吃饱了，精神饱满，手里又握一把高效而有力的扫帚，那他的家园前景就乐观了。

**问：**您的意思是法制不是全能的，必须和道德结合起来才有威力？

**答：**我是主张法制、信仰道德的人。你可能注意到了，我把"信仰"二字给了道德。这也是我近年的一个转变。

显然，我们的制度和法律体系不完备，缺失项和漏洞很多，法制——这把铁扫帚远未铸好。但你真以为铸好了就万事大吉、芝麻开门了吗？制度实践和司法履行其实比文本的完善艰巨得多、漫长得多。

比如说法律的出台，我们现在每天都有新的法令、指导意见、办法、条例、试行条例、地方法规出来，目不暇接，技术细节上也不断追加补丁，但它们被严格、高效执行了吗？百姓喊冤投诉怎么先想到媒体？当公权力和职业操守不被信任的时候，当人情、利益、权力和关系资本充斥司法现场，甚至一些执法者即枉法者和舞弊者时，那这堆法律就是虚拟的，就是泡沫。而法律恰恰是生存安全的第一盾牌、第一掩体，一个人只有信任法律才会有安全感。我觉得人人自危是件非常可怕的事。

何以法律的信用被消解到这地步？为增添法庭的神圣感，我们效仿西方，增加了宣誓、法袍、法槌等符号和仪式，可这种装修有效吗？我们没有上帝，没有敬畏，即使你以手捂胸对天发誓也没人信，你自己也不信。也就是说，我们灵魂的"内环境"并不支持这种"外环境"，饰物过多反显滑稽，还不如过去"人民专政"的装束更威严、更凛然，至少有庄重感罢。

康德说："有两样东西，对它们的凝视愈深沉，在我内心唤起的敬畏和赞叹就愈强烈，它们是天上的星空和内心的道德律。"我们的内心空空荡荡，既没有康德的道德律，也没有类似的东西。

当然，若投优先票，我还是投给制度和法律，因为这是最硬的设施、最眼前的操作，而道德和精神家园，那是多少年的修行啊，远水解不了近渴，急也没用。道德失陷可以是短短十几年的事，而修复至少要几代人。

但面对这个时代,最让我焦虑的,并非制度项的缺失和糟糕的司法实践,我的注意力还在软件上。这是个过分膜拜法律的时代,我们对工具理性过于依赖和迷信。法律是什么?法律是守门员,是维护社会公正的最后防线和堤坝,是矛盾激化后最后登场的一道程序,它是刚性的、硬质的、冰冷的,一是一,二是二,人常说"法律无情""法律不相信眼泪",它确是闪着寒光的利器,人不也常说"拿起法律武器"吗?其实我们更应看到,在矛盾抵达这个程序之前,实际上有很多可做之事,比如可用道德方式来缓冲、通融、消解。除了恶性暴力事件,一个日常矛盾,从发生到尖锐、胶着、激酣直至对簿公堂,其实是条很长的路,途中充满种种可能,有很多弹性的、人性的、温暖的解决办法,但我们往往都抛开了,什么谦和、友善、妥协、宽容、谅解、舍弃、许诺……统统不要,一下子直奔法律,扑向终点。你会发现,如今国人常挂嘴边的话是"咱们法庭见""有本事你告我去",其实都是在挥霍对法律的热情,似乎这个社会越来越法治了,你看大家法律意识多强,动不动就用法律保护自己,都决心把这事托付给法律。但在我看来,对法律热情最高的时候,恰恰是道德最无能的时候;法律的强势表现,恰证明了道德的虚弱和颓势。

别忘了,在解决矛盾的工具和路径中,道德的成本最低,而法律出场的成本最高。尽管大家法律冲动强,但没人愿意打官司,它繁琐、周折、消耗大,耗不起又忍气吞声,又产生很多有毒情绪,该情绪又会释放到生活中。更重要的,法律乃强制手段,它有杀伤力,即使判决再公正,它也无助于稀释矛盾、化解敌意和仇视,只会加固和激化。一个社会若什么事都求助法律,只信任法律,那人生的空气就永远是紧张的,充满戾气和火药味……

那么,为何要舍近求远、弃简从繁呢?为何选择吃苦受累加败坏心情的路径呢?因为对别的路径没信心,尤其对道德没信心,对自己没有,对别人更没有。一个芝麻大的摩擦也搬上了法庭——不要以为人们多么信任法律,而是除了它没别的抓手。举个例子,两台车轻轻碰了一下,其轻微可用"吻"来形容:日本人拉开车门肯定先鞠躬;美国人可能大笑着说对不起,耸耸肩拜拜了;法国人或许幽默地倒下车,回你一个吻。而中国人呢?北京的路为什么那么堵?都僵在那儿,呼警察找熟人,同时还没忘先声夺人、谴责对方,待警察赴到,又是一番唇枪舌剑、面红耳赤。其实彼此心里未必不想大事化小、小事化了,但都担心被对方讹上,不敢让步,担心自己成为先让步的受害者。人和人的信任全腐坏掉了。

法律的无时无处不在、过滥出场,往往印证一点:道德失灵,道德失效,道德普遍被弃用。何况有些时候,法律只是在走穴,在假唱,它要的是出场费。


**问**:您刚说的那种情况我也熟悉,我在北京开车和在国外开车,心理反应完全不同,在国内一碰到事非常紧张、焦虑、脾气坏,就是你说的那种担心成为"受害者"的反应,第一反应是这样,接下来的反应就变形了。这几天媒体说了件事,好像是南京吧,下雨天，两个小伙子，在马路边看到一捆钱，全是100的，就落在水里，两个人连雨伞都没打，就守在那个地方，也不敢弯腰捡。打110，过了个把小时，警察来了，人和钱都淋透了，后来数了一下大概1.5万多元。警察纳闷啊，你们把它交到派出所不就完了吗？他们说不行，我们要保护现场，万一人家说，这钱不是这个数，讹上我们怎么办？

**答**：你说的这个事我们节目报道了。小伙子很可爱，可谓当代版的拾金不昧。为什么说是"当代版"呢？因为它不是一桩简单的拾金不昧，它做了两个动作：一个是道德动作，一个是法律动作。前者是软的，后者是硬的。它把简单搞复杂和深奥了，或者说，它被逼复杂了。这是两个非常好的孩子，同样的事，若在20或30年前，绝不会有人在那儿等，所以我说这是21世纪的"雷锋"。现在学雷锋可不容易，你要帮老大娘提包，没人敢递给你，你要送别人水喝，更没人敢接，都以为你不怀好意、你"不正常"……再说回南京的小伙子，这既不是交通事故现场，也不是暴力犯罪现场，保护它有多大意义呢？但反过来讲，不能怪孩子想多了，这么想是有理由的，时代给了他依据和经验。同样在南京，一个叫彭宇的青年不就因为扶了把跌倒的老奶奶，结果官司缠身了吗？这样的官司无论输赢，无论法律是否支持实体正义，都会让社会在道德上输光，这是个很恶劣的社会示范，不知两位小伙子是否就接受了这种示范。

很多时候，我们不乏道德冲动，但多数情况下，冲动还是被制止了，就是因为环境不支持、经验不支持。前些年，我们路过乞讨者，总会弯下腰去投放点什么，现在多匆匆而过，因为我们不想支持欺骗，连地铁广播都提醒旅客协助"禁止这种不文明行为"。我觉得这个社会真是问题太大了，它鼓励我们在一切事上都要"提高警惕""高度戒备"，户外空气太紧张了。

做那条新闻时，我就说，小伙子的"怕"很值得研究，它让时代汗颜。是什么让一件本该轻松愉快完成的事变得如临大敌、战战兢兢？是什么让道德变得不再轻盈，被绑上了法律的铅锭？道德为何飞不起来？常识，常识逻辑被改变了，这很可怕。

小伙子的道德冲动让人惊喜，小伙子的"法律意识"让人反思。道德失陷的年代，人们只好押注给法律。

再举个例子，美国的自动售报机，一直是投币后即箱子全敞开的，你只取一份即可，这种设计运行了多年没问题，可后来不行了，因为在外国留学生和新移民聚集地，常有人把一摞报纸全拿走，没办法，推倒重来，改造成一次只能取一份的那种。这是个典型的劣币驱除良币的例子，道德不行了，只好给硬件升级，增加"制度"防范，也增加了社会成本。类似的例子还有投币电话，也是后来升级的，因为一个中国留学生到美国当天就发现这是只"蠢货"，它居然允许一枚硬币进去后再被拎出来。

不知你留意了没有，在中国，凡自动售货系统运行得都不好，使用率低，毁弃率高，而且其防作弊的程序设计肯定是全世界最周严的，价格肯定也最贵。近年来，国内还有一现象，即铺天盖地的摄像头，这是多大的成本啊，而它的前提是：我们生活在险境中。而且，监视资料在法庭上的出场也越来越频繁。我们需要这样一种天罗地网的囚徒般的生活吗？但我们又离不开，依赖上了。我们成了自己的工具的工具，成了自己的人质。

**问**：您说的我很有感触，小时候，大家真是路不拾遗，事情的逻辑都简单得很，做事的成本相对较低。您觉得相比几十年前，今天可用"道德退化"来结论吗？什么原因呢？

**答**：原因我不多说，前面已有涉及。对比几十年前，我觉得不能简单用"退化"这个词，因为那时并非一个天然的道德高地。当时的道德操守，很大程度上和"政治觉悟"的要挟有关，道德有被绑架的嫌疑，并不纯粹。你知道，意识形态和天然道德常能在某些方面达成共谋和共识，有结合部。而且，那时并没有后来的市场文化、权力资本、恶劣的社会竞争和腐败、贫富差距……清一色的社会格局和生活面貌，使人与人之间的裂隙并不大，价值观容易统一。还有，天然信仰的缺失，在政治乌托邦热烈的时候是看不出来的，就像涨潮时你看不见沙滩上的垃圾，但落潮后就败露了。现在的道德局面，既有当代肇因，也有历史后遗症，混合的。

其实，在中国民间，尤其乡村，曾有过一种质朴的道德习惯，那是传统留下的，即我们常说的"民风淳朴"。我小时候曾在乡下住过几年，有件事我印象特深：每逢开春，"赊小鸡"的商贩就来了，都是外乡人，翻了许多山绕了许多水才走到了这儿，人家不叫卖叫"赊"，谁家要了多少鸡崽，记在小本子上，怎么结算呢？不急，来年春天他再来，按小本子上记的数，拿你家的鸡蛋还。按现代思维，这买卖风险太大了，对方搬家了怎么办？小本子丢了怎么办？主人去世了怎么办？碰上赖账的怎么办？说白了，这游戏在当代没人敢玩。可当年就这样啊，谁也没想那么多，用最简单的逻辑做买卖，轻易就实现了。为此，我还写了篇短文，《乡下人哪儿去了》，当然"乡下人"是个象征。为什么念念不忘此事？我是怀念一种习俗、一种古老的契约精神、一种朴素的天然信用：无须担心，不用防范，在法律缺席的情况下生活照样运转良好。这其实是一种很伟大的"秩序"。法律能建立起复杂的秩序，道德却能孵化出最简单最高效的秩序，且成本最低、保养容易。

法律是秩序的体现吗？不是，它只是个工具。现在的尴尬是，我们太器重太仰仗这个工具了。我们的工具箱里本来有很多工具的，结果被盗了，只剩下了这一件。所以说，我们变穷了，而不是富裕了。我们不是变强大了，而是变僵硬了。我们不是变健壮了，而是变彪悍了。

## 法律很复杂，正义很简单

问：是啊，信仰本来就跛足，加上人心不古，民间契约又给弄丢了，若法律这支仅剩的拐棍再不运转好，那人间秩序就麻烦大了。

**答**：道德危机的一大表现，就是信任危机。百般无奈，只好假惺惺地去信任法律，献媚于法律，请法律来当老大。但是，那"走穴"赶来的法律、那人满为患的法律、那自身不保的法律，能应付过来吗？能仔细接待每个求助者吗？

媒体不是天天报道民工讨薪难、民工"跳楼秀"吗？为什么被欠薪？因为债主良心死了，道德死了。为什么要跳楼？因为法律成本太高，只能用"创意"来吸引注意力，借影响力来碰运气，因为地方政府在乎"影响"。久病成医，现在弱势群体也很会把脉。西方有句话，叫"迟来的正义为非正义"，在我看来，非正常路径换来的正义一样为非正义，至少是不足值的正义、含金量低的正义。去年河南，一个叫张海超的尘肺病患者，在百告无门后，不是演出了"开胸验肺"的一幕吗？企业责任方百般推诿，劳动部门和医疗机构不作为，最终就只剩华山一条道，而且这条道也是因惨烈至极，才吸引了媒体，才有了政府的垂直干预。这就是一桩工伤诉讼案的长征路，其成本之高昂、之严酷，堪称惊天地泣鬼神，乃至"百度百科"中留下了一个类似成语的词条："开胸验肺，原指通过人工手术方式把胸腔打开查验肺器官，后特指因为阶层关系无法保全自己受损的利益而作出的自我牺牲行为。"

"开胸验肺"，在全国掀起轩然大波，引发了公众对制度的思考，促使政府紧急强化对职业病鉴定的监督和相关司法实践。可《职业病防治法》已有10年啊，它是要改进和补漏，但另一问题是：若有限的法律能及时且积极生效，若厂方的道德亏损不那么严重，公正也就有机会得到最初和起码的维护。一个法有漏洞，就再出一个补丁法，层层叠叠起来，就滴水不漏了吗？再好的法也由人来执行，谁来监督司法实践和法律的解释？而且，舆论压力下的"运动式执法""突击式执法"，实际已影响到法的尊严和信用。

有一个说法是，立法的前提应假定人性是恶的，即著名的"坏人理论"。没错，该逻辑用在立法初衷和设计起点上，我完全同意。但现在的问题是：我们似乎只对法提要求，从不对人提要求；这样，在法律不到位之前，"坏人"就有太多的机会，而"好人"几乎得不到任何机会。任何法律，都有阶段性局限和天然极限，而唯一可弥补它，甚至超越它的，即道德。

这些年，随着制度意识的觉醒，我们对法的热情空前高涨，所有新闻、大小案例，我们都惯于用法的视角去打量、去究问和质疑，这很令人鼓舞。但同时有个现象，那就是：一件事的结束，往往到"法"就为止了，我们的全部诉求都在于法槌以期待的方式落下，注意力就停在了这儿。然后是欢呼，是宣布一件事的大功告成和圆满。

我的疑问是：法胜利了，人就胜利了吗？法的胜利，是我们追求的终极目标吗？为回答这个问题，我把最近看到的两个小故事说给你听听——

## 一件事情的长度

第一个故事。

2000年4月1日深夜,来自江苏沭阳的4个青年潜入南京一栋别墅行窃,被发现后,持刀杀害了户主德国人普方(在一家中德合资企业任职)及其妻子、儿子和女儿。案发不久,4名凶手被捕,被判死刑。

在法庭上,普方的亲友们见到了4个刚成年不久的凶手。根据他们的想象,凶手应是那种很凶悍的家伙,可实际上,只是再普通不过的几个孩子。据审讯供述得知,他们并非有预谋杀人,那晚,他们潜入小区,本想偷窃一间不亮灯的空宅,结果空无一物,于是转到隔壁普方家,其行为败露后,因言语不通,惊惧之下,他们选择了杀人。

普方的母亲从德国赶到南京,在了解案情后,老人作出一个让人惊讶的决定——她写信给地方法院,表示不希望判4个年轻人死刑。她说德国没有死刑,而且她觉得,新添加的死并不能改变现实。在中国外交部一次例行新闻发布会上,有德国记者转达了普方家属宽恕被告的愿望,外交部回应是,"中国的司法机关是根据中国的有关法律来审理此案的"。最终,江苏省高级人民法院驳回了4名被告的上诉,维持死刑判决。

事情到这儿本可以结束了。法律走完了全部程序，正义得到了中国式伸张。但故事没完，才刚刚开始——

当年 11 月，在南京居住的一些德国人及其他外国侨民注册了一家以"普方"命名的协会，宗旨是救助江苏贫困地区的儿童，改变他们的生活，给予良好的教育。到今天，这一活动默默持续了 9 年，超过 500 名贫困孩子被帮助。

此事的缘起是庭审中的一个细节：那 4 个来自苏北农村的年轻人都没受过良好教育，没有正式工作，只有一个做过短期厨师，一个摆过配钥匙的摊位。"如果有比较好的教育背景，就有了未来和机会。人生若有了机会和前景，人就不会想做坏事，他会做好事。""普方协会"的现任执行主席万多明这样解释。作为一名公司主管，万多明本人就生在乡下，家里并不富裕，正因为德国的义务教育制度，他才有机会完成学业。

"若普方还在世，他们肯定是第一个参与的家庭。"协会创始人、普方的朋友朱莉娅说。在她印象中，普方一家都是热心肠，在南京做过许多善事。

"这样做不是为了获得感谢，我们不要求任何回报。"朱莉娅说。迄今为止，大部分孩子并不知道谁在帮自己，他们只会感谢生活本身。

不久前，这个故事才被中国媒体发掘出来。讲述时，标题中不约而同用了"以德报怨"。其实，我不觉得这样，因为他们没有恨谁，不存在"怨"这个东西，也不存在"报"这个动作。他们是信仰使然、爱使然。所谓恩怨，是中国文化下的语境和逻辑。

第二个故事。

这是我从网上看到的,发帖人有个题目:《跑步和骑自行车的小道——乔纳森纪念小道》。大意如下:

我住的小镇,有一条专供跑步和骑自行车的小道,道边有牌子写着"乔纳森纪念小道",心想可能是某个富人捐资建的吧。一次偶然,见小镇办的报纸上提到一个叫乔纳森的男孩,小道竟然是纪念他的。带着好奇,我翻出前几年的报纸,终于知道了来历。

1997年一个阳光夏日,谢丽尔12岁的小儿子乔纳森要求骑自行车,得到30分钟的许可,但要由14岁的哥哥马修陪同。孩子们与妈妈拥抱后,戴上头盔出去了。20分钟后,电话响了,马修打来的,他声音紧张,说弟弟受伤了。

乔纳森颅内受伤。医生说,他对如此严重的内伤很担忧。次日凌晨,乔纳森病情恶化,正一点点离开陪伴他的家人。有人问谢丽尔,愿不愿意捐献器官,她开始说没想过,但后来主动询问。谢丽尔回忆说:"我想知道每个细节。作为母亲,我努力为孩子做可能的一切。现在,医生护士已不能再为我儿子做什么了,也许,我儿子可为别人再做点什么。"

在宣布脑死亡后,一家人与乔纳森告别。然后,手术医生走进来,告知他们,乔纳森将挽救四个危重病人:一个心脏病人,一个肝脏病人,两个肾脏病人。

乔纳森走了,但家人无时不想念他。谢丽尔说,这种感觉是平静的。他们虽有很好的防范,包括头盔,但悲剧还是发生了。

这不是谁的错,不要恨自行车和头盔制造商,不要恨那条路,也不要恨乔纳森要闪躲的目标,唯一要想的是如何让其他孩子得到安全。她萌生了一个念头:建一条与汽车分行的自行车道!

首先是筹资,小镇热情很高,第一次就来了700人。接下来是用地,要把所有住宅区和公园连起来,会占用不同拥有者的地产,政府的、企业的、私人的。谢丽尔一家及支持者们,有空就去拜访土地拥有者,最后,所有土地都得到了捐赠。

小道目标是22英里长,现有11英里,刚好一半。虽然慢,但大家都在努力,大家都相信,愿望会实现的。

你知道两个故事最感动我的是什么吗?

它让我看到了一件事的长度——它能延伸多长。

它不像我们想象和经验所知的那样:以恩怨情仇为逻辑,以事故赔偿为悬念,以官司输赢和判决执行为句号。一件事在他们那儿远未结束,竟延续出那么多的"后来",且都以珍惜现在、宽待他人、热爱生命、纪念同胞为主题……

它让我看见了未来,看见了活着的人应怎么活着,而非只为死者求公正或复仇。两个故事都涉及法律,但都超越了法律。

因为,法律不是生活的目的,远远不是。

**问**:非常感人!我感觉到,尽管故事之前您说了那么多法律和道德的现象冲突,但在实质和本体上,您并不认为二者矛盾,并不存在价值对立，它们都应该为一个更大的东西服务，那就是生活本身。是这样吗？

**答**：没错，你这样说让我长舒了一口气。

法治的理想很好，但别试图把一切都交给法律托管，像寄宿幼儿园那样。追求法的同时，别忘了追求一个充满爱和宽容、彼此信任和习惯帮扶的世界。

对待一个有病的时代，制度和法律疗法就像西医，快速有效，针对部位；而道德和文化疗法则像中医，循序渐进，针对通体。

广义地看，法律意义的源头就是道德。二者是彼此亲近的，只是法律更公共，载体是国家和社会，道德的载体是个体和人生，但它们都和信仰有关，都基于对秩序的追求。你知道，美国司法系统的顶端是号称"镇国之柱"的联邦最高法院，它由9位终身制大法官组成，拥有对司法的最高解释权和审查权。大家每次提到他们时，几乎不约而同地会使用"德高望重"一词，而最高法院门前也镌刻着《圣经》一句名言："世人啊，耶和华已指示你何为善。他向你所要的是什么呢？只要你行公义，好怜悯，存谦卑的心，与你的上帝同行。"这很有意思，按说"德善"不属制度和理性范畴，用在严肃和刚性的法官身上有点不合适，无助于法的力度和权威，但相反，美国人更愿意相信：真理亲近高尚者！只有道德之人才能不误解法律。他们相信道德愿望和法律诉求在最高点上是会师的，即使这个机会肉眼看不到，高尚者也能在上帝帮助下巧妙地接近和抓住它，从而减少法律遗憾。

另外，除大法官这个高端设置，还有一个低端设置，也隐约显示着法律对道德的邀请，那就是陪审团制度。你知道，陪审团的成员并非精通法律之人，都是最普通的老百姓，难免会"感情用事"。在我们的法庭上，若一个被告痛哭流涕讲童年的不幸，以示这段阴影如何影响了后来，讲某年某日曾救起过落水儿童、年迈的父母如何可怜等等，这在法官眼里是无效的，所谓"法不容情"。但在美国法庭就大不同了，即便不影响法官，但会影响陪审团。那么，为何精通法律的人要采纳乃至服从普通人的意见呢？这一设计的逻辑是：让大多数人满意，才是法律追求的结果。法律不能为法律而法律，它要为人、为生活服务。

法律本身不是正义，它只是在追求正义的路上。法律很复杂，正义很简单。

## "劳动"，我忍不住向这个词敬礼

**问：** 您是怎样理解"劳动"的？
**答：** 这问题让我有点意外。

"劳动"，确是一个久违的词。它很端庄，让人油生敬意。我刚才听到它，心中即一惊，我觉得我已经在朝这个词敬礼了。

我想你说的"劳动"不会是一个中性的没立场的词，而是一种积极、诚实、有益的工作吧？过去还能听到"热爱劳动""劳动光荣"这样的话,现在很少遇到它了,换成了"劳务""职场""上班"等。

我们都亲眼看到,世上有很多职业和职位,带有泡沫、虚妄、无聊、投机、腐败、挥霍的性质,甚至不乏公害和反文明的成分。可能鉴于这种背景,当这个词出现的时候,我的第一反应是体力劳动,准确地说,是农活,是"锄禾日当午,粒粒皆辛苦"的那种。

从出生到现在,我几乎没沾过像样的农活。有一天逛超市,我突然蹦出一个念头:我们每天消费大量的粮食、水、蔬菜,我们天天讲吃这营养、吃那保健,但大部分人,尤其你我这样盘踞在城市、靠大脑为生的人,更包括那些政客、明星、银行家、地产商和无聊党人——我们竟然从来只是整个链条的终端消费者!我们一天都没生产过——哪怕尝试性、游戏性地生产一点对身体有用的东西,没有,从来没有!从生产到消费这一链条,在现代人这儿完全断开了,人类有史以来恐怕从未出现过这情况,以前,哪怕20年前,我们多少还在家门口撒点种子、养只鸡什么的,如今连这个也没了。我们成了纯粹的彻底的消费者,我们最大的生命特征就是消费,不停地消费,天天如此,心安理得,丝毫不觉异常。

也许显得矫情,但我确实这么想,若有机会,我一定努力去修补这个链条,比如养群鸡鸭种点蔬菜,每天往地里洒点汗水,唯此我才觉得生命完整,不虚妄。我从未像现在这样理解那个叫梭罗的美国人,100年前他心急如焚跑到瓦尔登湖,搭个房子,种点东西，自食其力。我觉得他的人生试验，是支持我这个焦虑的，我们的感受很相似。

另外，我对农活的迷恋和感情，除上述体会，还有一点吸引我，即农田劳动的绝对诚实和公正：你挖块地，洒多少汗水，付出多少，在正常天气下，与收获是成正比的。它拒绝掺假，拒绝作弊。你再看现代职业，多少泡沫和投机成分？多少非正常的获取和赢利？在北京大街上，金融街、CBD、地产招牌、投资广告、股市大盘、娱乐海报……空气中，你仔细嗅嗅，那股暧昧、懒惰、腐烂的欲望气息多么浓烈、呛鼻！多少人梦想一夜暴富、挥金如土……当然，很多人会理直气壮：我是脑力劳动，你不能说我是剥削，我的付出和收益成正比。真这样吗？

正是这种华丽的吹嘘和骚动，让我怀念一种有形的诚实，像土豆一样憨厚。正是满眼的浮尘和不实感，让我急于寻找一种有根的生存，像麦田一样稳重。找来找去，发现只有农活能安慰我。它整个程序不撒谎、不骗人，公开且公平。世上还能挑出比它更守信的行当吗？还有比它更扎实可靠的生长逻辑吗？在收益盘算上，它只作加减法，连乘除都不沾，更远离乘方和立方……我都不知道，我从事的工作和我的报酬是否成正比，某种程度上，我也觉得有点虚，不踏实。我也醒悟了为何知识分子、诗人、艺术家，甚至政客，动辄就要讴歌农民和大地，赞美对方的朴实和勤劳，因为他们心虚，不接地气，有羞愧感。

若一个人老做那些对其高尚性没把握的事，他会常常思慕最朴实的东西。包括你、我、这间咖啡厅的人。

## 房地产跟中国民生开了个恶毒玩笑

**问**：从整体上，您是怎么理解和评价我们现在的日常生活的？抛开最差和最好的两极人群。

**答**：因为做新闻，我的注意力很大一块放在了民生上。加上性格和信仰，我常把别人的苦难当自己的，把共同体的沉重当自己的，所以心情不好。早年就有人问：你的苦难和忧患意识怎么来的？其实就这样来的。我羡慕有的人，高兴不需要理由，不高兴才需要理由，我恰恰反着。

对我个人来说，我觉得没有处于理想的生存状态。相信多数人和我一样，甚至更糟。大家都有一种感觉：不舒适。不是身体，是说幸福感，我们的心灵舒适度非常差，无论你多么有钱、匹配多少家当，你都不从容、不自主、不轻盈、不飘逸，就像翅膀上沾了太多泥沙，家具上蒙了太多灰尘。

我们有两个不合理：一个是制度不合理，包括社会规则、游戏；一个是生活不合理，包括元素、构成和节奏。林林总总的不合理，消耗了我们太多的情绪、光阴、心性。我们不得不用大量精力去对付一些人生本不该进入的东西，就像眼里进了沙子，喉咙卡了鱼刺，你得花大功夫去清理、去排除。这样，人生就显得很被动，疲于防范，疲于对抗和备战。

这种情形，我称之为"被动性生存"。还有一种状态，表现更强烈,即"准备生活"。我觉得,多数人都处于一种"准备生活"状态,即人生老不到位的感觉,老在忙忙碌碌地准备,准备着一旦挣了钱、有了闲、买了房……这是一种"一旦如何,然后怎样"的生活逻辑,准备着时刻准备着……正像那首《我想去桂林》的歌里所唱:"我想去桂林呀我想去桂林,可是有时间的时候我却没有钱;我想去桂林呀我想去桂林,可是有了钱的时候我却没时间……"

我以为,生活和准备生活,是两回事。后者只能叫"前生活"或"准生活"。可大部分人就在这种"前生活""准生活"中过完了生活。青春、梦想、奋斗都抵押给了"准备",而正式的生活始终没开始,我们就像《等待戈多》里的主人公。何以如此呢?想要的东西太神圣太高远吗?不,是我们的生存成本太高了,它把你消耗和锁定在了无限的准备上。别的不说,一套房子200万、300万,且并非什么豪宅,就是普普通通一个窝,仅此一项,它就透支了你未来几十年的消费力。房子就像磨盘,你就是那头团团转的驴子,不舍昼夜,眼蒙黑布。前段时间有两部电视剧很火爆,一部是《奋斗》,其实该叫"不奋斗",一帮只知谈恋爱、泡酒吧的漂亮小孩,天知道那房子车子、每天一套的时尚衣服怎么来的,这堪称"天堂版的奋斗"。现实版的奋斗是《蜗居》,我一点没用电视人的眼光去瞄它拍摄如何、叙事如何、剪辑如何,我像大爷大妈看《渴望》一样被它吸引,我觉得它很棒,中国影视业浪费了那么多光阴,胡扯了那么多东西,这个我看着最舒服。

我放弃挑剔，因为它点破了一个真相：房子是如何绑架中国人生活的。它契合了我此前思考的那个问题，并巩固了我的答案："准备生活"替代了"生活"，"被动生活"覆盖了"主动生活"。

很多人喜欢探讨剧中的"二奶"和性事，说实话那是个旧玩意，那玩意穿梭于每个剧。只有房奴，是它的独立主题。据说该剧曾遇停播，为什么？恐怕不在于个把荤语，那顶多删掉就完了，我想是它的主题得罪了人。这些年无论影视还是文学，"房奴"这一重大的民生病灶竟无人触及，不知是迟钝还是选择性失明。3年前我写过一篇颇长的随笔，即《一个房奴的精神大字报》，发表后即被收入当年所有文学年选，社科院编的《2008中国文学年鉴》，唯一的散文，收的竟是它。其实，我写东西已很少了，离文坛更远。这说明主流文学对时代的追击速度太慢了，注意力太老化，它只顾在自己的系统内繁殖目标，不抬头。

**问**：您觉得这个游戏，谁是最大的受益者呢？它的危害性又是什么呢？

**答**：当然是土地财政、房产商、权力资本、金融投机者和大大小小的炒客。其实我国的商品房才十几年历史，过去没这玩意，而且我们学的是香港期房模式，这就增加了炒作空间，没几个国家和地区用这种模式。现在的情况是：全世界几乎最穷的一帮人，花了几乎最高的价，买了一套最不靠谱的房子。那不叫真正的房产，只能叫居住权，期限70年，土地权不是你的。你买的不是辆车，而是一个专用座位，像公共汽车的一个座位，车皮、底盘、轮胎、发动机都不是你的，属集体，有的部位连集体的都不是，归国家。

房地产真的跟中国民生开了个恶毒的玩笑，它抓住了中国人的命门——不惜血本、拼了老命也要挣得的东西。中国生存文化里，人对住房有着深深的迷恋和膜拜，再贫贱的祖宗也要给后代攒几间茅舍，当年闹革命搞土改时，最火爆的场面就是烧地契。何以对屋宅如此器重呢？传统中国人很少流动，所谓"父母在，不远游"。讲究根文化，有守土归故情结。当代人由于就业和生计，流动性虽增大，但自由迁徙仍受户籍政策限制。所以，无论文化还是制度，其实都不支持流动，这样一来，对固定住宅的物质和精神需求依然强劲，"家"和"房"在概念上近乎同义、同值，可画等号。成家立业的标志是什么？就是上有片瓦顶头，下有锥地立足。

中国房地产商真是全世界最幸运的商人，史无前例，千万年的轮回，让其赶上了。不仅赶上了资本契机、权力契机、政策契机，还赶上了民间财富契机——尽管平民积蓄水平远低于发达国家，但毕竟是1949年后最大的一笔，也是改革开放30年来最饱满之际，就像一个如花似玉的农家少女，父母辛辛苦苦拉扯大，正待出嫁，就遇上了一伙贼人。

至于它的危害性，我个人最痛心的一点就是，作为一种畸形的暴利游戏和泡沫经济模式，它足以让天下所有的诚实劳动失去价值和意义，"诚实劳动"的回报率在它面前可怜到极点，这会严重影响到世俗伦理和精神秩序，使这个原本没有信仰的社会更加浮躁而虚妄，让中国资本和财富的"原罪"色彩更加浓重。举个简单例子，在北京，假如两三年前你随意购得一套房子，其间你什么也不干，那么今天你的资产将翻一到两番，这是什么概念？等于你白白赚了 100 万到 200 万，而只要炒上几套房子，你就是千万富翁，面对这样的"成功"逻辑和投机诱惑，你还有什么心境去诚实劳动、去搞实体经济、去一点一滴地积累什么呢？你过去辛辛苦苦的拼搏和未来的创业理想都将黯然失色，你的心态、心性和价值观会发生极大变化，你会变得面目全非，认不出自己。你不要以为这是正常投资，正常投资是有正常收益比例的，其实，这就是不劳而获，这是件可耻的事，涉及伦理道德，因为接手你房子的那个人将背上沉重的债务，他一生的幸福和快乐都偷渡到你身上了，这和传销的道德后果没什么区别，说得严重一点，就是合法的掠夺和抢劫。当然，资本的趋利本性在理性上拥有道德豁免权，你指责它也没用，唯一可指责的就是带病的政策和制度漏洞，就是怂恿投机、制造神话的游戏本身。尤其当下的货币信用危机，盲目的增长模式，超量流动货币的投放，造成民间财富的严重缩水，这是百姓恐慌性购房的主因。80 年代的"官倒"、90 年代的"国有企业股份制改革"、近 10 年的股市和房地产，这是自改革开放以来最容易赢取暴利的几次机会，前者和权力有直接关系，而炒股和炒房除了权力资本，更是裹挟了平民资本，投机的身份门槛、资金门槛乃至智力门槛都大大降低了，你只要搭上一班车，你只要及时参与，别落下，你就是中国的中上层，就是"率先富起来"的那帮人，若你都错过了，或不幸沦为击鼓传花的最后落点，你就是冤大头，就是社会经济的底层和弱势人群。在高速通货膨胀的时代，一个规规矩矩、从不投机的人会生存得很落魄、很无力，没有安全感，即使你有不错的工资收入，也无济于事，因为你的存款天天贬值。这种社会示范和激励文化带来的后果非常严重，其色彩非常灰暗，不仅腐化经济品质，还直接败坏道德肌理，恶化人际关系。

总之，腐败收益加上投机收益，让中国今天的个体财富和"成功人士"变得非常可疑，难让人信服。它只会让人妒羡，不会让人尊重。

## 文化即拖时代后腿的那股定力

**问：** 在您心目中，文化是什么？如何看待继承和发展的关系？

**答：** 文化，在我眼里，就是祖祖辈辈积攒下的那堆东西，就是万变不离其宗的那个"宗"。正是这个宗，给我们提供了一种身份认同，没有它，我们就不知自个儿是谁。

较之通常说的"发展""前进"，文化即拖时代后腿的那股定力、那个尾巴。它是一种反向力，是一种制约盲目、防止脱缰的力量。汽车有加速和油门系统，更有减速和刹车装置，文化即后者。它类似松鼠的尾巴，拖着你，纠正你，给你压阵。没这尾巴，你的跑、跳、变向、稳定性，都有问题，你会没有前途。

文化的特征，一是老，二是慢。

老就是古老，它帮我们收藏光阴和记忆。有个词很贴切，叫"古稀"，越古的东西越稀少，光阴把它们淹没了。老建筑、老街区、老字号、老报刊、老电影、老唱片、长者、古董、博物馆、线装书、繁体字……都是"老"的载体。我们现在的问题是不够老，老东西太少，超乎正常的少。我们的很多"老"都是非正常死亡，现代中国的破坏力太强，尤其1949年后，"破旧立新"和"反封建迷信"把无数珍贵的"老"扔进了废品站和火堆里。如今，城市乱改造也是个悲剧，很多"古"被铲倒被篡改，建起了复古街。还有文言文和繁体字，没有哪个民族，它100年前的母语竟需要翻译和注释，论国学和传统，我们似乎有些疏离了。

慢就是舒缓，即耐心、从容、对细节的迷恋。纸质阅读意味着慢，鸿雁传书意味着慢，笔墨纸砚意味着慢，手工馒头意味着慢，长篇小说意味着慢……我们现在的问题是太快、太匆匆、太日新月异，来不及停驻，来不及凝神，一切进入了快餐年代。那种慢慢读一本书、慢慢写一封信、慢慢爱上一个人的生活，正越来越远。

我们停不下来，只好以"更快"代替快，用目不暇接屏蔽我们的挑剔，治疗焦虑的药方竟然成了——再快点，快得让自己来不及焦虑！

意大利导演安东尼奥尼在《云上的日子》里讲了件事：墨西哥的山地民族有个规矩，上山途中，无论累不累，走一段即要停下休息，理由是"走得太快，人会丢了灵魂"。近年，欧洲兴起了一种"慢生活"运动，不是倡导慢，而是试图恢复生活本来的样子、正常的样子。慢，是一种节奏，更是一种美和秩序。

文化虽然老，却是最永恒的时尚。在一篇文章中我说过："变和巨变是一种意义，不变和少变也是一种意义，甚至蕴藏巨大的未来价值。"文化就是一种不变和少变的东西。

　　将来，世界会变成怎样的呢？许多年前，朋霍费尔预言说："在文化方面，它意味着从报纸和收音机返回书本，从狂热的活动返回从容的闲暇，从放荡挥霍返回冥想回忆，从强烈的感觉返回宁静的思考，从技巧返回艺术，从趋炎附势返回温良谦和，从虚张浮夸返回中庸平和。"

　　这是很乐观的憧憬，但愿别辜负它。

　　**问**：近年来国内兴起了"国学热""诸子百家热"，从央视的《百家讲坛》到各种出版物，从传媒到民间私塾和国学课程，您怎么看？您对诸子经典是什么价值判断？

　　**答**：相关话题，我前面好像提到过一点。

　　单就国学，我觉得不是什么坏事，国人需要精神秩序和资源，心灵上也有一种要和当代拉开距离的冲动。面对社会生活的复杂性、价值观混乱和人生游戏的诡秘，很多线索和逻辑要厘清，大家需要一点答案和佐证，需要几句朗朗上口的话——好让游荡的精神有所搭乘。我们自己虽有思考，也有私下的答案，但毕竟太孤独了，我们的精神和答案都太孤独了。我们需要和某种遥远的事物相遇，从而对自己的判断更有信心。我有一篇刚写完的文章，叫《你在古代有几个熟人》，说的大致是这意思。

　　我床头常放一些古人的书，我喜欢看《诗经》，觉得它有点像那时候的社会新闻或副刊故事，它写得很老实，接地气，不装，不端着，很松弛。读它你觉得心很安静、很自由。我也喜欢明清小品，那时说话和现在有点像了，很随意，也不端着，且笔墨不再那么俭，体量宽松了，像穿睡衣的感觉。

对诸子经典的价值，我说不好，缺乏深入研究。我认为古代书写有特殊性，用字非常省，别忘了人家是用竹简刻字，字库数量也有限，这使得每个句子都变成了一个富饶的信息库，潜量和潜能特别大。当一个人说话比较多的时候，信息趋于明朗，但寓意减少，同时会出错。但当我只说一句时，此话的可阐释性、内部空间就特别大，所以你会发现，古人那几摞书简，简直成了聚宝盆，可供无限地挖下去。每个时代和个人都可据自己的需要和精神倾向，生产附加值……就像《红楼梦》出来个"红学"一样，那是立方级的信息倍数。

先人一句话，10个后人会讲出10个意思。我看今人讲圣贤，更多感受到的是时代的精神需要，缺什么，就打着灯笼去找，总能找到的。其实，古代社会的复杂性，无论政治格局、社会信息、生活游戏和逻辑，都大大简化于今天，你要用它的智慧破解今天的复杂，我觉得不对称。所以在我看来，与其膜拜诸子的深刻，不如欣赏彼时的天真和精神的纯美。你不觉得孔子很天真吗？天真也是伟大啊。

我们今天丢的贵重之物里，有一件就叫天真。

先人很了不起，他用天真造了一部天书。当然，你不妨把它读成深刻，读成权威。他们的书都是有气场的，如光风霁月，能激发后人很多意想不到的东西。置身其中，如同沐浴，心灵在洗澡。

至于《百家讲坛》，我觉得就是一档节目吧，不用太费心思琢磨其背后。它在既往选题和风格上搞自我繁殖，是因为尝到了甜头，而且被允许。它想突破，但可能不被允许。我常在吃午饭时把它当收音机听，但它有个毛病，就是太啰唆，它把目标人群设计得太低，且耐性太足。

对电视讲坛的未来，我倒有一点期待，那就是像旅美学者林达夫妇的那些书，能变成讲稿就好了。那时，我将为它鼓掌。

## 我们不是地球业主，只是她的孩子

问：您是怎么理解"世界"的？我在 2009 年第 5 版《现代汉语词典》里查到的解释是："世界是自然界和人类社会一切事物的总和。"同时，我想起了 2008 年一句广告词，"同一个世界同一个梦想"。我认为这话有问题，不同国家、不同民族、不同历史和价值观，不可能是不同的人睡在不同的床上却做同一个梦。您怎么看？

答："同一个世界同一个梦想"，若这个梦想指的是普世价值，即人类社会共同承认且有义务履行的一些基本权利和保障，像《世界人权宣言》《公民权利和政治权利国际公约》等内容，那我觉得你的疑问有问题。若非,那你的话有道理。

同时,我认为前半句也不该只是人对人说,而应是人对万物说:我们是同一个世界。

世界是谁的?是人类自己的吗?我写过一篇文章,《消逝的荒野》,其中我表达了一个观点:世界有两部分,一个是文明,一个是荒野。或换个说法,一个是人类自己的成就,一个是大自然本身的成就。虽然人类也是大自然成就之一,但为言说方便,我把它剥离了出来。现在的问题是:我们只生活在自己的成就里,世界彻底变成了人间,荒野消逝了,地球上的一切都成了人类眼中的"资源"和"使用价值"。人类和万物一样,只是宇宙的过客,是逗留者和借宿者,我们不是地球的业主,只是她的孩子,是她养大的……人类应学会谦卑,应承认占了很多不该占的地盘,消耗了很多不该消耗的东西,应向被剥削的生灵道歉并从此发誓节俭。

我们的文明、法律、伦理和所有引以为荣的特征,都只是在人类内部才生效,一旦越过物种边界,人人都变成了纳粹,残暴、贪婪、自私,一切恶的欲望都大张旗鼓、淋漓尽致地释放……一个人对另一个人,可大谈人权自由善良,像个圣人,可一旦面对非同类,就什么顾忌都没了。比如用在牲畜身上的做法,痛不欲生的激素药、瘦肉精、宰杀时的灌水、酷刑,堪称"无恶不作",可在人世评价中,他们都是"好人"啊。

世界被改造成了不折不扣的"人间",连极地和喜马拉雅山都不放过。那个最初的"原配的世界",一点点影子和痕迹都看不到了。

我个人的世界观倾向于一种"大地伦理",即人和万物共享世界,把道德的范围扩大到所有物种,对供养自己灵与肉的一切,报以谦卑、爱和感恩。这有点像印第安人的信仰,也接近史怀哲的生命观,半个多世纪前,这位诺贝尔和平奖得主就说过:"除非人类能将爱心延伸到所有的生物上,否则人类将永远无法找到和平。"他是针对西方狭隘的人权世界说这番话的。

我对一个朋友说:表面上每个人都爱自己的孩子,孜孜以求孩子的未来,实际上,这代父母是最自私的,他们决心把一个怎样的世界交付后代呢?天天挥霍、毁坏、透支各种资源,河流、大地、土壤、饮用水、森林、矿产、能源、海洋乃至气候,除了亿万吨的垃圾,压根没准备给孩子留下什么。所谓的爱,在一对父母和嫡亲子嗣之间是真实的,但论及所有父母和所有孩子的整体关系时,则荡然无存。你知道,资源越有限,竞争越残酷,说不定将来,连新鲜空气都要像纯净水一样装进袋里当商品了,谁有钱谁就多吸几口。难道我们今天对孩子所有的期许,对其学业和智力的督促,就是指望在日后的生存大战中,自己孩子能比别人优先享受那袋空气吗?

其实,谈环境危机已不能再用"忧患"一词了,它已经到来,且非常严重。国家环保总局副局长潘岳曾公开在一个论坛上讲:"我们一直说要搞好环境造福子孙后代,但实际上已是我们这代人能否安然度过的问题。"我觉得,这是一个有良知的发言。潘先生还举出一堆数字:半个世纪以来,中国可居住土地从600万平方公里减少到300多万平方公里;1/3国土被酸雨污染;主要水系的2/5已沦为劣五类水;45种主要矿产15年后将只剩6种……

这仅仅是中国,世界呢?

最近看哥本哈根大会,越看越悲凉、悲愤、悲怆。人本位的自私、地缘的自私、政治的自私、集团的自私,无耻到露骨。总之,我觉得,人类无法靠技术、科学和生产力拯救这个世界,挽救自己的岌岌之危,人类必须改善自己的伦理,修正自己的信仰,舍弃"人类中心论"的私欲立场。

## "科学""真理"……这些词杀伤力很大

**问:**您是怎么理解"科学"的?

**答:**我觉得应厘清这么几样东西:一个是"科学",一个是"伪科学",还有一个是"非科学"。

我们在表达一些看法时,常不自觉地使用一元论:科学和反科学。非此即彼,水火不容,且惯用"科学"作棍棒去打压异己,比如革命时期和极左年代,"科学"就在阶级斗争、党派斗争、路线斗争、思潮斗争中战功赫赫,大放光芒。其实,科学若有一个对立面的话,不应是"反科学"——世上根本就没有"反科学",

而应是"伪科学",即以科学面目出现的不科学之事。至于"非科学",人家根本就没自称科学,和你论不到一块去。若你非要把异己和另类都树为敌人,那没办法,你太好斗了。

若坚持狭隘的斗争哲学,就永远没法理解更多、更辽阔和优美的事物。比如对宗教、伦理、信仰、美学、艺术、想象力,你怎么能用"科学"尺度?与科学是风马牛啊,人家的真正身份是"非科学"。我一直提倡价值观的宽容和多元论,只有价值观宽容了,生命才有弹性,思想才能解放,精神才能舒适,社会才能和谐。

我们国家历经太多的意识形态恶争,主义、思潮、路线、阵营、派系,吵得天翻地覆,斗得奄奄一息。我们必须把斗争思维压缩到最小最小的领域,直至完全取消。我们要学会宽容、和解,要微笑着看待多元世界,如此我们才能富饶,才是一个精神自由的民族。否则,我们的误解力就永远大于理解力,我们和世界的"冷战"就不会结束。

在民间,我发现一个现象,很多基督徒在传福音时,常以"科学"的名义或论据证明上帝的力量,其实大可不必,信仰和科学不搭界的,那是唯物论的毛病。

**问**:小时候老师跟我们说过这么一句话:追求科学的过程也是在追求真理。您认为在当下,它依然有效吗?

**答**:在斗争哲学阴影重重的中国语境里,像"科学""真理"这些词都意义非凡,杀伤力很大,都太朗朗上口、掷地有声了。

所以，我不太喜欢用这些词，一旦用不好，很容易误伤什么。

前面说过，我曾专门写过一篇《保卫语言》，因为我一直觉得，斗争年代和"文化大革命"结束后，我们的政治文化和社会生活要想健康起来，必须清理两个废墟，一个是语言废墟，一个是价值观废墟。我们身上的积垢太多了，有害语言和逻辑太多了，就像蔬菜上的农药残留，你得反复清洗，反复晾晒。我们要学会用健康、清洁的语言说话，我们要扔掉一些概念，同时还原一些概念。语言的正确，才能带来行为的正确。

单就你的那个说法，我觉得若限于纯粹的科学领域，是对的，科学就要求真。但"科学""真理"别和意识形态有染，别进入政治话语系统，一出界一越位即出乱子，即有成为工具和武器的危险。你刚才的话在科学领域是对的，但千万别说出"追求科学就是追求正义"之类的话。我宁愿把"科学真理"当成一个相对专业的技术词汇。严格地讲，"科学"是个中性词，科学也有伦理，一个专业成就很高的科学家未必有好的伦理，像当年很多为纳粹效力的德国科学家，在自己的领域内，他们很优秀，孜孜以求专业真理，但同时也把希特勒的话当成真理。而爱因斯坦之伟大就在这里，他不仅科学上伟大，精神上也伟大。你翻翻《爱因斯坦文集》，他一生思考了多少人道和人权问题？参与过多少正义的思想行动？难以计数！他不仅追求科学上的真，还追求社会正义和灵魂事业。

## 我是个做减法的人,害怕复杂

**问**:您有宗教信仰吗?生活中您是个怎样的人?

**答**:我个人暂时没有。至少目前看,我的精神体质好像不太适合,我主观上有执拗和任性的东西,自我意识比较强,这样一来,对外来的权威就难免有所抗拒。比如,我很难向什么跪拜,精神上的虔敬可以,但身体和仪式上不行,我会有压迫感。我比较难直接领受一套天然的教义和设计好的东西,可能缘分还没到吧。但同时,我又觉得自己是有宗教情怀和崇高心理的,我曾用一个词形容它,叫"宗教感",由它替代教义或严格的神。我内心始终洋溢着一些和信仰有关的热量,但不管涨得多满,我都不喜欢被彻底占领,尤其被单一占领。

生活中,我是一个理想者和浪漫者,喜欢天真的东西,喜欢儿童、草木、鸟、虫鸣、星空、田字格,喜欢墙上的粉笔画……我有不错的思考力,但生活中我常放弃思考,一点不投入智力,只用天性、热情和本能,这常给我带来些麻烦,比如吃亏上当受骗等。我不爱研究,讨厌学习,虽然我的文章常给人以深刻的假象。有朋友说我"表情哲学,内心童话;思维敏捷,性格笨拙",我觉得差不多。我想摆脱一些东西,从而亲近一些东西。我喜欢给生活做减法,小时候算术课就喜欢减法,你知道减法本身有"偷懒"的含义,我不爱用功。记得高考结束当天,下着雨,书包带突然断了，掉进水里，我瞅了一眼，连书带包都不要了，我发誓不再让考试面对我。你知道，我当过老师，很不称职的那种，我拒绝监考，"监视"是我本能上反感的一个行为。我厌恶评比，甚至躲避评价，包括每次新书出版，我总拒绝"研讨会""发布会"，人家出版社是好意，只是我不领情。从小看大吧，凡复杂的东西都让我恐惧。

无论社会空间如何、个人境遇如何，我都会对生活投出一个信任票。无论我表达了多少对世界的焦虑和不满，但一转身，就恢复成一个孩子的任性和简单。我喜欢海明威的那句话：这世界很美好，值得我们去奋斗。

尽管这是一个自杀的人说的。我觉得他是身体自杀，不是精神自杀。海明威是个很注重身体的人，身体成了他的障碍。

**问**：最后一个问题，它和这部纪录片的名字有关，叫《需要》，当下你最需要什么？

**答**：不说需要，说希望吧。我希望我们的大自然完整一点，我们的人间秩序完善一点。人间的事，有可能慢慢扶正；但大自然，很多损失是不可逆转、不可再生的。我不久要出一本新书，曾拟过一个名字，叫《古典之殇——纪念原配的世界》，表达的就是离别之意。

其实人没那么多需要，我需要明天晴朗一点，阳光多一点，我要去家附近的公园跑步，看看那些不听话的麻雀……

**问**：谢谢您！

图书在版编目（CIP）数据

古典之殇：纪念原配的世界/ 王开岭著. —太原：书海出版社，2022.12

ISBN 978-7-5571-0090-2

Ⅰ．①古… Ⅱ．①王… Ⅲ．①散文集-中国-当代 Ⅳ．①I267

中国版本图书馆 CIP 数据核字（2022）第 215415 号

## 古典之殇：纪念原配的世界

| 著　　者： | 王开岭 |
|---|---|
| 责任编辑： | 郭向南 |
| 复　　审： | 武　静 |
| 终　　审： | 梁晋华 |
| 装帧设计： | 张镤尹 |
| 出 版 者： | 山西出版传媒集团·书海出版社 |
| 地　　址： | 太原市建设南路 21 号 |
| 邮　　编： | 030012 |
| 发行营销： | 0351-4922220　4955996　4956039　4922127（传真） |
| 天猫官网： | https://sxrmcbs.tmall.com　电话：0351-4922159 |
| E - mail： | sxskcb@163.com　发行部 |
|  | sxskcb@126.com　总编室 |
| 网　　址： | www.sxskcb.com |
| 经 销 者： | 山西出版传媒集团·书海出版社 |
| 承 印 厂： | 山西出版传媒集团·山西人民印刷有限责任公司 |
| 开　　本： | 890mm×1240mm　1/32 |
| 印　　张： | 11.5 |
| 字　　数： | 240 千字 |
| 印　　数： | 1—10000 册 |
| 版　　次： | 2022 年 12 月　第 1 版 |
| 印　　次： | 2022 年 12 月　第 1 次印刷 |
| 书　　号： | ISBN 978-7-5571-0090-2 |
| 定　　价： | 45.00 元 |

如有印装质量问题请与本社联系调换